Die Zeit der Helden und Magier –
Legenden II

Mögen die Drachen mit Euch sein....

Stefan Daniel Pfund

Die Zeit der Helden und Magier – Legenden II
Fantasy Erzählung

Dragon Fantasy Verlag
8200 Schaffhausen Schweiz
1. Auflage 2019
Herstellung, Vertrieb: Books on Demand GmbH,
Norderstedt
© Dragon Fantasy Verlag seit 2017
ISBN 978-3-905378-10-8

Magischer Überblick: (Alphabetisch)

Die Zeit der Helden und Magier

-Die Odyssee

Dragon Fantasy Verlag
8200 Schaffhausen
Autor Stefan Daniel Pfund
© Autor 22. Januar 2006
© Verlag ab 2006

Blickt hinauf zu den Sternen, und erkennt, niemand ist wirklich alleine... Das sind die Worte von Godquar, dem weisen Drachen vom Heimatplanet der Drachen Dracoon!

58'000 Salmanen vor der großen Schlacht in Maldaan auf dem Planeten Draconisch, herrscht Unruhe auf dem Planeten Dracoon! Dracoon ist der Heimatplanet der Drachen, die Drachen sind hoch technologisiert, sie besitzen mächtige Schiffe, mit denen reisen sie von Planeten zu Planeten. In ihren Städten geht niemals das Licht aus, riesige Kraftwerke versorgen alles und jeden mit billigem, unerschöpflichem Strom. Viele fliegende Drachen haben das Fliegen aufgegeben und lassen sich fahren. Die Magie ist verpönt! Aber nicht bei allen - Godquar, ein weiser Drache der schon sehr lange lebt, fürchtet sich vor der Technik und frönt der Magie. Was die meisten Drachen bereits vergessen haben, in ihrem Wesen steckt sehr viel Magie!

Kein Feuerdrache speit mehr Feuer, kein Eisdrache verwandelt Wasser zu Eis, die Verwandlung in ein anderes Wesen wurde schon lange nicht mehr zelebriert, außer bei Godquar!

Doch Dunkelheit überkommt Dracoon, die Drachen des Westens und die Drachen des Ostens sind sich uneins, ein jeder will die Macht über einen kleinen Mond haben, der um Dracoon seine Bahnen zieht. Der Mond beherbergt spezielle Kristalle, mit denen ein Raumschiff große Distanzen im All überwinden kann!

Krieg bricht über Dracoon herein, gewaltige Licht-, Raketen-, und sonstige Waffen zerstören viele Städte und Lebewesen.

Nun weiß Godquar, warum er vor der Technik Angst hat, im Geheimen versammelt er alle seine Anhänger, es müssen mehrere Tausend sein. Er verkündet ihnen die frohe Botschaft:

„Meine Drachenkinder, dieser Krieg wird uns allen Schaden, es ist nicht unser Krieg, wir wollen ihn und die Technik nicht!

Endlich habe ich die Lösung unserer Probleme!

Um den äußersten Planeten unseres Systems kreist ein altes Generationenschiff, es wurde vor Tausend Salmanen ausgemustert. Mit diesem Schiff haben unsere Vorfahren das Universum erkundet, sie fanden viele Planeten auf denen Leben möglich ist. Das Schiff ist groß genug, um uns alle aufzunehmen. Wir werden das All nach einem neuen Lebensraum durchkreuzen. Leider besitzt das Schiff einen veralteten Antrieb, und für einen Kristallantrieb fehlt uns das Hoggs. Um das Schiff flott zu kriegen und genügend Vorräte zu horten müssen wir alle unser Hoggs zusammenlegen, nur so können wir diesem Wahnsinn auf Dracoon entfliehen!"

Alle seine Jünger sind einverstanden, augenblicklich wird das Schiff repariert und Vorräte angelegt. Es vergehen Endanen bis alle Drachenjünger von Godquar auf dem Generationenschiff sind.

Viele Shuttles müssen hin und her fliegen,
doch dann ist es vollbracht, das
Generationenschiff fliegt unbehelligt in
den Weltraum. Die westlichen und die
östlichen Drachentruppen sind sogar froh,
diese religiösmagischen Drachen los zu
haben.

Das Generationenschiff ist gewaltig, es
ist halb rund und fast so groß wie ein
kleiner Mond. Lange Zeit fährt das Schiff
durch das All, an vielen Sternen und
Planeten entlang. Die meisten Planeten
sind nicht bewohnbar, andere sind bereits
bewohnt und wehren die Drachen ab. 1760
Salmanen lang fahren die Drachen durch das
All, bis etwas seltsames geschieht!
Godquar sitzt gerade auf der Brücke, da
erscheinen zwei Wesen vor ihm, die Drachen
erschrecken, doch die Wesen beruhigen sie
wieder.
„Wir kommen in Frieden, wir tun euch
nichts..."
Godquar hat solche Wesen noch nie gesehen,
sie haben goldene Haut, keine Ohren oder
Haare, dafür längere Finger, wie diese
Rasse aus den Geschichtsbüchern - Menschen
genannt. Die Kleidung der Fremden ist sehr
eng und schnittig angelegt, die weiße
Farbe der Kleidung unterstreicht die
goldene Haut der Fremden.
Godquar fürchtet sich für seine Jünger.
„Wollt ihr uns erobern?"
„Nein, im Gegenteil..."
„Ihr seht ähnlich wie diese Menschen
aus...seid ihr Menschen?"

„Nein, von einer solchen Rasse hörten wir, aber wir besuchten sie bis jetzt noch nicht. Doch wir sind uns sicher, sie werden eines Tages eine wichtige Rolle spielen!"

„Was wollt ihr von uns?"

„Ich bin Zatarus und das..."

Nun spricht das andere Wesen, die Stimmen klingen gleich, die Geschlechter dieser Rasse sind äußerlich kaum unterscheidbar.

„Ich bin Zataris. Mein Mann und ich hörten von eurer Odyssee. Wir wollen euch helfen, wir kennen einen Planeten der euch als Heimat dienen könnte!"

„Warum solltet ihr uns einen neuen Heimatplaneten zeigen und sogar schenken?"

„Wir geben oder schenken ihn euch nicht, wir zeigen ihn euch! Das ist ein kleiner Unterschied. Dieser Planet wird eines Tages, oder wie ihr es sagt, eines Endans der Mittelpunkt darstellen. Deswegen zeigen wir einer Rasse nach der anderen den Weg dorthin. Die Rassen sollen dort lernen miteinander zu leben und die Angst vor dem Fremden abzuwerfen. Bis jetzt leben nur die zwei dort geborenen Rassen, die Rgasko und die Ikokeiks, auf diesem Planeten. Es gibt keine Technik auf dem namenlosen Planeten, auch wenn die Rgasko sehr klug sind. Die Magie ist allgegenwärtig, Platz hat es reichlich! Nehmt ihr unser Angebot an, dürft ihr die nachfolgenden Rassen nicht vernichten, außer sie wollen euch vernichten!"

„Das Angebot klingt viel versprechend. Aber sagt mir, was bringt euch das?"

Die zwei goldenen Wesen sehen richtig klein aus, im Gegensatz zu den Drachen.

„Die Zeiten sagten uns, es wäre sinnlos, all diese Rassen auf den Planeten zu bringen! Sie sahen einen unausweichlichen großen Krieg zwischen Gut und Böse, den die Sterne befehlen! Die Zeiten meinten, die Rassen vernichten sich gegenseitig, wir meinen, das Gute wird siegen!"

Godquar versteht langsam.

„Ist das eine Art Wette, zwischen zwei Völkern?"

„Wir haben keinen Preis abgemacht, nein, wir glauben an das Gute. Obwohl die Zeiten viel länger existieren und die besseren Seher sind, glauben wir, die Rassen werden vernünftig...zwar sind die Chancen sehr klein, aber es liegt in der Hand der jeweiligen Rassen! Und wenn eure neue Heimat es nicht fertig bringt, dann wird die gesamte Galaxie es wohl nicht überleben. Es würde sogar ein neuer Urknall drohen...die Zeiten sammeln bereits ihre Energie, um dieses Schicksal zu überleben. Wir hingegen sind noch an unsere Körper gebunden, unsere Rasse wäre dann ebenfalls verloren. Deswegen liegt unsere Hoffnung voll und ganz in diesem Projekt. Also, ist es kein Spiel oder Wette, es ist purer Überlebenswille."

Nun spricht der männliche Fremde wieder.

„Wenn ihr auf den Planeten wollt, dann folgt dem Stern da vorne..."

Er zeigt auf den großen Monitor, zu einem hellen Stern.

„...der Planet besitzt fünf Monde und eine einzige große Landfläche, die von Süßwasser umgeben ist. Ein paar Inseln liegen in diesem Wasser, die Jahreszeiten bleiben immer gleich, ihr könnt euch also euer Klima aussuchen...gehabt euch wohl!"
Die Wesen verschwinden wieder, Godquar glaubt er träumte, doch die anderen Drachen auf der Brücke sahen die Fremden auch.
„Was sollen wir jetzt tun, Godquar?"
„Fliegen wir dorthin..."
Er zeigt zum Stern auf dem Monitor.
„Vielleicht finden wir dort eine neue Heimat, ansonsten könnten wir immer noch weiterfliegen. Aber ehrlich gesagt, ich bin es leid im All herumzufliegen. Zu gerne würde ich wieder frische Luft atmen, meine Flügel ausbreiten und in den Himmel fliegen!"
Nach kurzem Flug erreicht das Generationenschiff den Planeten. Und tatsächlich, nur zwei Rassen leben dort, die Rassen benötigen kaum Platz, umso mehr ist für die Drachen vorhanden. Da das Generationenschiff, mit der vorhandenen Energie, nur landen kann, um wieder abzuheben fehlt schlichtweg der Treibstoff, überlegt sich Godquar die Sache sehr genau. Nach ein paar Endanen hat er sich entschieden.
„Wir landen..."
Das Schiff beginnt mit seinem Sinkflug, die mächtigen Ausmaße des Raumschiffes werfen über weite Landen ihren Schatten.

Hoch im Norden, vom Meer ausgesehen, landen die Drachen ihr mächtiges Generationenschiff auf dem Land, sie bauen das Schiff und damit die Technik auseinander. Mit dem Metall des Schiffes bauen sie eine riesige Stadt auf. Godquar lässt das Metall des Generationenschiffs zu einem ausfahrbaren Schutzschild für die Stadt umbauen. Schließlich weiß er ja nicht, was für Rassen die zwei Fremden noch auf den Planeten bringen. Godquar gibt dem namenlosen Planeten auch einen Namen - Draconisch! Denn die beiden anwesenden Rassen haben es nicht für nötig gehalten, dem Planeten einen Namen zu geben. Sie sehen schlichtweg nicht den Sinn darin, schließlich kennen sie nur diesen Planeten.

Seine Jünger wählen Godquar zu ihrem Dracan, er ist der erste Dracan auf Draconisch!

Der Titel Dracan stammt von Dracoon, er ist ein alter Herrschertitel aus alten Endanen, lange gab es keine Dracans mehr, doch auf Draconisch sollen sie ewig herrschen.

Salman für Salman führen Zatarus und Zataris weitere Rassen auf Draconisch. 10'200 Salmanen lang ist Godquar Dracan, dann verschwindet er auf rätselhafte Weise. Niemand weiß, wo er ist, große Trauer überfällt das Drachenvolk auf Draconisch. 46040 vor wird Sgandur Dracan, er herrscht ebenfalls sehr viele Salmanen lang, bis 33920 vor sein Tod seiner Herrschaft ein Ende bringt.

Nun wird Dracquar neuer Dracan. Die vielen neuen Rassen drängen ins Land der Drachen vor, Dracquar schlägt sie zurück und bekommt dafür den Titel der Grosse. 3020 Salmanen später fällt Dracquar in einer glorreichen Schlacht, sein Sohn Ronquagur übernimmt den Titel Dracan für 8900 Salmanen! Ronquagur hat selber keine Kinder, so wählen die Drachen, leider wurden viele Wähler bestochen, Malakandur zum Dracan. Doch Malakandur ist ein schlechter Herrscher, er bringt nur Unglück, Missernten und Armut, fünfzig Salmanen später wird er auf betreiben der Stadt Daracan abgesetzt, zudem bekommt Malakandur den Beinamen der Erbärmliche. Ohne irgendwelchen Wahlbetrug wird Kalkonquar der Erlöser zum neuen Dracan gewählt, er herrscht 9010 Salmanen lang, bis auch er stirbt. Wieder müssen die Drachen einen neuen Dracan wählen, und die Wahl fällt auf einen alten Drachen. Die Legende sagt, dieser Drache war auf dem Generationenschiff! Oldquar der Alte ist 3700 Salmanen lang Dracan, unter seiner Herrschaft fällt auch die Ankunft der Menschen! Die Menschen sind die einzige Rasse die alleine auf den Planeten kommt, ohne die Hilfe der goldenen Fremden! Oldquar regiert weise, bis auch er an Altersschwäche stirbt. Um nicht immer „wieder" wählen zu müssen, bestimmen die Drachen den Sohn von Oldquar, Simraldur zum neuen Dracan. Simraldur ist auch nicht mehr der jüngste, seine Herrschaft währt genau 2'000 Salmanen lang!

Sein Sohn Haraldur und dessen Frau Dialdar übernehmen den Titel Dracan! Doch in ihrer Herrschaftszeit beginnen die Drachen- kriege, auch wenn es keine technologisierten Kriege sind, so sind es magische, denn Godquar weckte die Magie in all seinen Jüngern zu neuen Leben.

Die Magie kann tödlicher als die Technik sein, denn die Drachenkriege rotten fast alle Drachen aus! So sind die Drachen wieder am Anfang ihrer Reise angelangt...

Ende

Die Zeit der Helden und Magier

- Das Ende vom babylonischen Zustand

Dragon Fantasy Verlag
8200 Schaffhausen, Schweiz
Autor Stefan Daniel Pfund
© Autor 18./19.01.2016
© Verlag ab 2016

Wohin man auch blickt, überall herrscht ein Wirrwarr von Sprachen, verschiedenen Hoggs und Maßeinheiten, dadurch verliert der Handel an Schwung, zudem nützen Betrüger diese Situation schamlos aus.

Wir schreiben das Salman 8740 vor der großen Schlacht in Maldaan, oder die 317. Mondstrasse und 100 Salmanen.

Simraldur ist Dracan der bekannten Welten, an fast allen Endanen kommen Untertanen zu ihm, die den wirtschaftlichen Zustand beklagen. Eine Lösung muss her, dass weiß der Dracan, denn sonst werden die Schlangen der Bittsteller, die nach Draconia in die Hauptstadt der Drachen kommen, immer länger. Meistens versteht Simraldur die Bittsteller nicht einmal und wenn dann kein Übersetzer zur Hand ist, bleibt nichts weiter als den Bittsteller zu vertrösten.

Vor kurzem überflog der Dracan die neue Stadt der Menschen, Ismal, vor zwei Salmanen begannen sie die Stadt zu errichten. Die Menschen frönen der Technik, auf Draconisch zelebrieren sie allerlei wissenschaftliche Experimente, die sie auf ihrem Heimatplaneten nicht durchführen dürfen. Simraldur weiß von den Experimenten, er duldet sie, solange es den anderen Völkern nicht schadet. Auf dem Heimatplaneten der Menschen gibt es anscheinend viele Gesetze die einiges verbieten.

Diese Technik Faszination will Simraldur nun ausnützen, die Menschen sollen ihm helfen, dem Wirrwarr ein Ende zu setzen. Nichts weniger will der Dracan erschaffen!

Ein Mensch in weißer Tracht betritt den großen Thronsaal von Draconia, in diesem Saal sieht der kleine, schmächtige Mensch mit Brille fast schon wie eine Ameise aus. Der Dracan begrüßt den Menschen freundlich.

„Sei gegrüßt, ich freue mich auf dein Kommen."

Fast schon schüchtern tritt der Mensch, Ansam von Haroldingen, zum Thron heran.

„Äh, danke, meine Vorgesetzten meinten, du hast nach einem Wissenschaftler verlangt und deswegen schickten sie mich zu dir."

„Ja tatsächlich schickte ich einen Boten zu euch Menschen. Ihr sollt mir ein Problem lösen!"

Mit zusammengepressten Beinen steht der Mensch nun direkt vor Simraldur, nur zaghaft wagt er sich umzublicken.

„Wie ich sehe, haben die Drachen keine Technik?"

„Nein, unser Volk schwor dem schon lange ab! Aber einst, in dunklen Zeiten, hatten wir einen ähnlichen Fortschritt wie ihr."

„Ich könnte euch einen Kommunikator in den Thronsaal stellen, dann bräuchtet ihr keinen Boten zu schicken. Unsere Völker wären dann ständig in Kontakt!"

Der Drache krault sich an seinen grünen Schuppen, das zeigt, dass er ein Lebensdrache ist. Somit kann Simraldur die Pflanzen beherrschen.

„Hm, das verstößt zwar gegen unsere Prinzipien, aber es würde helfen unsere Völker enger aneinander zu binden. Wie lange brauchst du dafür?"

Jetzt wird Ansam ganz überschwänglich, schließlich darf er etwas technisches in den Saal bringen.

„Ein, zwei Tage nicht mehr. Ich habe extra eine Bauequipe mitgenommen. Sie haben alle Materialen dabei, um einen Kommunikator zu bauen. Da wir von eurer Technikfeindlichkeit wissen, wird er wie eine übergroße Wahrsagerkugel aussehen, ihr müsst dann jeweils nur drauf tippen und schon seid ihr mit Ismal verbunden."

„Schön, aber deswegen ließ ich keinen Wissenschaftler kommen. Es geht um ein wichtiges Problem!

Wie du weißt, spricht jedes Volk eine eigene Sprache, es gibt unzähliges verschiedenes Hoggs und von den Gewichteinheiten ganz zu schweigen..."

Verblüfft sieht der Mensch zum grünen Drachen hinauf.

„Was soll ich in dieser Hinsicht für dich tun?"

„Im ganzen Reich soll es nur noch eine Sprache, ein Hoggs und eine Gewichteinheit geben! Damit der Handel blühen kann, dann gäbe es auch viel weniger Krieg, um dumme Missverständnisse!"

Der Wissenschaftler reinigt seine Hornbrille.

„Äh, das ist aber viel verlangt...wie soll ich alle von einer Sprache überzeugen?"

Der Drache beginnt zu lachen.

„Du kleiner Mensch kannst niemanden überzeugen, ich werde ein Dekret erlassen! Mit dem Siegel der Dracans, ein Schwert das durch einen Kreis führt.

Aber auch dann werden die wenigsten dem folge leisten und vielleicht könnte es einen neuen Krieg auslösen. Deswegen musst du etwas erfinden, dass alle die gleiche Sprache sprechen lässt! Da deine Menschensprache sehr einfach ist, wollen wir die nehmen, dafür unsere Gewicht- und Zeiteinheiten."

Ansam von Haroldingen hat große Bedenken, vor allem wegen der Ethik.

„Ich könnte das schon vollbringen, aber es würde ziemlich in die Rechte der Völker eingreifen. Ob mit dem Siegel der Dracans oder ohne. Auf unserem Heimatplaneten haben wir Gesetze dagegen."

„Hier bin ich das Gesetz! Es wird nicht allen gefallen, aber wenn es getan ist, werden sie sehen, wie gut die Entscheidung war! Das Siegel der Dracans gibt dem Dekret die gesetzliche Macht. Denn das Siegel bedeutet für uns viel, es symbolisiert unseren Heimatplaneten und wie wir ihn verlassen mussten. Somit werden die Drachen sich fügen, die anderen Völker gilt es zu überzeugen!"

„Na gut, es ist deine Entscheidung. Ich habe bereits eine Idee, in meinem Labor habe ich intelligente Mikroben gezüchtet, die für künstliche Intelligenz gedacht sind. Ich könnte die modifizieren und aussetzen."

Der Dracan kann dem Wissenschaftler nicht folgen.

„Wie kann das mein Problem lösen?"

Ansam versucht es auf einfache Art zu erklären.

„Sieh..."

Mit den Händen zeigt er es ihm auf.
„...meine Mikroben sind intelligent, ich kann ihnen beibringen, alle Sprachen auf jeder Welt in kurzer Zeit zu verstehen. Bei einer neuen Sprache würden sie eine zeitlang zuhören, und dann aufgrund der gespeicherten Daten, die Sprache entschlüsseln und übersetzen! Durch ihre Schwarmintelligenz wären in sehr kurzer Zeit alle Sprachen entschlüsselt...danach würden sie in den Gehirnen der Wesen jede Sprache zu einer einzigen Übersetzen. Möchte das Wesen eine andere Sprechen, müsste es sich arg anstrengen...“

Eigentlich möchte der Drache eine raschere Antwort, deswegen unterbricht er den Chefgenetiker von Ismal.

„Wie hilft das, damit alle die gleiche Sprache sprechen? Ich will nicht mit Mikroben diskutieren!“

Ein wenig überheblich verzieht Ansam seine Augen.

„Die Mikroben werden von mir in der Natur ausgesetzt, sie vermehren sich rasch und dringen in jedes Lebewesen ein. Dort docken sie sich ins Gehirn ein und übersetzen direkt alle Sprachen. Das jeweilige Wesen wird zwar seine Muttersprache noch irgendwie beherrschen, aber es muss sich sehr konzentrieren, wenn es sie sprechen möchte. Sonst spricht er nur eine Sprache! Diejenige, die ihr auswählt. Aber wie gesagt, es dringt in die Rechte der Wesen ein! Und ich weiß nicht, wie die Mikroben auf niedere Wesen ohne Sprache einwirken?“

Das erstaunt den Drachen, zu was die Menschen fähig sind.

„Das kannst du vollbringen, diese Mikroben programmieren alle Gehirne um?"

„Ich sehe du hast verstanden, scheinbar hatte dein Volk einmal Computer?"

„Ja, als wir noch mit der Technik lebten! Eine Sprache für alle wäre also wirklich machbar?"

Ein wenig duckt sich der Genetiker.

„Ja eigentlich schon, aber es könnte Nebenwirkungen mit sich bringen..."

„Was für Nebenwirkungen?"

„Die Mikroben vermehren sich auf allen Welten, es könnte auch auf andere Welten überspringen. Dazu braucht es zwar sehr viele Mikroben auf einmal, aber es wäre möglich. Auch gilt zu bedenken, die Tierwelt ist dann ebenfalls infiziert... vielleicht könnte es Mutationen geben und das eine oder andere Tier beginnt zu reden? Natürlich ist das nur Theorie!"

Lange überlegt der Drache, seine grünen Schuppen werden immer dunkler.

„Das eine mit dem anderen abzuwägen ist schwer, noch schwerer wiegt aber der Wirrwarr und die vielen Kriege deswegen. Ständig gibt es Schlachten mit Tausenden von Toten! Lass diese Mikroben frei, das Gute daran wiegt schwerer. Mit dem Negativen werden wir lernen müssen zu leben..."

„Gut, zuvor muss ich natürlich meine Vorgesetzten fragen..."

Zornig steht der grüne Drache auf, er schlägt kurz auf die Lehne an seinem Thron.

„Sagte ich nicht, hier bin ich das Gesetz? Deine Herren werden dir das sicher verbieten, doch wir müssen etwas gegen den Wirrwarr tun! Du wirst ihnen nichts sagen, sondern diese Mikroben einfach so aussetzen."

Von einem solchen Experiment träumt Ansam schon lange, er weiß, das es Grosses bewirken wird. Nur darf er niemanden von seinem Erfolg erzählen, das kratzt ein wenig an seinem Wissenschaftsstolz.

„Ich verstehe dich also richtig, ich soll die Mikroben ohne Test und Kontrolle aussetzen? Du weißt, dass dabei unvorhergesehene Dinge geschehen könnten? Nicht nur eine Mutation bei Tieren, die wegen der Evolution gerade zum Sprung zu einer Sprache sind, es könnte auch ein Desaster im Gehirn von einigen Wesen auslösen. Bist du dir sicher, dass ich es wirklich tun soll?"

„Ja, es muss geschehen! Wenn es funktioniert, wird der Nutzen enorm sein!"

„Und wenn es nicht funktioniert, könnte es großen Schaden anrichten!"

„Wie lange wirst du dafür brauchen?"

„Mit unseren Apparaturen kann ich in ein, zwei Tagen große Mengen der Mirkoben züchten. Bis sie sich überall verbreitet haben, können gut und gerne zwei Jahre vergehen."

„In zwei Salmanen sprechen alle die gleiche Sprache? Gut, dann geh und mach es so! Noch heute werde ich ein Dekret erlassen."

Während Ansam wieder in seine Heimatstadt Ismal geht, bauen seine Arbeiter einen Kommunikator in den Thronsaal. Simraldur hingegen ruft einen Schreiberling herbei, ein flügelloser Drache erscheint mit Pergament und Feder.

„Ihr wünscht mein Dracan?"

„Ich habe schon lange ein Schriftstück vorbereitet, ich wartete nur noch auf die Verwirklichung. Nun ist es soweit, auf dem Tisch liegt es, zeichne es sauber ab, kopiere es dann, lege mein Siegel drauf und lass es auch in den kleinsten Dörfern verteilen. Der erbärmliche Streit um Handel und Hoggs soll endlich enden..."

Der Schreiberling verneigt sich ein wenig.

„Darf ich einwenden, dass ihr euch dann nicht nur Freunde schafft?"

Müde setzt sich der Dracan wieder auf seinen Thron.

„Ja, das erwähnte auch meine Frau...geh nun und tu was ich dir aufgetragen habe!"

Der Schreiberling macht sich sofort an die Arbeit und verfasst das Schriftstück, danach gibt er es unzähligen Schriftstückkopierern, die alles haargenau abzeichnen. Erst nach einigen Endanen kann das Dekret verteilt werden, Zeit genug für Ansam seine Mikroben auszusetzen. Noch nie konnte der Genetiker etwas weltbewegendes vollführen, bis auf den heutigen Endan, da veränderte er vielleicht sogar das Universum!

Tatsächlich hatte der Schreiberling recht, Simraldur hat sich zahlreiche Feinde geschaffen, die mit dem Dekret überhaupt nicht zufrieden sind. Dafür beginnt der Handel zu blühen, keiner bekommt mehr Streit wegen Hoggs Umrechnungstabellen, auch gibt es keine Missverständnisse mehr, weil jemand die Sprache des anderen nicht versteht.

Für alles gibt es einen Preis, es kommt nur auf die Höhe an, die man bereit ist zu zahlen.

Das Dekret!

27

⫴ ⦂ ○ ⊥ ○ ⊥ ⫴ ○ ⋙ K ○ ⊢
⊢ ⦂ ∟ ⊦ △ ‖ ⊥ □ ⊏ □ K ⊢

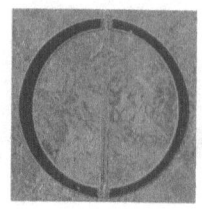

Ende

Die Zeit der Helden und Magier

- Moderne Sklaverei

Dragon Fantasy Verlag
8200 Schaffhausen
Autor Stefan Daniel Pfund
© Autor 20.01.2007
© Verlag ab 2007

Vieles geschieht im Namen der Gerechtigkeit, anderes weil die intelligenten Wesen schlichtweg zu faul sind!

Wir schreiben das Salman 6240 vor auf Draconisch: Schon lange haben die Menschen Draconisch besiedelt, natürlich mussten sie zuvor die Erlaubnis der Drachen einholen. Schließlich sind die schon sehr lange Zeit die Herrscher des Planeten!

In ihrer Herrscherphase kamen viele Rassen und siedelten auf dem Planeten. Die Menschen sind die einzigen, die von sich aus den Weg auf Draconisch fanden, alle anderen wurden von einer rätselhaften Macht hergebracht.

Die Menschen erbauten zwei mächtige Städte, Triamon City hat sehr viel Industrie, dafür ist Ismal für seine Forschungen bekannt. Triamon ist zudem die erste Stadt, die vollkommen von einem Computer gesteuert wird!

Seit ein paar Tausend Salmanen leben die Menschen und die Drachen friedlich nebeneinander. Für die Menschen ist es der zweite Planet den sie außerhalb ihres Heimatplaneten Gorgon offiziell besiedelten. In den letzten Endanen veränderte sich aber die politische Lage auf Draconisch, denn ein tyrannischer Drache, Smralldur, bedroht die menschliche Rasse! Das kann der momentane Dracan Haraldur zwar nicht dulden, aber Smralldur ist sein eigener Sohn und so steht der Herrscher vor schweren Entscheidungen!

In Ismal forschen die Menschen nach allerlei Dingen. Da die Gesetzeslage auf ihrem Heimatplaneten ein wenig schwierig ist, haben sie größere Forschungsbereiche nach Draconisch ausgelagert. So wurde vieles in Ismal erfunden, das sie dann nach Gorgon exportierten. Der große Export bescherte Ismal viel Reichtum, die Bewohner führen ein Leben im Luxus und in den Bauwerken strahlt die Stadt ein Hauch von Gigantismus aus.

Tief unter der Erde liegt ein ganz spezielles Forschungslabor, hier werden genetische Experimente durchgeführt. Viele Männer und Frauen in weißen Overalls arbeiten an Computern, Analysegeräten, Extrahierungsapparaturen und an manchem anderen Arbeitsplatz.

Plötzlich sehen alle Wissenschaftler/innen kurz verstohlen auf, ein Mann mit schwarzer Uniform, die keine Rangabzeichen aufweist, betritt das Labor eins! Ganz offensichtlich ist der Mann vom Geheimdienst! Er bleibt Mitten im Raum stehen.

„Wo ist Hauptwissenschaftler von Gries?"

Einige der Wissenschaftler zeigen mit den Händen auf einen ordentlich aufgeräumten Computerschreibtisch. Dort analysiert der Hauptwissenschaftler des Labors eins, Gunter von Gries, gerade auf seinem Hologrammbildschirm einige Daten. Der Wissenschaftler ist schmächtig und trägt eine altmodische Brille, er stellt wohl das von jedem erdachte Bild eines eingefleischten Wissenschaftlers dar.

„Wer ruft meinen Namen?"

Der Fremde steuert direkt auf den penibel aufgeräumten Arbeitsplatz zu.

„Wir müssen uns unterhalten!"

Der Wissenschaftler ist das pure Gegenteil des Schwarzuniformierten.

„Und sie sind?"

„Mein Name hat sie nicht zu interessieren!"

Von Gries steht auf.

„Na gut, ich kann eine Pause gebrauchen, gehen wir ein Stück!"

Die Beiden gehen durch das Labor in einen länglichen Gang, der wieder in einem anderen Labor mündet. Aus der Sicht von Gries ist der Geheimdienstmann ein Riese, das mag daran liegen, dass der Wissenschaftler nicht gerade groß ist!

„Nun, was kann ich für den Geheimdienst tun?"

„Die Sache ist ein wenig heikel. Wir haben Informationen erhalten, wonach die Drachen untereinander verstritten sind. Ein gewisser Smralldur will angeblich die Menschen vernichten, weil Draconisch den Drachen gehöre!"

Erstaunt blickt von Gries nach oben zum Fremden.

„Haben sie die Bevölkerung schon informiert?"

„Nein, das wird auch nicht geschehen, denn wir wollen eine Panik verhindern. Sonst wollen alle nach Gorgon evakuiert werden, und dafür haben wir nicht die Mittel!"

„Und wenn die Drachen tatsächlich angreifen?"

„Die Regierung der Drachen ist auf unserer Seite, das wird sicher nicht geschehen...aber falls doch, müssen wir die Daten von den Experimenten in die Heimatwelt bringen!"

„Ich soll meine Forschungsdaten nach Gorgon retten? Ich will die Wahrheit wissen, steht ein Angriff bevor?"

„Ausschließen können wir es nicht! Die Forschungsdaten sind zu wichtig, sie müssen gerettet werden. Meine Kollegen sind auch in die anderen Labors gegangen, alle Hauptwissenschaftler werden zur Rettung ihrer Forschungsdaten aufgerufen!" Verunsichert bleibt von Gries stehen.

„Aber ich bin noch lange nicht am Ziel...was geschieht dann mit meinen Daten?"

„Wir fliegen die Hauptwissenschaftler nach Taldarin und überführen sie nach Gorgon. Der Geheimdienst wird sie gut schützen!"

„Es geht doch nicht um meinen Schutz, meine Arbeit ist hier noch lange nicht fertig...ich..."

Der Schwarzuniformierte unterbricht den schmächtigen Wissenschaftler.

„Welches ist ihr Forschungsgebiet?"

„Ich soll humanoide Diener erschaffen, die besser agieren können wie die Roboter!"

„Sie machen bereits Versuche an lebenden Objekten?"

„Wir sind schon lange über dieses Stadion hinaus! Ich habe das menschliche Genom genommen und daraus eine neue Rasse konstruiert, aber sie ist noch instabil!"

„Instabil, inwiefern?"

„Da muss ich ein bisschen ausholen, unsere Gesellschaft hat vor langer Zeit die Androiden erfunden. Sie sollten das Leben erleichtern, was sie auch taten. Das Problem dabei ist, sie fühlen nichts! Ohne Gefühle können sie einige Dinge nicht erledigen, da kommt ein humanoides Wesen gerade richtig! Als das erste Raumschiff mit Wissenschaftlern Terra kolonisierte stießen sie auf Primaten, die sie mit menschlichen Genen kreuzten – es entstand eine neue Rasse! Anscheinend intelligent, stark und geeignet für harte Arbeit. Auf den Daten, die sie uns per Funk schickten, sahen die Wesen nicht gerade schön aus, aber das ist nicht wirklich wichtig. Sie hatten herausstehende Augengeschwülste und Haare am ganzen Körper. Wie sie wohl aus der Schule wissen, brach nach einiger Zeit, lange nachdem das Generationenschiff auf Terra landete, der Kontakt zur Siedlung ab.
Wir wissen also nicht, was aus dieser Rasse geworden ist. Aber mir kam die Idee, aus unseren Genen eine neue für uns nutzbare Rasse zu erzeugen!
Da ich kein Genmaterial von anderen Rassen bekam, musste ich in unserem Code herumwerken. Dabei habe ich einiges verändert, sie sollten weniger intelligent sein und uns loyal ergeben..."
„Haben sie schon welche ausgebrütet?"
„Ja, sie wurden in künstlichen Fruchtblasen aufgezogen und auf diesem Weg auch geboren, sie sind jedoch nicht wirklich geeignet, um ihre Aufgabe zu erfüllen."

Für den Geheimdienstler geht der Wissenschaftler zu weit ins Detail, er will eher das Endresultat erfahren.

„Machen sie es nicht spannend, was kam dabei heraus? Warum sind sie nicht zum Dienen geeignet?"

Von Gries dreht sich ein wenig, im Stand, um die Achse.

„Ich muss wohl ein paar Gene falsch angeordnet haben, denn sobald sie jemanden berühren, können sie sich in ihn verwandeln. Es scheint zwar für sie schmerzhaft zu sein, und doch finden sie großen Gefallen daran!"

„Kann ich sie sehen?"

„Ja, sie sind gleich da vorne, im Labor zwei!"

Die Männer gehen den Gang entlang in den nächsten Raum. Dieser Raum ist ziemlich weitläufig, der hintere Teil ist mit einem Gitter gesichert, denn dort leben die künstlich erzeugten Wesen. Erstaunt blickt der Schwarzuniformierte durch das Gitter, die Wesen sind völlig durchsichtig, man kann ihre Knochen, Adern und das in ihnen pulsierende Leben erkennen.

„Haben sie schon einen Namen?"

Belustigt nickt von Gries.

„Die Jungs nennen sie Karn! Weil sie als Kinder immer Ka sagen, die Älteren können bereits ein paar Brocken unserer Sprache!"

„Das müssen ja mindestens sechzig bis siebzig Stück sein?"

„Ja, ich ließ ziemlich viele ausbrüten, ich dachte, meine Rezeptur wäre richtig und wir könnten gleich in Massen produzieren. Aber mit diesem Effekt kauft sie uns keiner ab!"

Hinter den Gitterstäben spielen die Karn mit allerlei Gerätschaften, sie sind noch wie kleine Kinder, die ihre Welt erkunden. Einige Wissenschaftler und Pfleger betreuen die Karn, sie bringen ihnen Futter und neue Spielsachen.

„Nun, verkaufen können wir die da nicht, aber ihre Forschungsdaten sind trotzdem wichtig. Bestimmt können sie die Rezeptur verbessern?"

„Wenn ich genug Zeit habe? Vor fünfzehn Salmanen habe ich die ersten Exemplare schlüpfen lassen, doch seit damals finde ich den Fehler einfach nicht! Das Aussehen können wir bei jedem Menschen beliebig verändern, sogar seinen Samen können wir so verändern, dass die Kinder ihm ähneln. Aber eine neue Rasse mit besonders untertänigen Eigenschaften zu erschaffen ist sehr schwierig! Wir wollen ja keine Revolution heraufbeschwören, wenn die Diener plötzlich zu viel nachstudieren."

Der Geheimdienstmann ist sich vieles gewöhnt, seine Kaltblütigkeit ist fast schon sprichwörtlich.

„Trotzdem müssen sie ihre Forschungsergebnisse auf einem sicheren Datenträger speichern. Machen sie sich bereit, um evakuiert zu werden!"

„Wie sie wünschen...dann muss ich wohl auf Gorgon neu beginnen!"

41

Rasch gehen die Beiden ins Labor eins zurück, dort sichert von Gries sämtliche Daten auf einem länglichen Kristall.
„Ich habe alles..."
Leise spricht der Geheimdienstmann zum Wissenschaftler, schließlich soll nicht jeder hören, was er zu sagen hat.
„Gut, wir holen noch ihre Sachen und dann evakuieren wir sie auf unseren Heimatplaneten..."
Plötzlich wird es dunkel, alle Lichter gehen aus, der Strom ist weg. Aus anderen Stockwerken sind Rufe hörbar. Der Schwarzuniformierte begreift schnell was geschieht.
„Wir werden angegriffen, ohne Strom fällt der Schutzschild aus...wir müssen rasch zum Gleiter!"
Hektisch rennen die Beiden durch die dunklen Gänge, ein rotes Notlicht geht an, dass wieder geringes Sehen erlaubt. Auf der Oberfläche wird bereits gekämpft, dumpfe Einschläge sind zu hören, auch einige Schreie und Abschüsse von Raketengeschossen.
Nach unendlich vielen Gängen erreichen der Geheimdienstler und von Gries einen größeren Luftgleiter, ein Nurflüger! Der Gleiter ist im Prinzip ein einziger großer Flügel. Rasch besteigen die beiden den Luftgleiter, als alle drin sind entsteht ein Schild um das Flugzeug.
Ohne ernsthafte Probleme hebt der Nurflügler ab, mit dem Schild können sie direkt durch die angreifenden Drachen fliegen.

Von oben sehen die Wissenschaftler, wie Ismal nach und nach völlig zerstört wird.
Im Labor zwei hat einer der Pfleger erbarmen mit den Karn, er öffnet das Gitter und lässt sie frei...
Die Population der Karn ist groß genug, um als Rasse zu bestehen. Durch den Angriff auf Ismal, haben sie zwar einen kleinen Schock erlitten, deswegen bauen sie ihre Lager gerne in einem sicheren Wald auf, doch sie sind freudig daran sich zu vermehren. Bald schon siedeln sie sich im Kram Wald an!
Wie jede Rasse entwickeln sich die Karn eigenständig, so kann niemand sagen, was aus ihnen werden wird! Eines ist aber sicher, sie mögen keine Menschen!

Es wird behauptet, von Gries kam nach Gorgon durch, dort experimentierte er weiter an einer dienenden Rasse. Die Menschen auf Gorgon hatten sich nämlich verändert, viele wurden bequem, jeder wünschte sich einen Diener, und so kam von Gries gerade recht! Durch seine Forschungen wurde nochmals eine neue Rasse geschaffen, die konnte zwar nicht sprechen, ihre Stimmbänder fehlten, dafür waren sie die perfekten Diener. Was niemand ahnen konnte, lange nach von Gries Tod, entwickelte sich auch diese Rasse weiter...doch das ist eine andere Geschichte!

Ende

Die Zeit der Helden und Magier

- Eine kurze Reise

Dragon Fantasy Verlag
8200 Schaffhausen
Autor Stefan Daniel Pfund
© Autor 10.05.2008
© Verlag ab 2008

6240 vor der großen Schlacht in Maldaan ist ein schlimmes Salman für die Menschen auf Draconisch. Der Drachenkrieg hat sie in eine Schlacht mit hineingezogen, die für alle Menschen und auch all die anderen Wesen auf diesem Planeten Folgen hat.

Der Drache Smralldur hasste die Menschheit schon immer, er sieht in ihnen nur Ungeziefer. Sein Bruder Trinquar hingegen wollte den Menschen immer helfen, er fühlt, dass sie noch für heroische Taten bestimmt sind. Der Krieg fordert bereits zahllose Opfer! Da Trinquar gegen seinen Bruder und dessen Truppen kämpfen muss, kann er den Menschen kaum zur Seite stehen. Die erste Angriffswelle überraschte die Menschen derart, dass sie keine geeigneten Abwehrmaßnahmen treffen konnten. Trotz ihres hohen technischen Wissenstands wurden bereits alle größeren menschlichen Siedlungen von den feindlichen Drachen zerstört! Nur wenige Wissenschaftler konnten evakuiert werden, der Hauptgros der normalen Bürger hingegen ist dem Willen der Drachennation ausgesetzt! Keiner kann die Opfer aller Rassen zählen, denn der Hass von Smralldur beschränkt sich nicht nur auf Menschen, im Gegenteil, für ihn sind alle anderen Rassen, außer den Drachen, niedere Tiere! Ein jeder, von welcher Rasse auch immer, versucht sich irgendwo zu verstecken. Auf dem ganzen Planeten wandern riesige Trecks voller Flüchtlinge umher, die immer wieder von Smralldurs Kriegern angegriffen werden.

Da kaum mehr jemand den Drachen traut, will niemand Trinquar um Hilfe bitten.
Die Menschen bauten zwar nur zwei mächtige Städte, Ismal und Triamon, doch es gab unzählige kleine Siedlungen die ebenfalls zerstört wurden. Im Prinzip waren alle mit so genannten unsichtbaren Tunnels verbunden, die aber nun nicht mehr richtig funktionieren.

Ein menschlicher Flüchtlingstreck wandert von der einstigen schönen Stadt Ismal ziellos nach Nordosten, es mögen um die Tausend Menschen sein, zumeist sind sie von farbiger Natur. Alle konnten nur wenig von ihrem Hab und Gut retten, sie haben eine Art Anführer, den ebenfalls farbigen Hilder von Dolfingen!
Früher war Hilder ein normaler Bürolist, er hatte keine Führungsposition, denn seine Vorgesetzten hielten ihn für zu extrem. Durch die Drachen hat er seine ganze Familie verloren, sein Hass mag wohl grenzenlos sein! Nur Smralldur zu hassen ist Hilder zu wenig, zu viel Wut ist in seinem Körper. Seit er seine Familie sterben sah, hasst er alle fremden Völker! Hilder läuft an der vordersten Spitze, plötzlich hält er an.
„Halt!"
Der Treck stoppt und sieht zu Hilder, alle denken, er habe Drachen gesehen, doch von Dolfingen blickt nur zu seinen „Anhängern".
„Nie mehr! Wir haben alles verloren, unser Volk wurde vernichtend geschlagen...nie mehr!

Nicht nur die Drachen sind unsere Erzfeinde, alle fremden Rassen wollen unseren Tod! Nie mehr werden wir kuschen! Unsere Schiffe sind zerstört, die Planetenverbindung in Talldarin wird von Smralldurs Kriegern schwer bewacht. Unsere Waffen haben kaum mehr Energie, was uns keinen größeren Kampf mit den Drachen erlaubt! Wir sind hier gestrandet, von nun an wird dieser Planet unsere endgültige Heimat, doch wir werden uns nie mehr besiegen lassen! Seht uns an! Unsere Kleider sind zerschlissen, unsere Technik verloren, unsere geliebten Familienmitglieder sind tot - niee meehr!! Wir werden uns vermehren und sie bezwingen, wir erobern alles und jeden. Keiner wird uns je wieder besiegen! Doch zuerst müssen wir uns sammeln, denn unser Blut ist wichtig, wir sind die reinen, wir müssen uns vermehren, damit unsere Kinder zurückschlagen können..."

Von hinten ruft ein hellhäutiger jüngerer Mann nach vorne.

„Was faselst du da? Nur Smralldur will unseren Tod, nicht nur unseren, sondern auch den von allen anderen Rassen! Willst du alle anderen töten, weil ein einziger böse ist?"

Hilder blickt nach hinten, er erkennt den Mann der sich durch die Menschenmasse nach vorne drängt.

„Ach, von Babel...Smralldur persönlich hat deinen Vater mitgenommen!

Hast du das mir nicht selbst gesagt, als du mit deiner Frau von Triamon nach Ismal geflüchtet bist? Bestimmt wurde dein Vater gefoltert und dann langsam getötet!
Und nun verteidigst du die Drachen? Hast du keine Ehre im Leib?"
„Du willst nur alle Rassen töten, um der Rache Willen, was hat das mit Ehre zu tun? Sicher, bekäme ich Smralldur in die Finger, würde ich ihn töten, doch Trinquar und sein Gefolge haben mit der Mordtat nichts zu tun! Unsere Familie stand schon immer für das Recht und die Wissenschaft ein..."
„Was hat uns das gebracht? Die Babels predigten von Genetik, eure ganze Familie hat in der Natur herumgepfuscht und nun? Sind wir deswegen von den Drachen verschont geblieben, haben die von Babels eine Waffe gegen die Angreifer entwickelt? Nein, sie brachten uns höchstens Leid und Verdammnis! Und ein solcher Naseweis will uns belehren? Schämen solltest du dich, dass du deinen Vater nicht rächen willst!"
Gilbert von Babel sieht die vielen menschlichen Flüchtlinge an.
„Wollt ihr euch mit ihm versündigen? Seit ihr wirklich so blind, dass ihr nicht seht, wohin er euch führt?"
Ein Raunen und flüstern geht durch die Menschenmenge, keiner will Babel zuhören, denn sie haben alle gelitten und sind empfänglicher für den Hass von Hilder. Bereits wollen die Menschen auf Gilbert losgehen, doch da hält von Dolfingen sie ab.

49

„Wir töten uns nicht gegenseitig, unser Blut ist kostbar! Doch Zweifler wollen wir nicht bei uns haben, so soll er von dannen ziehen!"

Kopfschüttelnd geht Gilbert durch die Menge, er nimmt seine hübsche, hellhäutige Frau an der Hand und läuft nach Norden. So viel Hass kann Gilbert nicht begreifen, sein Vater lehrte ihn die Genetik und auch das Recht zu wahren. Aber blindwütig zu hetzen und wenn möglich auch noch Unschuldige zu töten, dass kann und will Gilbert nicht verantworten. Lieber will er mit seiner Familie alleine leben, als zu einem gewissenlosen Mörder zu mutieren!

Auch seine liebliche Frau Granie von Babel ist seiner Meinung.

„Ich weiß, dass du recht hast! Deswegen liebe ich dich auch so! Bedenke auch, wenn wir gehen, dann sind wir vielleicht für immer alleine, auch unsere Kinder!"

„Sollen unsere Kinder bei verblendeten Fanatikern aufwachsen? Hilder würde ihnen nur Hass lehren, das ist kein gerechtes Leben!"

Granie blickt ein wenig traurig zur Menschengruppe, diesen Fanatikern will sie nicht folgen, aber alleine mit ihrem Mann leben? Dieser Gedanke erschreckt sie zuerst ein wenig. Doch desto mehr die Zwei sich von den anderen entfernen, desto eher freundet sich Granie mit dem Gedanken an.

„Granie sieh!"

Gilbert zeigt nach vorne, ein Hügel mit saftigen Wiesen liegt weit vorne auf ihrem Weg.

„Das muss Galadan sein - dort oben werden wir uns ein Haus bauen! Danach gehe ich noch einmal nach Ismal..."

Furcht ergreift Granie, sie krallt sich an Gilberts Arm fest.

„Warum willst du nochmals dorthin? Die Drachen sind bestimmt noch in der Nähe!"

„Die Labore waren ganz unten, vielleicht haben wir Glück und einiges hat den Angriff überstanden! Ich werde so viel retten wie möglich, wer weiß, eines Endans sind wir nicht mehr alleine..."

„Deine Familie und die Genetik! Seit Generationen schwärmen die männlichen Babels von dieser Wissenschaft...das werde ich wohl nie verstehen."

Währenddem wandern Hilders Flüchtlinge nach Osten, er will sein Volk so weit wie möglich von den Drachen weg bringen. Danach will er sich sammeln und sein Volk erstarken lassen, damit sie alles und jeden erobern können! In Hilders Kopf wachsen fanatische und grauenhafte Fantasien heran, die er auch gedenkt in die Tat umzusetzen!

Es heißt, er habe einen Weg gefunden, sein Leben stark zu verlängern, doch nie hat jemand etwas näheres herausgefunden!

Ende

Die Zeit der Helden und Magier

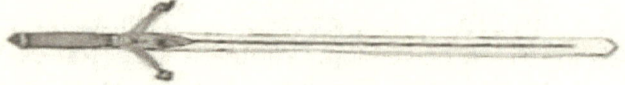

- Das Pulma Reich

Hundertfünfzig Salmanen nach dem Ende der Xsis Sekte ist der Schrecken dieser Traumbarbaren endgültig vergessen gegangen. Die Völker leben wieder mehr oder weniger in Frieden. Ingkros der Urmagier vom blauen Zirkel, der nicht nur die Xsis vernichtend geschlagen hat, sondern auch viele andere Heldentaten beging, wurde zur Legende! Er ist hoch angesehen, seine Falten und Runzeln wuchsen mit den Salmanen, aber trotzdem ist er noch sehr beweglich und vital. Frühere Legenden besagen, er sei zweitausend Salmanen alt, jüngere Legenden behaupten, er sei fünftausend Salmanen alt! Aber ihn kümmert das wenig, er meint, Gerüchte halten einen am Leben!

Seit ein paar Salmanen lebt und dient Ingkros bei den Rasahrdans, denn für den alten Magier sind die Talschmuds zu korrupt geworden. Für Ingkros ist es nur eine Frage der Zeit, wann das Talschmud Reich untergeht! So viele Salmanen hielt er dem Reich der Talschmuds die Treue, doch Korruption und Kriege nahmen derart überhand, dass er sich neue „Verbündete" suchte.

Die Rasahrdans sind eine kleingewachsene Rasse, die enorme Kräfte hat, die meisten werden höchstens 1,50 Meter klein, einige sind aber 1,60 Meter, das sind für sie aber bereits Riesen. Der Führer der Rasahrdans heißt Kmar, er ist sehr stark, für einen seiner Rasse mittelgroß, zudem hat er eine große Persönlichkeit! Stolz trägt Kmar einen langen roten Bart, auch sein Haupthaar ist rot.

Man sagt bei den Rasahrdans, dass vor ein paar Salminen, genauer gesagt vor vier Salminen, sich die Zwerge und die Rasahrdans trennten. Durch die lange Zeit der Evolution bekamen die Frauen der Rasahrdans vier Brüste, da sie immer zwei Kinder auf einmal gebären!

Seit vier Salminen ziehen die Rasahrdans als Nomaden umher, sie suchen ein neues zu Hause. Von den meisten Völkern wurden sie vertrieben, an anderen Orten sind sie von sich aus gegangen, nie fanden sie den geeigneten Platz zum Leben. Bis sie Ingkros nach Norden führt! Östlich vom Ratar Berg gründet Kmar eine Stadt für alle Rasahrdans - Kmarung! Sein Reich nennt Kmar Pulma!

Den Standort von Kmarung hat Kmar nicht einfach aus dem Bauch heraus bestimmt, nein, etwas ganz anderes ist ausschlaggebend, rund um Kmarung hat es hohe Gold- und Edelsteinvorkommen!

Zudem beansprucht keine andere Rasse dieses Land, es wurde schlichtweg nicht von anderen entdeckt. Südlich leben zwar die Maurudiah in mehreren kleineren Siedlungen, doch die Maurudiah sind eine Kriegerkaste, am liebsten dienen sie einem Herrn oder König, der sie führt. In ihrer Vergangenheit stellten die achtarmigen, grünlichen, flinken Wesen nie selbst einen Herrscher auf. Meistens verdingen sie sich als Söldner für andere Herrscher, darin sind sie gut, das lieben sie.

Die Maurudiah haben zwar noch zwei andere Kasten, die Arbeiter und die Sgoos, aber diese zwei Kasten sind nicht sehr angesehen. Es gibt immer wieder Fälle in denen die unteren Maurudiah in die Kriegerkaste wechseln. Wer weiß, hätten die Maurudiah von den Goldvorkommen gewusst, vielleicht hätten sie das Gebiet um Kmarung für sich beansprucht. Doch nun ist es zu spät, denn die Rasahrdans sind geübt im Bergbau, sie sehen sofort, wo etwas zu holen ist, scheinbar eine Vererbung der Zwerge!

Rasch treiben die Rasahrdans einige Stollen in die Tiefe und bergen die Reichtümer in Massen! Viel davon verkaufen sie an Händler und andere Reiche, so wird Kmarung unendlich vermögend! Eine bombastische, prächtige Stadt entsteht, jeder Besucher wird vom Reichtum geblendet! Nur drei Salmanen nach der Gründung von Kmarung ist das Pulma Reich enorm wohlhabend, es gibt keinen armen Rasahrdans mehr! Zudem stehen die Maurudiah im Dienst der Rasahrdans, somit gibt es auch keine armen Maurudiah mehr!

Viele Neider wollen von diesem Reichtum ein Stück abschneiden, doch Kmar lässt sich nicht einschüchtern, und seine Maurudiah Armee ist kaum zu schlagen!

Der Herrscher der Rasahrdans, Kmar, ist seinem Gönner dem Magier Ingkros unendlich dankbar, schließlich führte der Magier sein Volk in das gesegnete Land, das Kmar Pulma Reich taufte.

Trotzdem macht sich der Herrscher sorgen, der alte Magier läuft, vor lauter Schmerzen, stets gebückt, auch dünkt es ihn, der Magier habe zahllose Sorgen, denn nie sah Kmar ein Lächeln in Ingkros Gesicht. Deswegen lässt Kmar seinen Magier zu sich rufen. Nie im Leben möchte Kmar auf den Rat seines Magiers verzichten.

Mit langsamen, schwerfälligen Schritten tritt Ingkros an den Herrscherthron.

„Du riefst nach mir?"

Freudig begrüßt Kmar seinen Magier.

„Ja, in der Tat, das habe ich. Mein Volk und ich haben dir viel zu verdanken, durch deine Führung kamen wir hier her. Unser Reichtum ist dein Verdienst, und was muss ich sehen? Du bist von Endan zu Endan betrübter, das schmerzt mein großzügiges Herz. Deswegen habe ich beschlossen dir einen Wunsch zu erfüllen, auch wenn du als Magier alles haben kannst, vielleicht kann ich dich mit irgendetwas anderem erheitern?"

Der alte Magier ist gerührt, er kann kaum sprechen vor Rührung, leise spricht er durch seinen dicken Bart.

„Es gäbe etwas, aber es wäre zu viel verlangt..."

Das will Kmar nicht gelten lassen.

„Nichts kann unsere Schuld dir gegenüber je aufwiegen. Sag mir was du möchtest und ich versuche deinen Wunsch zu erfüllen."

Die vielen Sorgen drücken Ingkros noch weiter gen Boden, sein Rücken ist so schon gebückt genug, doch jetzt drückt er noch weiter nach unten.

„Ich mag nicht mehr...ich wünschte es wäre Schluss!"

„Das verstehe ich nicht! Du meinst doch nicht?"

„Doch, das meine ich, der Salmanen sind genug, ich möchte in die Schattenwelt. So viele sah ich sterben, so viele Freunde habe ich in den zahllosen Salmanen verloren, nur ich bin geblieben! Ich kann mich kaum mehr daran erinnern, wie viel Zeit ich auf Erden verbrachte. Meine Gedanken sind bloß noch trübe. Eine unendliche Anzahl Geister ziehen stets an mir vorbei, alle sah ich einst sterben, entweder durch fremde oder meine Hand!"

„Wenn es denn dein Wunsch ist, so respektiere ich das, du kannst meine beste Waffe haben!"

Ganz fein schüttelt der Magier seinen Kopf.

„Es wäre zu schön, wenn es so leicht ginge...noch nie erzählte ich jemandem, was ich dir nun erzählen will!"

Ingkros setzt sich auf einen kleinen Holzstuhl der neben dem Thron steht.

„Es gibt so viele Gerüchte über mich, doch kaum eines ist wahr. Wahr ist, ich bin uralt! Ich lebte einst in Triamon, meine Familie hatte keine Sorgen, im Gegenteil, bis meine Schwester große Schuld auf sich lud. Sie wurde von Triamon verbannt, dabei war sie so klug, doch irgendwie überkam sie der Wahnsinn. Du musst wissen, Kmar mein Herrscher, früher hatten die Menschen Technik und Wissenschaft zu einer unerreichten Blüte getrieben!

Meine Schwester war Chemikerin, sie erfand ein Mittel, mit dem man sehr lange leben konnte.

Als sie verbannt wurde, konnte sie noch mehr dem Bösen frönen, es war entsetzlich, die Schuld enorm. Meine Familie verlor ihren Ruf, keiner der von Alldan hieß konnte noch Karriere machen, selbst normale oder niedere Arbeit wurde unserer Familie verwehrt. Da entschloss ich mich die Taten meiner Schwester zu sühnen – für immer gutes zu tun! Ich nahm ebenfalls ihr Mittel, doch die Rezeptur war nicht die Gleiche! Ich musste sie neu zusammenmixen, denn meine Schwester nahm ihr Geheimnis natürlich mit sich. Mir blieben nur einige alte Notizen von ihr erhalten. Mein eigener Lebenstrank gelang mir und auch wieder nicht! So konnte ich zwar nicht mehr sterben, dafür wurde ich älter und älter, die Schmerzen nahmen zu, ebenso die Falten. Anscheinend wirkt das Mittel bei meiner Schwester hervorragend, sie sei immer noch jung und schön, berichtete man mir. Doch auch bei ihr gibt es einen Haken, bei Endan kann sie sterben...alles hat irgendwo zwei Seiten!"

Neugierig will Kmar den Namen seiner Schwester wissen.

„Wie hieß deine Schwester denn? Ist der Name geläufig?"

Ingkros schluckt tief.

„Ich spreche den Namen nicht gerne aus, mein Name war Ingkros von Alldan, doch das von Alldan legte ich bald einmal ab, nun bin ich Ingkros der Urmagier vom blauen Zirkel. Sie heißt Knasi von Alldan!"

Mit großen Augen blickt Kmar zu seinem weisen Magier.

„Knasi? Die Knasi? Königin...wirklich?"

„Ich weiß, alle Welt kennt diesen Namen! Sie ist die Königin der Itkamps Cust Allas! Ich habe für sie gebüßt, all die Salmanen...mehr als fünftausend Salmanen lang! Ich musste zusehen, wie so vieles unterging, wie Üjom sein Reich versklavte, oder die vielen Kriege der Talschmuds – ich kann den Tod nicht mehr sehen! Nur noch einen möchte ich erleben, meinen eigenen! Wäre nur nicht diese Unsterblichkeit, keine Waffe vermag meine Haut zu verletzten, kein normaler Zauber tötet mich, auch kein normales Gift kann mich niederstrecken! Die Xsis hätten es im Traum geschafft, doch die Xsis sind nicht mehr. Es gibt nur eines was mir helfen kann..."

Der Magier wird besonnen, denkt an früher, doch Kmar holt ihn zurück.

„Was? Sprich."

„Ganja, die tödlichste Pflanze der Welt! Sie ist zwar wunderschön, sie hat eine weiße, feste Blüte, die ein wenig an Spargel erinnert, zudem hat sie immer ein großes, grünes Blatt, das sich in der Nadne um die Blüte stülpt. Nur wächst diese Pflanze hauptsächlich auf dem Boden von Tupadan! Selbst für mich ist sie unerreichbar! Keine Macht kann die Gismiiis aufhalten zu töten. In Tupadan ist die Pflanze nicht mal selten anzutreffen, aber die Gismiiis würden mich gefangen nehmen, und dann hätten sie vielleicht die Möglichkeit zu fliehen!

Einst war auch ich bei Trinquar in der Lehre, er gab mir viel Wissen mit. Nun, genau dieser Trinquar umgab die Gismiiis mit einem magischen Feld, dass sie selber nicht durchdringen können, wohl aber alle anderen Wesen!"

Kmar ist besessen davon Ingkros seinen Wunsch zu erfüllen.

„Gemach, ich schicke hundert Maurudiah und einen Zauberer, um die Pflanze in Tupadan zu erobern! Meine Krieger sind besser als die Gismiiis! Dein Wunsch wird dir erfüllt!"

Der alte Magier kann es kaum glauben.

„Ich weiß nicht, das Risiko ist groß! Das Leben der hundert Krieger könnte dadurch enden, mein Freund Ruhr pflegte zu sagen, die Weisheit liegt in der Tat, doch die Erkenntnis kommt mit dem Resultat."

„Du kanntest Ruhr? Das ist wirklich bemerkenswert, aber selbst Ruhr würde es bestimmt billigen - die Weisheit liegt schließlich in der Tat!"

„Ja, aber mit dem Resultat kann eine schlimme Erkenntnis kommen. Paradox, Ruhr wurde damals zu einem Gismiiis verwandelt...obschon, Trinquar erwähnte einst, er habe Ruhr zurückverwandelt und ihn in Sicherheit gebracht, aber auch die Drachen haben zuweilen komische Momente."

„Keine Diskussion, wir werden die Pflanze besorgen! Dein Wunsch nach Ruhe wird erfüllt! Niemand kann dir das, nach all diesen guten Taten, verwehren!"

Schweigend bleibt Ingkros auf dem Schemel sitzen, er fühlt sich nicht wohl bei dem Gedanken, dass hundert Krieger für ihn nach Tupadan ziehen!

In der Tat, Kmar macht seine Worte wahr, noch am nächsten Endan ziehen hundert Maurudiah Krieger und ein Rasahrdans Zauberer nach Tupadan. Auf edlen Rossen reiten sie über das Land, viele Länder stehen schon in der Schuld des Pulma Reichs, denn Kmar verleiht großzügig Hoggs an Herrscher die zuviel ausgeben! Selbst das Talschmud Reich hat sich bei Kmar hoch verschuldet, so ist der Talschmud, im Prinzip, bereits vom Pulma Reich abhängig! Nichts kann die hundert Krieger aufhalten, kaum jemand würde sie auch aufhalten wollen, denn jeder weiß, das würde das Ende der Kredite bedeuten. Alsbald sehen die Krieger aus dem Volk der Maurudiah die blaue, magische „Glocke" über Tupadan. Kein Gismiiis kann durch die Glocke wandern, alle anderen lebenden Wesen bewegen sich hingegen ohne Probleme durch den blauen Schirm. Trinquar brachte es damals nicht über sein Drachenherz die Gismiiis auszurotten, schließlich hat sein Volk die Gismiiis erschaffen.

Schuld und Unschuld liegen nah beieinander!

Der kleine Rasahrdans Zauberer ist sich der Mission nicht mehr so sicher.

„Hört her, wenn wir durch das blaue Licht ziehen, dann sind wir ein gefundenes Fressen für die Kreaturen dahinter. Keiner könnte uns dann noch helfen!"

Der Anführer der hundert Maurudiah Krieger, noch jung an Salmanen, widerspricht den Worten des Zauberers.

„Wir sind Krieger, wir kämpfen, wir sterben...Ingkros hat Tausende von Salmanen gutes getan, dafür verdient er ein großes Opfer! Und zudem versprach uns Kmar jede Menge Hoggs!"

Der Zauberer macht ein ernstes Gesicht.

„Verdient er auch unseren Tod? Wieso habe ich diese Strafe verdient? Kein Hoggs ist dies wert!"

„Noch sind wir nicht in der Schattenwelt! Zudem, willst du ewig leben? Sieh dir Ingkros an, er wünscht sich nichts weiter als den Tod! Und du? Du jammerst wie ein Feigling!"

Das will der Zauberer nicht auf sich sitzen lassen.

„Reiten wir durch das blaue Licht, denn die Schattenwelt braucht neue Krieger! Und einen törichten Zauberer..."

Im Galopp reiten die Krieger und der Zauberer durch das bläuliche Licht. Im Innern der blauen Glocke von Tupadan sieht es nicht anders aus, als außerhalb des magischen Schirmes. Der Endan schimmert hier halt bläulich, aber die Pflanzen sind die gleichen, nur Tiere sind kaum welche zu sehen. Dafür gibt es viel Wald, und ein paar größere Wiesen.

Die Krieger reiten gen Wald, denn auf der Wiese sehen sie die gesuchte Ganja Pflanze nicht. Alle von der Expedition wollen so schnell wie möglich wieder aus Tupadan verschwinden, schließlich sind sie nicht lebensmüde!

Die Bäume sind schon zum Greifen nah, doch plötzlich raschelt und zischt es aus dem Gebüsch! Aus zugedeckten Erdlöchern springen unzählige Gismiiis heraus, mit ihren spitzen und scharfen Unterarmknochen schlitzen sie einen Maurudiah Krieger nach dem anderen auf, selbst die Reittiere werden nicht verschont. Das Gemetzel ist grauenhaft, überall liegen blutende Gedärme herum, die sofort von den hungrigen Gismiiis aufgefressen werden. Kein Fleisch bleibt ungefressen liegen!

Der Anführer der Maurudiah Krieger kann die Schlachtformation seiner Männer kaum mehr aufrechterhalten. Er zeigt mit den rechten Armen zum jüngsten Krieger.

„Geh, und sage unserem Herrscher was hier geschieht...geh, bevor es zu spät ist..."

Doch der Anführer ist bereits aufgeschlitzt, bevor er seine Worte ausgesprochen hat!

Mit schnellen Schritten versucht der junge Krieger zu entkommen, sein Pferd wurde bereits lebendig vertilgt, die Gismiiis lieben frisches Blut und pochende Herzen!

Die blaue Glocke ist nur ein paar Schritte entfernt, doch hinter dem Krieger rennen fünfzig Gismiiis her. Zahlreiche Schnittwunden verlangsamen die Flucht des Kriegers, mit vier Händen ist er schon durch den blauen Dunst gelangt.

Nun nimmt er einen Satz und springt durch das Blau. Die fünfzig Gismiiis machen es ihm nach, sie springen und werden sofort von der blauen Glocke hart zurückgeworfen. Vor lauter Wut beginnen die fünfzig Bestien sich gegenseitig zu bekämpfen und auseinander zu reißen!

Ohne nach hinten zu sehen, rennt der junge Maurudiah Krieger in die Heimat nach Kmarung.

Aus der blauen Glocke hört man heftiges Schmatzen und Knurren, die Gismiiis hatten schon lange kein so leckeres Fleisch mehr. Das meiste freilaufende Wild haben sie schon vor Salmanen erlegt!

Einer der Expedition lebt noch, der Zauberer, er hat sich beim ersten Anzeichen von Gewalt sofort ergeben. Kniend fleht er vor den Gismiiis um Gnade.

„Tötet mich nicht, ich habe eine Versicherung dabei..."

Ein mächtig großer und starker Gismiiis tritt an ihn heran, mit dunkler, grummelnder Stimme wirft er den flehenden „Wurm" von einem Feigling zu Boden.

„Was ist eine Versicherung?"

Zitternd und schlotternd verhaspelt sich der ängstliche Zauberer.

„Ich besitze den Weg nach draußen..."

Der Gismiiis kann sich kaum zurückhalten, den Zauberer lebendig zu zerfleischen, alles in ihm bebt und zittert, dennoch will er hören, was der Schwächling spricht.

„Für dich..."

„Ne...nein, nein, für euch!

Ich dachte mir, nimm eine Versicherung mit, für den Fall, das wir euch treffen...und die Schlacht verlieren!"

Mit seinem Knochen fährt der Anführer-Gismiiis an der Backe des Zauberers entlang.

„Du kannst uns raus bringen?"

Ängstlich kriecht der Zauberer vor dem mächtigen Gismiiis im Nass der Wiese.

„Ja, nein, ich habe ein Pulver dabei, das ihr aufbrühen könnt, es reicht für sechzig von euch. Wenn ihr zwei Schluck davon trinkt und danach jemanden anfasst, seid ihr für fünf Fiden der, den ihr angefasst habt."

Der Anführer der Gismiiis ist schlauer als seine Artgenossen, alle anderen sind fast ausschließlich Instinkt gesteuert, er kann sich noch, bis zu einem gewissen Grad, beherrschen. Deswegen weiß er sofort, was der Zauberer meint. Sogleich verbietet er seinem Volk weiter zu fressen.

„Hört auf zu fressen! Ihr dreckigen Bastarde! Endlich können wir fliehen! Zuerst müssen wir diese Zauberbrühe brauen und danach das Futter anfassen! Holt dreißig Weibchen und dreißig Männchen, aber nur die Besten! Sie sollen durch den blauen Dunst gehen. Lasst unser Volk vermehren und fressen, einzig für diese zwei Dinge sind wir am Leben!"

Der Zauberer will eine Zusicherung für sein eigenes Leben.

„Ihr werdet mich doch am Leben lassen, wenn ich euch das Pulver gebe?"

Der Gismiiis versucht ein Lächeln aufzusetzen, doch dies gelingt ihm überhaupt nicht.

„Ja natürlich..."

Spöttisch lachen die Gismiiis den Zauberer aus. Der Anführer versucht höfflich zu sein, aber das kostet ihn sehr viel Kraft. Seine wahre Natur ist das Fressen, um sich danach zu vermehren!

„Warum reicht es nur für Sechzig, wir könnten doch mehr Wasser brühen."

„Nein, dann wirkt der Trank nicht mehr. Jeder muss zwei Schluck trinken, und für so viele habe ich Pulver...wird das Pulver zu stark verdünnt, ist die Verwandlung nicht hundertprozentig!"

Ein Kessel ist rasch besorgt, auch Wasser findet sich leicht, die Gismiiis lieben, wie gesagt, frisches Blut, dafür meiden sie wenn möglich Wasser!

Die Brühe wird gekocht, das Pulver vom Zauberer hineingeschüttet. Ein paar Fiden später ist der Trank fertig, der Anführer geht zu seinen sechzig Besten, eindringlich packt er sich jeden.

„Ihr werdet rausgehen und euch vermehren, paart euch ständig, macht Krieger, erobert mehr von diesem Pulver! Bringt die Drachen um, erobert alles, bringt alle um - holt uns hier raus! Fresst euch satt, aber vergesst uns nicht! Wir wollen frei sein und fressen!"

Einstimmig johlen die Gismiiis.

„Jo!!"

Ob Weibchen oder Männchen, die Gismiiis sehen alle irgendwie gleich aus, sie sind fürchterlich und monströs!

67

Jeder der sechzig Gismiiis trinkt zwei Schluck des Trankes, danach berühren sie die toten, angefressenen Körper der Maurudiah. Augenblicklich verwandeln sich die Gismiiis in die Pulma Krieger, selbst die Wunden und Fressstellen sind zu sehen. Einer der Gismiiis macht sich über sich selbst Lustig.

„He, seht mal, meine Eingeweiden hängen heraus! Ha ha ha..."

Der Gismiiis Anführer hält nichts von Witzen!

„Geht durch den blauen Schirm, macht uns Ehre!"

Augenblicklich rennen die verwandelten Gismiiis los, ohne Probleme durchdringen sie das blaue Licht - sie sind frei!

Der feige Rasahrdans Zauberer hadert mit seinem Leben.

„Nun lasst ihr mich frei ja?"

„Hast du noch mehr Pulver da draußen?"

„Äh, nein, ich bekam es von einem großen Magier! Ich meine, ich kann euch das Pulver bestimmt besorgen..."

Doch darauf geht der Anführer der Gismiiis nicht ein, ein kleiner Schlitz und des Zauberers Kopf fällt vom Rumpf seines Körpers. Mit seinem rechten Unterarmschwertknochen spießt er den Kopf auf und benutzt ihn wie eine Leckerei, die an einem Stiel befestigt ist. Genüsslich schleckt der Anführer das Blut vom Kopf des ehemaligen Zauberers.

Tausende von Gismiiis warten knurrend auf ihr Mahl, nun winkt der Anführer sein Volk herbei. Sofort fressen die Gismiiis ihre zerrissenen Opfer bis zu den Knochen auf...

Oh ihr Wesen, manchmal kann die Welt grausam sein. Sechzig Gismiiis sind aus ihrem Gefängnis entkommen, das bedeutet, niemand ist mehr sicher vor ihnen!

Der letzte Überlebende der Tupadan-Expedition hetzt zu Fuß über das Land. Der junge Maurudiah-Krieger will so schnell wie möglich heim nach Kmarung. Müde und abgehetzt erreicht der Krieger nach ein paar langen, entbehrungsreichen Endanen Kmarung. Freudig hört Kmar die Nachricht vom vermeintlichen Boten, doch rasch lässt die Freude beim Herrscher nach, als er seinen Boten sieht. Neben dem Herrscher steht, wie immer gebückt, Ingkros der Urmagier.
Eilig wischt sich der überlebende Krieger noch ein wenig Blut vom Gesicht.
„Herr, ich...wir kamen in einen Hinterhalt, alle wurden getötet...sie haben sie aufgefressen, es war schlimm!"
Ingkros spürt das noch mehr Unheil statt fand.
„War da nicht noch mehr? Sprich Krieger."
Der blutjunge Krieger senkt sein Haupt.
„Ja, ich sah wie unser Zauberer ein paar Dutzend dieser Kreaturen verwandelte, danach konnten sie durch den Schirm gehen...einige sind nun frei!"

Aber es sind nicht viele, wir können sie rasch erlegen!"

Der Magier blickt zum Herrscher.

„So einfach werden es uns die Gismiiis nicht machen. Wenn sie sich paaren, könnte innert Kürze eine Armee auf uns warten! Ihre Reproduktion ist sehr effizient!"

Der Herrscher versteht nicht ganz.

„Wer produziert zehn?"

„Nein, Herrscher, ich meinte, sie paaren sich, dann legen sie einen Haufen Eier ab, und ein paar Endanen später stehen ausgewachsene Krieger vor euch! In Endanen können Hunderte entstehen!"

„Halb so schlimm, dann schicken wir halt unsere Maurudiah Armee zu ihnen, die werden diesen Biestern schon Mores lehren! Viel schlimmer ist, das ich mein Versprechen dir gegenüber nicht halten kann.

Du hast uns so viel Gutes getan, und wir können es dir nicht vergelten!"

Der Magier weiß, wie schlimm die Gismiiis wüten können, er muss den Herrscher überzeugen, das er rasch handelt.

„Denk nicht an mich, denk an dein Volk, es braucht nun einen starken Führer. Die Gismiiis werden fürchterliche Untaten begehen."

Nachdenklich blickt Kmar zur Decke, dann sieht er nochmals seinen Magier an.

„Unser Volk kennt aus Legenden den Titel Hakam, es ist so etwas wie ein Königstitel. Vom heutigen Endan an werde ich Kmar Hakam von Pulma sein, damit jeder sieht, das ich dieser starke Führer bin."

Der Hakam steht auf, er wendet sich erhaben zum Kriegerjüngling.

„Melde meinen Truppen das sie sofort aufbrechen sollen, sie müssen die Gismiiis erlegen, bevor sie sich vermehren!"

Der Krieger verneigt sich vor dem Hakam und meldet den Maurudiah Kriegern die Botschaft.

Gelassen setzt sich Kmar wieder auf seinen prächtigen Thron.

„Nun Ingkros, nun wird alles wieder gut!"

Der Magier hat zu viele Salmanen auf dem Buckel, als das er nicht wüsste, einfach wird es nicht.

„Ich bewundere optimistische Wesen, doch mit den Gismiiis haben wir uns ein faules Ei gelegt – ach, könnte ich nur sterben. Ich möchte meine verdiente Ruhe finden..."

Plötzlich beginnt Ingkros zu lächeln.

„Jetzt weiß ich, was zu tun ist!"

Kmar wundert sich, ob er wohl noch eine andere Tötungsart weiß.

„Du kannst dich ohne Ganja töten?"

„Nein, nicht wirklich, aber trotzdem werde ich meine Ruhe finden. Darf ich noch eine Bitte an dich wenden?"

„Natürlich! Sprich frei von deiner Seele."

„Baue mir ein Mausoleum, dort werde ich mich aufbahren und den Weg der Trance suchen, mein Schlaf wird mir Ruhe und Frieden geben. Solange mein gerechter Schlaf nicht gestört wird..."

Freudig steht der Herrscher auf, ihm ist wichtiger sein Wort zu halten, als irgendwelche Monster aufzuhalten.

„Dafür werde ich sorgen! Ich suche vier Maurudiah Krieger samt Familien aus, sie werden die Wachen deines Schlafes und nur wenn es wirklich nötig ist, darf man dich wecken!"

„Damit gebe ich mich einverstanden, vielleicht werde ich nach Salminen auch so sterben...wer weiß!?"

Kmar lässt sofort den Bau eines prächtigen Mausoleums beginnen, fast ein Salman später ist es fertig. Auf diesen Augenblick hat sich der Urmagier mehr als gefreut, ohne Pomp, ohne Fest legt er sich in sein Mausoleum und schläft magisch ein.

Vier Krieger mit ihren Familien bekommen ihren Sold für die Bewachung des Mausoleums. So hat Kmar sein Versprechen doch noch so halbwegs erfüllt.

Während diesem Salman, als das Mausoleum gebaut wurde, breiteten sich die Gismiiis als Plage der Wesenheit aus. Die Geisel der Wesen müssen Tausende von Jungen gezüchtet haben, viel Volk aus dem Pulma Reich wird getötet und danach gefressen. Der Hakam des Pulma Reiches, Kmar, will das nicht auf sich sitzen lassen! Er heuert jeden Maurudiah Krieger an, den er bekommen kann, fast hunderttausend Krieger! Diese schickt er aus, um die Gismiiis zu jagen, mehr noch, um sie zu vernichten!

Die Gismiiis sind bis jetzt nahe bei Tupadan geblieben, deshalb zieht das riesige Maurudiah Heer nach Südenwesten.

Dort werden sie rasch fündig, kaltblütig erschlagen die Krieger jeden Gismiiis den sie finden können. In nur zwei Endanen sind zweitausend erschlagen, doch auch zehntausend Maurudiah bleiben angefressen auf dem Schlachtfeld liegen. Das Maurudiah Heer sucht, trotz der massiven Verluste, weiter nach den fürchterlichen Gismiiis. Viele der Kreaturen werden abgeschlachtet, natürlich zeigen die Krieger kein Erbarmen mit den Abscheulichen! Zu viele Gräueltaten wurden bereits von den Gismiiis begangen!

Nach und nach werden die befreiten Gismiiis von den Maurudiah abgedrängt, die ungeheuerlichen Scheußlichkeiten fliehen ins Reich des Talschmuds. Das ist zwar gut für Kmar, der ohne Gismiiis ruhiger schlafen kann, aber Kandar der Mächtige der momentane Talschmud ist ganz und gar nicht erfreut. Kandar hat bereits sehr viele Salmanen auf dem Buckel, in der Vergangenheit hat er gegen viele Feinde gekämpft, auch gegen Aln den Asketen. Aber das der Talschmud in seinem Alter noch gegen die Gismiiis antreten muss, das hätte er nie gedacht.

Kandar der Mächtige schickt etliche Krieger und Soldaten gegen die Gismiiis, aber er kann sie nie wirklich schlagen. Nur ihre Population gering halten!

Der alte Talschmud stirbt 770 vor der großen Schlacht, auch die neuen Herrscher können das Gismiiis Problem nicht lösen, zudem bekriegen sich die Söhne von Kandar gegenseitig um den Thron des Talschmuds.

Das alles stört den Hakam vom Pulma Reich nicht, er regiert im Luxus und macht sich durch das Hoggs andere Reiche untertan. Selbst der Krieg zwischen den Söhnen von Kandar finanziert Kmar, damit sie sein Reich verschonen. Wenn man es genau nimmt, ist Kmar so reich, dass er genügend Krieger anheuern könnte, um das Talschmud Reich zu erobern! Aber Kmar hat kein Interesse daran, sein kleines Reich genügt ihm, denn unter der Erde von Pulma liegen wertvolle Steine, diese Steine geben Kmar auch so genügend Macht.

765 vor der großen Schlacht in Maldaan stirbt auch Kmar im hohen Alter, zuvor sieht er aber noch, wie das Talschmud Reich zerfällt!

Das Pulma Volk trauert endanenlang ihrem verstorbenen Herrscher nach, Kmar herrschte gut, das Volk liebte ihn, denn nie waren seine Entscheide wirklich schlecht.

Fünfundzwanzig Salmanen nach Kmars Tod wird noch einmal das Mausoleum von Ingkros geöffnet, denn das Volk des Talschmud Reiches hat die Kriege von Kandars Söhne und deren Söhne satt, es kann die Lasten nicht mehr tragen. Da sich viele Legenden um Ingkros winden, überreden einige Abgeordnete vom Volk des Talschmud Reiches die Bewacher von Ingkros den Urmagier zu wecken. Tatsächlich gelingt es ihnen den Magier zu wecken, und Ingkros ist noch einmal bereit gutes zu tun!

Zuerst versucht der Urmagier Midro und Talco, diese beiden streiten sich um den Titel des Talschmuds, für den Frieden zu gewinnen, doch keiner der Beiden geht darauf ein. Also verhext der Urmagier Talco und Midro, von da an müssen die beiden Streithähne siebenhundertfünfzig Salmanen lang schlafen! Mit Genugtuung begibt sich Ingkros danach wieder in seinen magischen Schlaf...

Acht Hakams nach Kmar später wird Ajumun Hakam, er ist ein Mischling zwischen dem damaligen Hakam und einer Menschenfrau. Nicht jeder Rasahrdans sieht den Mischling gerne auf dem Hakam Thron, doch Ajumun regiert mit eiserner Hand. Zwei Salmanen nach seiner Thronbesteigung lässt sich Ajumun von einer Elfe die Zukunft deuten.

Die Elfe berichtet vom Untergang des Pulma Reiches, denn die Edelsteine und das Gold unter Pulma sind beinahe erschöpft! Ohne die wertvollen Steine ist Pulma nur ein Land wie jedes andere! Schlimmer noch, sie können keine Kredite mehr gewähren, mit diesen hielten sie andere Reiche auf Abstand. Leider wurde vergessen Reserven anzulegen, stattdessen verpulverte jeder Hakam das Hoggs für prächtige Bauten und teuren Luxus!

Doch diese Zukunftsprognose will Ajumun nicht hören, er beginnt die Elfen zu hassen, er heuert für Unsummen Söldner an, die alle Elfen jagen und vernichten sollen. Durch diese fixe Idee verliert Ajumun sehr viel Hoggs, darum muss er mehr Steuern verlangen, was dem Volk ganz und gar nicht passt.

75

Zehn Salmanen lang jagen die Söldner jede Elfe die sie kriegen können. Nur Theodorana kann die Elfen retten, sie bringt alle überlebenden Elfen in einen Wald östlich der Kranckkk-Wüste. Diesen Wald verhext Theodorana, so dass er von außen gar fürchterlich aussieht, von innen jedoch der schönste Platz auf dem Planeten ist. Im Volksmund heißt der Wald von dieser Had an - verhexter Wald der Elfen! In diesen Wald traut sich kein Söldner hinein, denn jeder Unbefugte der hinein geht, kommt nie mehr raus! Das macht Ajumun natürlich noch wütender, aber niemand macht sich deswegen noch große Sorgen, denn die Minen sind endgültig erschöpft, unter dem Pulma Reich gibt es keine wertvollen Steine mehr!

Ajumun schickt zwar Expeditionen aus, um neue Adern zu suchen, aber kaum eine Expedition wird fündig, außer eine. Im Tal der Schluchten entdeckt diese Expedition ergiebige Adern, aber da die Rasse der Kaks dort wohnt und die Kaks jeden angreifen, kann das Pulma Reich diese ertragreichen Adern kaum schürfen. Zuerst versucht Ajumun Minen im Tal der Schluchten zu bauen, jedoch die enormen Arbeiterverluste, die Kaks töten jeden Fremden, kann Ajumun nicht auffangen. Für große Truppen hat der Hakam kaum mehr Hoggs. Selbst die Schuldbriefe seiner Schuldner verscherbelt Ajumun, so dass die Staatskasse nun vollständig leer ist.

Somit ist das Dilemma besiegelt, ohne Truppen kann Ajumun die Minenarbeiter nicht schützen! Die Minen werden umgehend geschlossen, denn es lässt sich eh kein Arbeiter mehr dafür finden.

Unlängst, 600 vor der großen Schlacht, wurde ein neues Reich, das Imperium, von Aarahmes dem ersten gegründet.

Zur Zeit von Ajumun erstarkt das Imperium, denn das Pulma Reich zerfällt immer mehr.

So werden auch die Gismiiis wieder ins Pulma Reich zurückgeschlagen, was Ajumun noch mehr in Bedrängnis bringt. Seine Kassen sind leer, die Truppen zu wenige, das Pulma Reich beginnt zu zerbröckeln.

Kmarung wird 498 vor der großen Schlacht von den Gismiiis überrannt, viele Bewohner finden den Weg in die Mägen der Abscheulichen. Aus lauter Angst flüchtet Ajumun aus seiner Hauptstadt nach Norden. Auf einem kleinen Hügel gibt es eine kleine Rasahrdans Siedlung die Hojem heißt. Einst soll dort eine menschliche Rasse namens Hojem gehaust haben, doch diese Rasse ist vor Tausenden von Salmanen in der Geschichte des Planeten verschwunden. In Hojem baut Ajumun die Siedlung zu einer kleinen befestigten Stadt um. Ab diesem Zeitpunkt ist Hojem die Hauptstadt von Pulma, spöttisch nennen die Bewohner ihr Oberhaupt - Ajumun Hakam von Hojem! Denn Pulma besteht eigentlich nur noch aus Hojem, alle anderen Gebiete wenden sich dem Imperium zu, der Imperator kann das Volk wesentlich besser vor den Gismiiis beschützen!

Selbst die Rasahrdans, Ajumuns eigenes Volk, wollen lieber zum Imperium gehören, als sich von Ajumun beherrschen zu lassen.

Kalraahmes der Imperator wirft 494 vor die Gismiiis bis nach Hojem zurück, Ajumun kann sich nur noch verschanzen! Vier Salmanen lang belagern die Gismiiis Hojem, bis sie in Hojem eindringen und unter anderem Ajumun auffressen!
Kalraahmes kann gerade noch verhindern das Hojem untergeht, der Imperator vernichtet dafür die freien Gismiiis fast vollständig! Doch das Pulma Reich ist nicht mehr, jedes verbliebene Gebiet von Pulma fällt an das Imperium. Nach 310 Salmanen verschwindet das einstige reiche Pulma in der Geschichte des Vergessens!

Ende

Die Zeit der Helden und Magier

-Angriff auf das Amazonenparadies

Dragon Fantasy Verlag
8200 Schaffhausen
Autor Stefan Daniel Pfund
© Autor 07. August 2006
© Verlag ab 2006

So manche Legende rankt sich um die Insel der Amazonen, jedes Kind kennt die Geschichte von Vollmek und dem verlorenen Reichtum. Viele suchten nach der sagenumwobenen Insel, denn unermesslicher Reichtum wird jedem Finder versprochen. Fand tatsächlich jemand die Insel, kam er nie zurück. Viele Schiffe fuhren zur See, mit dem Ziel die Insel zu finden, fast alle liefen wieder mit leeren Händen in ihre Heimathäfen ein.

An einem Endan jedoch standen die Zeichen für die Insel der Amazonen schlecht! Als die Amazonenhexe Galia, sie ist Mitglied der Sangria Triade, eine Vision hatte. Sie sah in ihrem Traum den Weg zur Insel der Amazonen. Die Sangria Triade besteht nur aus weiblichen Hexen, zudem ist die Triade unterteilt in Schwarz und Weiß. Dunkel bedeutet, die Hexe steht für das Böse ein, hell ist das Gute! Es gibt zwar noch eine Unterscheidung, Rosa, diese Farbe steht für Unentschlossene. Es gibt Hexen, die sich für Gut und Böse einsetzen. Ihr Motto ist: Niemand kann immer nur gut sein!

Galia mag schwarz sehr gerne! Ein Salman lang sucht Galia nach Hilfe, um die Insel zu erobern, auch wenn Amazonen, ihr eigenes Volk, auf ihr leben! Die Gier nach Reichtum hat Galia übermannt!

Ein paar Hundert habgierige Magier, Zauberer und Hexen konnte sie für sich gewinnen, mit ihnen fährt sie nun zur See. Ein klappriges Passagierschiff beherbergt das verbrecherische Pack.

Die Winde sind gut, dafür sorgen die Magier und Hexen, das Schiff kommt rasch voran. Da erblickt Galia die kleine magische Wolke, direkt südöstlich von Sul. Hinter der Wolke ist die Insel der Amazonen versteckt! Die Wolke wandert stets unruhig auf dem Meer herum, schließlich „schwimmt" die Insel übers Meer, nie sollte sie gefunden werden! Doch die Vision von Galia zeigte auch, zu welcher Had sie an diesem Ort sein wird.

Da ist sie nun, die kleine magische Wolke, die unermesslichen Reichtum verbergen soll. Galia zischt den Kapitän an.

„Fahr in die Wolke, es wird dein Schaden nicht sein!"

Unsicher klammert sich der Kapitän an sein Steuerrad.

„In eine Wolke fahren? Mein Schiff ist nicht mehr das neuste, die vier Masten sind morsch!"

„Tu was ich dir sage, und du kannst dir ein Gima Schiff leisten!"

Das überzeugt den Kapitän sofort, er dreht bei und steuert direkt in die Wolke. Hoggs kann viele Wesen verblenden.

Um das Schiff wird alles verzehrt, die magischen Wesen können kaum mehr etwas sehen, alles ist so dunkel und hell zugleich. Galia will mehr Fahrt, sie will endlich die Insel der Amazonen erobern und die Schätze rauben!

Oh welch ein Fluch sind Schätze in einem Paradies, immer wird es jemanden geben, der danach giert!

Die Zerrung um das Schiff ist rasch vorbei, da verschwindet die Wolke und das Meer wird glasklar und ruhig. Vor dem Schiff wird eine wunderschöne Insel sichtbar, die Insel der Amazonen!

Die Faden unter dem Kiel werden weniger, der Kapitän möchte weit weg von der Insel ankern.

„Wir müssen hier ankern, sonst laufen wir auf Grund!"

Die Hexe will den Überraschungseffekt nutzen.

„Nein, volle Fahrt voraus, wir müssen alle zugleich auf die Insel stürmen, damit wir sie erobern können!"

Heftig schüttelt der Kapitän seinen Kopf.

„Seid ihr von Sinnen, das ist ein Passagierschiff kein Kriegsschiff! Wollt ihr uns töten?"

„Genau, weil wir keine Geschütze besitzen, müssen wir landen, nur unsere Magie kann die Insel der Amazonen erobern!"

Jetzt wird der Kapitän hingegen hellhörig, in seinen Augen glitzert die Gier.

„Das ist die Insel der Amazonen? Wirklich...?"

Sofort lässt der Kapitän volle Segel setzen, das Schiff legt mehrere Knoten zu. Durch die Wucht streift der Kiel durch den feinen Sand bis an den Strand der Insel! Hastig steigen die Magier, Zauberer und Hexen von Bord, selbst die Besatzung des Schiffes steigt mittels Netzen hinunter auf den Sandstrand.

Selbst am Strand liegen unzählige wertvolle Steine herrenlos umher, überall gedeihen Früchte, Salate und Beeren, allerlei Nutztiere Weiden auf der Insel frei herum. Das Paradies wird von den magischen Wesen gestürmt! Zuvorderst rennt Galia über den Strand weiter in die Insel hinein. Durch den Lärm werden zahlreiche Amazonen aufgeschreckt, selbst die Königin der Insel, Andithe, erwacht aus ihrem Schlaf.

Durch die Überraschung können die magischen Wesen den Strand einnehmen, die Amazonen sind verdutzt, nie zuvor wurden sie angegriffen, die magische Welt hat sie stets mit der Wolke beschützt. Trotzdem haben sie immer trainiert, sie sind und bleiben Amazonen! Andithe weist ihre Kriegerinnen an, die Waffen zu fassen.

„Amazonen, der Endan ist gekommen, verteidigt unser Paradies, so wie es Zatarus und Zataris es wollten!"

Über die meisten magischen Wesen fällt die Gier des Reichtums, hastig sammeln sie Schätze vom Boden auf, um sie in ihren Kleidern zu verstecken. Manche bekommen deswegen sogar Streit und töten sich gegenseitig. Die maßlos Gierigen sind ein leichtes Spiel, die Amazonen werfen ihre Speere nach ihnen oder erschlagen sie mit ihren Schwertern. Galia erkennt die Lage, sie schart einige um sich.

„Sie haben schon Dutzende getötet, wir müssen zusammen kämpfen, sonst werden sie uns vernichten! Die Insel bietet genug Reichtum für alle!"

Eine Handvoll Magier bleibt um Galia stehen, sie werden rasch von grimmigen Amazonen umzingelt. Die Magier sprechen Flüche aus, dadurch verbrennen und explodieren zahlreiche Amazonen. Andithe kann dem Treiben nicht mehr zusehen.

„Oh Welt der Magie hilf uns!"

Sie steckt ihr Schwert tief in den Boden der Insel, eine Schockwelle erfasst die magischen Wesen! Mit ungeheurer Wucht werden die Eindringlinge in Tausend Stücke zerrissen. Die Insel der Amazonen ist gerettet, doch zu welchem Preis?

Durch den Anruf an die Magie der Insel, hat die Insel viel von ihrem magischen Dasein verloren. Die Insel der Amazonen ist aus der Zeitlosigkeit gefallen und bleibt südöstlich von Sul liegen. Sie kann nicht mehr über das Meer schwimmen!

Die Insel ist zwar noch immer ein Paradies, keiner kann darauf altern, Nahrung wächst wie Unkraut und Schätze liegen mehr auf der Insel als es Sterne gibt. Dennoch hat die Insel den Schutz der Unauffindbarkeit verloren, nur noch ein dicker Nebel auf dem Meer verdeckt die Insel! Von nun an müssen die Amazonen um ihre Insel kämpfen, Endan für Endan!

Ende

Die Zeit der Helden und Magier

-Der andere Weg

Dragon Fantasy Verlag
8200 Schaffhausen
Autor Stefan Daniel Pfund
© Autor 10. Februar 2009
© Verlag ab 2009

Dunkle Geschichten lauern überall, manchmal sind sie gar schauerlich in ihrer Wesensart, doch ab und zu, machen die Wesen die Geschichten selbst zur Schauermär!

Wir schreiben das Salman 1443 vor der großen Schlacht in Maldaan.

Die Liansurtis sind eine etwas spezielle Rasse, sie als faul zu bezeichnen wäre übertrieben, doch wenn sie es sich leisten können, dann lassen sie andere für sich arbeiten. In diesem Sinn wurde beispielsweise ihre Hauptstadt Kritza erbaut. Die Liansurtis holten sich Fremdarbeiter und ließen die schuften!

Kritza ist eine einfache Stadt mit Steinhäusern und einer dicken Wehrmauer, mit einigen Abständen stehen Wachtürme an der Mauer.

Durch ihre Geweihe am Kopf sehen die Liansurtis ein wenig wie Dämonen aus, doch lässt man sie in Ruhe, sind sie liebenswerte Wesen. Man kann sie auch nicht alle als Barbaren abtun, denn auch unter ihnen gibt es Gelehrte, so ist Galink zu erwähnen, ein etwas älterer Mann, dessen Hörner bereits angegraut sind. Er hat sich Salmanen lang mit dem Studium der sagenumwobenen unsichtbaren Tunnels abgegeben. So hat er herausgefunden, dass die einst von den Menschen erbauten Tunnel nur nach Ismal führen. Alte Legenden sprechen aber noch von ganz anderen Tunnel, die einen nicht nur innerhalb dieses Planeten befördern, sondern auch auf ganz andere Planeten bringen müssten.

Galink hat alte Inschriften in Ismal gefunden, die besagen, einst gab es Wege zum Heimatplaneten der Menschen. Diese Tunnel wurden aber nicht von den Menschenrassen erbaut, sondern entstammen aus der Urzeit der Entstehungsgeschichte. Keiner weiß, wie sie entstanden sind, auch darüber gibt es nur Legenden.

Scheinbar, so las es Galink in alten Schriften, brauche es stets drei Elemente um selbst transportiert zu werden. Es gäbe noch weitere Tunnel die auf andere Welten führen sollen, die ebenfalls mit Menschen bewohnt seien. Ein solcher Tunnel soll am Gsa Fluss hoch im Norden liegen, unterhalb des Ratar Berges. Galink ist, im Gegensatz zu seinen Artgenossen, neugierig und scheut kaum etwas um seine Neugierde zu befriedigen. Zuerst hatte er sich die beiden Elemente besorgt, je einen roten und einen gelben Stein, anscheinend soll das dritte Element der Eingang des Tunnels selbst sein. So jedenfalls stand es in den alten Schriften, die Galink in einer alten Menschensiedlung fand.

Seit Endanen ist Galink unterwegs, er sieht bereits eine kleine Höhle die von weitem Schwarz leuchtet, desto näher er herangeht desto mehr ändert sich die Farbe der Höhle. Sie geht in ein merkwürdiges Blau über, das ihn fast schon anzieht. Vor der unscheinbaren Höhle bleibt Galink stehen. Er sucht all seinen Mut zusammen, denn er weiß ja nicht, was ihn dort erwartet, bis schließlich seine Neugierde siegt! Seine Steine hat er in seiner ledernen braunen Hosentasche.

Kurz überprüft er, ob sie noch da sind, nun betritt er die Höhle...plötzlich wird es wieder hell, als wäre er gleich wieder hinausgegangen!

Über Galink steht der blaue Himmel, einige weiße Wolken durchfliegen ihn, unter dem Liansurtis liegt eine saftige grüne Wiese, doch vor ihm und ringsherum sieht er große Steine, die wie ein Kreis angeordnet sind! Die Steine sind grob behauen, einige habe sogar Querbalken aus Steinen oben auf liegen. Diese Anlage fasziniert den Gelehrten aus Kritza, denn er hat dergleichen nie zuvor gesehen. Er identifiziert sie als Ruinen die bereits seit langem nicht mehr gebraucht wurden. So schön die Steine auch sind, er möchte andere Wesen, vielleicht sogar Menschen treffen und kennen lernen, deswegen wandert Galink weiter über Felder und Auen. Da sieht er von weitem Rauch aufsteigen, es müssen einige Kaminfeuer sein, auch ein größeres Steinhaus mit einem Turm kann der Liansurtis ausmachen. Die kleineren Häuser sind einfach gebaut und scheinbar aus Holz. Eine kleine Holzbrücke scheint zu diesem Ort zu führen, denn der Weg wird durch einen Fluss abgeschnitten. Galink möchte bereits über die Brücke laufen, da hört er Stimmen vom anderen Ufer.

„Ufpasse es chunt öper! De Vogt chunt!"

„Verstecked Brandyfässer, susch mömer sie verstüre!"

Am anderen Ufer rennen einige menschliche Männer ganz aufgeregt umher, rasch verankern sie einige Holzfässer im Fluss.

Danach sehen sie auf die Brücke, Galink winkt den Menschen zu, doch die bleiben erstarrt stehen.

„De Tüfel – de Leibhaftige – jetzt chunt er, ich ha eu gseit wir versündiget üs!"

Nichts böses denkend ruft Galink den Fremden zu.

„Hallo, ich bin Galink von den Liansurtis, ich stamme aus Kritza, einer Stadt aus einer anderen Welt!"

Die einfach gekleideten Männer, meist haben sie ein Hemd und eine Hose in braunen oder weißen Farben an, nehmen einige Knüppel in die Hand. Langsam gehen sie auf die Brücke. Dort angekommen mustern sie den freundlich lächelnden Galink.

„Wa bisch du – de Tüfel?"

„Eigenartig, ihr sprecht ähnlich wie ich, aber doch nicht gleich, als sei es eine alte Form unserer Sprache! Natürlich, wir übernahmen ja die menschliche Ausdrucksweise, als es damals die Drachen anordneten, um das verwirrende Sprachengemisch zu beseitigen!"

Die Männer verstehen nicht, was das für sie fremde Wesen will.

„Wo bin ich?"

Fragt der Liansurtis.

Fragend sehen sich die vor Dreck starrenden Männer an.

„De will wisse wo er isch, de cha nid de Tüfel sie, susch wüster wo er isch!"

Ein älterer Mann geht ein wenig näher zu Galink.

„Du bisch in Ambersbury. Da isch de Avon,"
Er zeigt auf das Wasser, "dort
Stonehenge...i bi de Edwein!"
„Ich bin Galink, ein Forscher aus einer
anderen Welt. Ihr seid Menschen ja?"
„Du bisch also ni de Tüfel u au nid de
Vogt. Jetzt hämer vergäbes de Brandy
versteckt!"
Ein anderer Mann kommt zu Wort.
„Du Edwein, wen da nid de Tüfel isch, wa
isch er denn?"
„Weiss doch nid, vielleicht n'Dämon, vom
Tüfel gschickt!?"
„Dä bringedmern is Chloster, die wüsset
sicher was er isch!"
Die Männer nicken sich zu, es ist
beschlossene Sache, das fremde Wesen soll
zum Kloster mitgehen. Sie winken dem
Fremden zu, Galink versteht sofort, er
folgt ihnen über die Brücke. Vorsichtig
nehmen die Männer Abstand von Galink, denn
sie trauen dem Wesen nicht! Was ist wenn
es ein Dämon ist?
Einige der jüngeren Männer sind bereits
vorausgeeilt, sie sagen allen Bescheid,
was sie gefunden haben. Nun tauchen
überall Menschen, in ärmlichen
Bekleidungen, auf, einige haben nicht
einmal Schuhe an.
Galink folgert daraus, dass diese Rasse
noch oder wieder rückständig ist. Die
Brandy Schmuggler führen den Fremden zum
Kloster, das aus Steinen gebaut ist. An
der schweren Holztüre bleiben sie stehen.
Lange müssen sie nicht warten, denn auch
den Mönchen wurde die Ankunft
ausgerichtet.

Ein dicklicher Mönch mit brauner Kutte und kurzen Haaren sieht sich das fremde Wesen genau an. Freundlich grüsst Galink den Mönch.

„Ich grüsse dich, bist du das Oberhaupt dieser Menschen? Ich bin Galink von den Liansurtis!"

Der Mönch spricht aber nicht mit dem Wesen, sondern richtet sein Wort zu den Menschen.

„Jesus Christus, da cha nur a Dämon si! Lueget sini Hörner a, nur de Tüfel oder sines gliche händ so öpis! Jetzt chunt's biblische Armageddon doch no zu üs. Alli händs um 1000 nach Geburt Christi erwartet, doch nur ei Johr später stohts vor üs! Mir mönd de Untergang vo de Welt und vom Christetum verhindere - verbrennt da Ughür! Weg demit, schnell - richtet de Schietterhufen!"

Was der Mönch sagt, ist den Leuten Befehl, denn nur die Mönche können in den geheimnisvollen Büchern lesen. Alle anderen Bewohner der Umgebung sind Bauern, von denen keiner auch nur mehr weiß, als die Gerüchte sagen! Fast kein Bauer ist des Lesens oder Schreibens mächtig. Ängstlich halten die Menschen den armen Galink fest. Der weiß kaum etwas zu sagen, denn er versteht das Verhalten dieser Menschen nicht. Auf seinem Heimatplaneten haben sie nie Krieg gegen einen Menschenstamm geführt. Wieso sollten dann diese Menschen feindlich gegen ihn gesinnt sein?

„Bitte, ich bin nicht in feindlicher Absicht hier, ich möchte mehr von euch erfahren, ich möchte lernen wer ihr seid! Ich tue euch nichts, bitte..."

Alles Flehen und Jammern trifft nur auf verängstigte Menschen mit niedrigem Bildungstand. Der Scheiterhaufen steht innert kurzer Zeit, Galink wird an einen Stamm ganz oben auf dem Holzhaufen angebunden. Noch immer bittet er die Menschen mit dem Tun aufzuhören, die wollen ihn aber nicht verstehen! Aus dem Kloster kommen noch mehr Mönche, einige halten eine große Bibel vor sich, aus der sich lateinische Beschwörungsformeln gegen den Teufel sprechen.

Die Bauern hören das Latein und fühlen sich schon ein wenig wohler, denn sie glauben ihr Gott habe die Worte einst den Menschen zum Aufschreiben gegeben! Der Holzhaufen wird entzündet, Galink beginnt zu schreien.

„Nein, was tut ihr, ich komme in Frieden!" Die Bauern haben nur sehr trockenes Holz genommen, somit kann sich das Feuer schneller ausbreiten, es knistert und knackt. Binnen Sekunden stehen die Flammen bei Galink, der nun die vernichtende Hitze spürt.

„Ihr versteht es nicht anders, wahrlich, ihr denkt sicher ich bin ein Ungeheuer! Dabei hätten wir voneinander so viel lernen können! Doch ich vergebe euch, denn ihr wisst nicht was ihr tut! Aaaah..."

Die Schmerzensschreie sind erbärmlich anzuhören, doch die Bauern und die Mönche erfreuen sie, denn sie glauben an die Richtigkeit ihres Tuns. Riesige Flammen umhüllen den bereits lichterloh brennenden Galink, seine Haut ist nur noch Fetzen, der Holzhaufen bricht in sich zusammen und beerdigt den Liansurtis unter sich. Übrig bleiben am Schluss nur die Hörner von Galink, die von den Mönchen zerrieben werden, danach streuen sie den Staub in alle Richtungen. Denn ihr Glaube sagt, nach diesem Ritual komme der Dämon nicht wieder!

Es war, es ist und wird immer so sein, die Wesen sind immer nur so klug, wie sie bereit sind Wissen aufzunehmen und Neues zu akzeptieren! Schon vieles wurde getötet, nur weil man es nicht verstanden hat.

Ende

Die Zeit der Helden und Magier

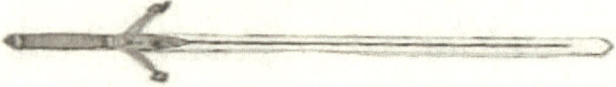

-Die Xsis Kriege

Dragon Fantasy Verlag
8200 Schaffhausen
Autor Stefan Daniel Pfund
© Autor 2005
© Verlag ab 2005

Vieles beginnt mit einer guten Tat!

Einst wollten gute Wesen die innere Erleuchtung finden, Aln der Asket, ein großer, hagerer Mensch, brachte diese Wesen zusammen und gründete 1100 vor der großen Schlacht die Xsis Sekte.

Die Sekte meditierte und erforschte die Psyche der Wesen, denn sie wollten mehr, als nur nach dem Tod in die Schattenwelt zu treten. Das höchste in ihrem Glauben ist die höhere Bewusstseinsstufe. Tatsächlich fand Aln, nach höchster Konzentration, eine Möglichkeit sich zu verwandeln, er wurde 1050 vor der großen Schlacht zu reiner Energie!

Darauf wartete Sgandor der Dunkle schon lange, er war die rechte Hand von Aln! Sgandor fing die Energie in einer kopfgroßen Glaskugel auf, von da an war Aln gefangen, denn Sgandor verschloss die Kugel sogleich. Die Energie leuchtete stets hellgelb, jeder der die Kugel berührte bekam eine ganz besondere Macht verliehen, sie konnten in die Träume anderer Wesen einsteigen! Und zudem steigerte sich ihre Lebensspanne, scheinbar alterte keiner mehr, der die Kugel von Aln berührte.

Hundert Salmanen vergingen seit diesem Endan, seit dem ist die Sekte sehr mächtig geworden. Sgandor ist nach wie vor das Oberhaupt oder besser gesagt, der Meister der Sekte!

Durch den ständigen Kontakt mit der Glaskugel, in der Alns Energie steckt, sind die Xsis verändert worden, sie können auch ohne den direkten Kontakt zur Kugel in fremde Träume eindringen. Nur neue Mitglieder müssen den Kontakt wahren, um in Träume von Wesen steigen zu können. Somit sind die Sektenmitglieder gefährlicher als je zuvor. Durch ihre Macht erpressen sie zahlreiche Herrscherhäuser, denn für einen Xsis ist es leicht im Traum jemanden zu töten, und im Traum hinterlässt man keine Spuren!

Der massive Reichtum der Sekte lässt Sgandor, mit jedem vergangenen Endan, stets mehr verblenden, seine Raffgier ist unermesslich. Sein spitzes Gesicht strahlt jeweils vor Glück, bei jedem neuen Hoggs das es erblickt.
Selbst auf den Titel Talschmud hat es Sgandor abgesehen! Vor lauter Gier lässt er sich einen dunklen Bart wachsen, denn er glaubt die Rasur sei nur Zeitverschwendung.
Die Xsis Sekte wird ständig größer, so wisse, Macht zieht an!
Bereits muss die Sekte an die 25'000 Jünger besitzen, ein jeder dieser Jünger übt sich in der Kriegskunst und im Traumtod!

Der Talschmud Mandor der Blinde wird nicht ohne Grund der Blinde genannt, denn meist sieht er weg, wenn Verbrechen geschehen.

Seine Schwächliche Statur gibt auch sein Innerstes preis, nie hat Mandor ein Schwert in die Hand genommen, heimlich wird berichtet, er nehme sich junge Männer ins Gemach, doch mit Ralie, Mandors Frau, hat der Herrscher zwei kleine Kinder, die zierliche Mahli und den starken Hall. Andere Gerüchte sagen, die Kinder sind nicht von ihm, denn Ralie hat eigene Schlafgemächer, wegen des Herrschers Schnarchens wegen, so die offizielle Version.

Wie dem auch sei, ohne Ralie wäre Mandor bereits untergegangen, sie leitet die Geschäfte, während er sich vergnügt. Das kommt Sgandor natürlich entgegen, da die Armee des Talschmuds bescheiden gering und das Land selbst in Aufruhr ist, hat der Sektenmeister leichtes Spiel. Ein Fürst nach dem anderen entzieht dem Talschmud die Gefolgschaft, würden sie es nicht tun, hätten sie sehr schlechte Träume.

Es läuft meistens gleich ab, zweimal warnt die Xsis im Traum, beim dritten Mal stirbt das Opfer im Schlaf! Das perfide dabei ist, der Xsis Jünger muss nicht einmal in der Nähe sein, er kann auch einige Länder weit entfernt verweilen.

Wieder einmal hat der Talschmud auf seinem Gemach ein Fest, nur ein paar Eingeweihte dürfen in sein „heiliges" Gemach. Selbst seine Frau bleibt draußen, sie möchte das „Gelage" auch nicht sehen!

Essen und Trinken wird vom Dienstpersonal zuvor in den Raum gestellt, danach erst erscheinen die Festteilnehmer durch einen Geheimgang. Wie gesagt, es wird behauptet, der Talschmud stehe eigentlich auf Männer.

Ein Xsis Jünger wartet im Thronsaal auf den Talschmud, natürlich ließen die Wachen ihn hinein, schließlich wollen sie keine schlechte Träume erleben.

Alle Xsis sind in einem weißen Mantel gehüllt, eigentlich sind alle Kleider der Xsis, seit Sgandors Machtergreifung, in Weiß gehalten.

Der Jünger mit der Botschaft wurde von Sgandor persönlich geschickt, natürlich kommt Sgandor nicht selbst, sonst könnten die Wachen ihn verhaften, und ob die Sekte ihn dann befreien würde ist fraglich.

In der Mitte des Saals stehen zwei Throne, der eine ist leer, auf dem linken sitzt Ralie. Der Xsis blickt sie leer an.

„Wo ist dein Mann, Frau?"

Erbost steht Ralie auf, sie ist es nicht gewohnt, das man mit ihr so spricht.

„Du wagst es mit mir so zu sprechen? Verdammt sei dein Herz!"

„Verlasse ich die Burg des Talschmuds nicht lebend, werden die Träume der Bewohner schlecht werden!"

Angespannt setzt sich Ralie auf die vordere Kante ihres Throns.

„Was will dein Meister?"

„Sprichst du mit Entscheidung?"

„Mein Gatte hat nie entschieden!"

„Gut, dann soll es sein! Sgandor der Grosse, Herr der Sterne, Fürst der Fürsten, Vater aller Sonnen und Sternen..."

Ralie lässt den Jünger nicht ausreden, sie winkt ab.

„Komm zur Sache! Deine Schwafelei langweilt!"

„Gut! Mein Meister will die Abdankung des Talschmud, er hat eine Pidran Zeit!"

„Er ist wohl des Wahnsinns!? Vier Endanen gebt ihr uns Zeit? Eure Sekte will unser Haus erpressen? Solch Infamität ist mir noch nie untergekommen. Hinfort mit dir, Sohn des Dunklen!"

Zwei Wachen erscheinen vor dem Thron, der Xsis weicht zurück.

„Begeht keine Fehler, Sgandors Macht reicht weit, oder seht ihr an eurem Hof noch Fürsten oder Würdenträger?"

Der Jünger sieht sich siegessicher um.

Die Frau des Talschmud weiß, was der Jünger meint, kein Bundesgenosse oder Fürst lässt sich mehr sehen.

„Noch ist Sgandor nicht Herrscher über das Reich des Talschmud – Mahli die Erstgeborene wird Talschmud werden, wie es die Sterne vorhergesehen haben!"

„Die Sterne verblassen, Sgandor ist ihr Vater, er kam von den Sternen. Dankt ab, oder ihr verliert weit mehr als das Reich!"

Ohne noch ein Wort zu verlieren dreht sich der Jünger um und geht aus dem Saal.

Ralie kocht vor Wut, sie denkt gar nicht daran abzudanken.

Doch was soll sie tun, ihre Armee ist klein, die Fürsten und Könige hören nicht mehr auf die Talschmuds und entrichten den Tribut an die Xsis. Mandor vergnügt sich gerade mit ein paar jüngeren Burschen, der weiß nicht einmal was ein Krieg bedeutet! Nein, Ralie steht alleine da!

Sie ruft nach ihrem Hofmagier, er ist zugleich auch ihr Ratgeber. Promad der Hofzauberer erscheint sogleich. Mit seinem etwas schmutzigen, dunkelgrünen langen Mantel, seinem dicklichen Bauch und dem kleinen weißen Bart sieht er ein wenig vergammelt aus, aber dafür ist er hochintelligent!

„Mein Talschmud, ihr habt gerufen?"

Ralie steht auf und geht dem alten Magier entgegen.

„Mein guter Promad, unsere Welt steht vor dem Abgrund. Üjom war nichts gegen die Xsis! Sie wollen die Macht und Mandor vergnügt sich! Was soll ich tun?"

Der Alte überlegt, er krault seine Barthaare.

„Gebt ihr nach, hat Sgandor gewonnen und nichts steht ihm mehr im Weg, dann gehört ihm die ganze Welt! Zieht ihr in den Krieg, könntet ihr verlieren..."

Sie schüttelt ihren zarten Kopf.

„Mit was sollen wir in den Krieg ziehen? Wir haben nur 30'000 Soldaten und in Xsirant, dem Tempel dieser vermaledeiten Sekte stehen 25'000 Anhänger! Die Mauern von Xsirant sind dick, ich bräuchte doppelt so viele Soldaten, doch ohne Tributzahlungen kann ich keine heuern!"

„Ja, ich sah einmal Xsirant, die Mauern sind wirklich sehr stark, doch meinen Informanten zu folge ziehen die Xsis gegen die Quaxoctail, Sgandor bietet fast die gesamten Kräfte der Sekte dafür auf."

„Das Bergvolk Quaxoctail ist stolz und mächtig, sie gingen nie mit jemandem ein Bündnis ein, sie haben auch eine mächtige Armee! Vielleicht besiegen sie die Xsis und das Problem erledigt sich von selbst." Der Magier schüttelt den Kopf.

„Jetzt redet ihr wie Mandor! Das Bergvolk zählt zwar ein paar Millionen Bewohner und die Armee ist riesig, doch die Xsis werden siegen! Die Zukunft zeigt sich zwar mit Schatten, aber die Visionen zeigen eindeutig in diese Richtung! Wenn die Quaxoctail alleine gegen die Sekte antritt, werden sie verlieren! Vielleicht wird sogar das gesamte Volk untergehen. Sgandor will, meinen Visionen zufolge, ein schreckliches Exempel statuieren."

Erschreckt sieht Ralie den Magier an.

„Seid ihr sicher?"

„Ich bin Mitglied des blauen Zirkels, wir sahen das Schicksal der Quaxoctail – es ist schrecklich, nur wenige, wenn überhaupt, werden überleben! Die Zukunft zu sehen ist schwer, stets wird sie geändert, mit allem was wir tun verändern wir unsere Linien des Lebens! Aber wir sahen, die Quaxoctail sind nicht zum Überleben bestimmt! Darum, wenn ihr angreifen wollt, dann muss es jetzt geschehen! In Xsirant stehen kaum Truppen, vielleicht Hunderte, aber kaum Tausende!"

Ralie ist unsicher, zwar trägt sie den Namen einer großen Amazonenkriegerin, doch sie ist keine Amazone.

„Wenn unsere Truppen verlieren sind wir wehrlos!"

Der Magier krault sich seinen Bart.

„Bis zum Sieg dürfen die Soldaten nicht schlafen, sonst sind sie verloren! Aber ist erst Sgandor vernichtet, fehlt der Sekte die Führung und der Sieg ist unser!"

„Gut, es geschieht, in Taraa unserer geliebten Hauptstadt verbleiben nur ein paar Wachen, der Rest des Heeres wird General Ango der Siegreiche in die Schlacht gegen die Xsis führen! Unterrichtet die Soldaten, sie dürfen gegen die Xsis nicht verlieren!"

„Ich werde alles Wissen über die Xsis den Truppen mitteilen, oh mein Talschmud!"

Der Magier verlässt den Thronsaal, schnurstracks geht er durch viele Gassen zur Truppenunterkunft, dort hat Ango sein Gemach. Ango verlor durch seine Intelligenz und Stärke nie eine Schlacht, viele Frauen schwärmen für den General, bis sie ihn zu Gesicht kriegen, danach möchten sie sein Lager nicht mehr teilen, denn die Nase des Generals ist sehr lang und breit. Dieses Monstrum von Riechorgan macht ihn wirklich hässlich. Die Nase reicht weit in die Backen hinein und stellt er das Kinn nach oben, kitzelt er die Nasenspitze!

Schon seit einiger Zeit hat Ango den Angriff erwartet, so ist er nicht verblüfft über Promads Nachricht.

„Es ist soweit, mein Heer wird sich gegen die Xsis beweisen!"

Der Magier hebt seinen Mantel aus einer Dreckpfütze nach oben.

„Ja, ihr müsst Xsirant angreifen, momentan sind nur wenige zur Verteidigung in der Tempelanlage! Aber beachtet, ihr dürft bis zum Sieg niemals schlafen!"

„Ja, ja, ich führe schon seit fünfzig Salmanen Armeen in die Schlacht, ich werde gewinnen!"

Beunruhigt verlässt Promad den General, dieser lässt sofort seine Truppen zusammentrommeln, überall erklingen Fanfaren und Trommeln. Aus allen Ecken und Enden von Taraa strömen Soldaten herbei, mächtige Wagen, von Bantas gezogen, werden mit Proviant und Waffen beladen. Streitwagen und Pferde häufen sich auf dem großen Waffenplatz in Mitten der Stadt, dort versammelt sich die Armee des Talschmuds.

Promads Sorgen sind berechtigt, Ango lässt sich nicht gerne in sein Handwerk hineinreden, den Ratschlag mit dem Schlaf, stellt er als Unsinn ab!

Pompös verlässt die Armee Taraa, ein jeder hofft auf einen glorreichen Sieg, denn das Volk leidet arg unter der Bedrohung der Xsis!

Die Truppen müssen durch das Gebiet der Pistordes ziehen. Die Pistordes sind ein Clan-Volk, dass ständig Clan gegen Clan Krieg führt, deshalb stehen sie auch nicht im Dienst des Talschmuds.

Keiner will sich mit den Pistordes die Hände schmutzig machen, mit ihnen gibt es viel zu viel Streit!

Die Clans lassen das Heer des Talschmuds ohne Gegenwehr durch ihr Land ziehen, kein Pistordes ist dem Herrscher verpflichtet, trotzdem wollen sie es sich mit ihm nicht verscherzen!

Fast ein Endan braucht das Heer, um Xsirant zu erreichen, sogleich wird der Tempel belagert und von der Außenwelt abgeschnitten!

Sgandor blickt, mit irren Blicken, von einem der vielen hohen Türme hinab zu den Truppen des Talschmuds, neben ihm stehen einige Jünger.

„Der Talschmud wagt es!? Wie kann er nur? Besetzt die Wehr, schlagt sie zurück, vernichtet sie!"

„Meister aller Sonnen, unsere Truppen sind bei den Quaxoctail! Wie ihr befohlen hattet - werden sie vernichtet. In Xsirant haben wir nur achthundertfünfzig Jünger!"

Viele Falten zieren das Gesicht des Xsis Meisters, die Salmanen gehen nicht spurlos an ihm vorbei.

„Die Quaxoctail werden bluten, wie auch der Talschmud! Wehrt sie ab, und wartet bis sie schlafen! Im Schlaf sind wir mächtig!"

„Ich verstehe, oh großer Meister aller Meister, künftiger Talschmud!"

Der Jünger geht, er lässt sämtliche verbliebenen Jünger auf der Wehrmauer verteilen. Schwer bewaffnet warten die Xsis auf den süßen Schlaf ihrer Feinde!

Angos Truppen sind von der langen Reise erschöpft, der General lässt tausende von Zelten aufstellen, damit sich seine Soldaten erholen können. Für Angos ist Krieg ein Kampf Mann gegen Mann, er ahnt nicht, was seine Soldaten in der Nadne erwartet!

Rund um den Tempel der Sekte hat der Siegreiche Wachen aufstellen lassen, der Rest seines Heeres darf sich ausruhen. Die Dunkelheit wird nur durch die vielen Feuerstellen erhellt, zehntausende von Fackeln beleuchten jeden Weg, damit keiner in den Tempel kann, oder umgekehrt.

Nachtvögel zwitschern ihre Lieder, Grillen summen, da durchbricht ein Schrei die Nadne, ein weiterer gellender Schrei folgt dem Ersten, noch einer und noch einer! Ein Schrei nach dem anderen erbebt sich aus den Zelten! Was geschieht nur?

Die Wachen und die Soldaten die nicht schlafen können, erschrecken, sie möchten helfen, doch das Leid ist nicht aufzuhalten!

Im Tempel der Xsis Sekte versammeln sich die Jünger um die Kugel von Aln, Sgandor persönlich steht in Mitten seiner Gefolgsleute. Einer der Lehrlinge begreift noch nicht ganz.

„Meister, was tun sie da?"

Der Jüngling meint die fünfhundert Jünger um die Kugel, selbst der große „Kugel-Raum" sieht mit so vielen Wesen klein aus.

„Sie beschützen ihren Glauben im Traum - Aln ist mächtig, er lässt uns in Träume steigen, dort besiegen wir die ungläubigen Feinde!"

„Aber warum schicktet ihr dann eine Armee zu den Quaxoctail, wenn wir sie von hier besiegen können?"

Sgandor schmunzelt über das Nichtwissen des Jüngers.

„Einzelne Personen lassen sich im Gefüge von Raum und Zeit im Traum leicht finden, doch für Tausende müssen wir in ihrer Nähe sein! Nur die Nähe zu so vielen Wesen ermöglicht uns den Sieg!"

„Ich verstehe, Meister."

Die Xsis Jünger versinken alle in Trance, im Traum verrichten sie ihre schreckliche „Arbeit"!

Der Endan naht, die Dunkelheit weicht, es ist kein schöner Morgen, nein, Traurigkeit breitet sich aus, denn die Schreie dauerten die ganze Nadne und die Schlafenden konnten nicht mehr geweckt werden! Die Lagerfeuer und die Fackeln verlöschen, doch die Soldaten des Talschmud bleiben in den Zelten! Als die Wachen oder die Wachgebliebenen nachsehen, erkennen sie die schreckliche Wahrheit! Über 28'000 Soldaten sind tot!

Die Träume waren ihr Schicksal, die Xsis haben sich Zugang zu ihren Träumen verschafft und sie dort getötet! Alle Soldaten haben ein verzehrtes Gesicht, einigen rinnt noch ein wenig Blut, entweder, aus Nase, Ohren oder Augen. Selbst Ango fiel dem Schlaf zum Opfer!

Nun ist passiert, was nicht geschehen hätte dürfen, das Land liegt schutzlos da! Die Überlebenden Soldaten des Talschmud fliehen in alle Richtungen, sie wollen nur weg, weg von Xsirant! Noch wagen sie es nicht nach Taramaar zurückzukehren, denn sie glauben, das wäre das nächste Ziel der Xsis!

So unrecht haben die desertierenden Soldaten nicht, denn Sgandor fühlt sich wie ein unbesiegbarer Gott!

„Der Talschmud hat es gewagt! Töten wir ihn im Schlaf! Er soll seine gerechte Strafe bekommen! Ha, ich kann den Talschmud spüren, er schläft den Schlaf des Toren. Ach, er ist nicht alleine, drei Jünglinge teilen sein Lager - sie werden neben einer Leiche erwachen!"

Der Meister der Xsis Sekte begibt sich in Trance, er will den Talschmud persönlich fällen!

Es dauert nur Edonen und der Talschmud zieht in die Schattenwelt!

Befriedigt streichelt Sgandor die Kugel von Aln.

„Nun steht mir nichts mehr im Weg, selbst die Quaxoctail sind beinahe besiegt!"

Das einst stolze Heerlager der Talschmud-Truppen gleicht einer Totenstadt. Aus allen Zelten hört man lautes Schmatzen - die kleinen braunen und die großen schwarzen Knackechsen laben sich am Fleisch der Toten!

Nur Skelette bleiben von den tapferen Soldaten.

Bloß einmal in seinem Leben hätte Ango der Siegreiche auf jemand anderes hören sollen, doch wie es so spielt, sein Leben endet im Nichtwissen!
Die Schattenwelt bekommt regen Zuwachs, der Fluss des Lebens ist stetig im Lauf.

Das Trauerspiel in Xsirant wird in Taraa schnell bekannt, viele der Taramaarer fliehen, sie sehen im Talschmud keine Hoffnung mehr.
Schreiend rennen ein paar Jünglinge halbnackt durch den Herrscherpalast, ihre Worte sind unverständlich, doch Ralie weiß was geschehen ist! Ihr Mann Mandor der Blinde ist tot, nun ist sie Talschmud! Schon seit der Thronbesteigung vor fünf Salmanen herrschte sie im Hintergrund, ihr Mann hatte nur Augen für Jünglinge! Als Badar, Mandors Vater, noch lebte, konnte er seine Sexualität nicht ausleben. Sein Vater verheiratete ihn mit Ralie, da Nachwuchs verlangt wurde, musste er sie schwängern und das zwei Mal! Nachher berührte Mandor seine Frau nie wieder. Doch diese beiden Nächte genügten um vor sieben Salmanen Mahli und vor fünf Salmanen Hall zu zeugen.
Ralie ist verzweifelt, Boten bringen die Kunde vom Untergang ihrer Armee, das Reich - nun ihr Reich, ist schutzlos. Sie will keine Zeremonie für ihren neuen offiziellen Titel, auch möchte sie keine Dank- oder Beileidsbekundungen, eigentlich möchte sie nur im Wald spazieren gehen...

111

Ein Spaziergang wäre bestimmt schön, aber sie ist nun Herrscherin, sie muss ihre Pflichten erfüllen, so mahnt Promad sie ab, als er sie mit genicktem Körper auf dem Thron sitzen sieht.

„Meine Herrin, ihr dürft euch nicht gehen lassen! Ihr seid bis zur Volljährigkeit von Mahli Talschmud! Beherrscht euch!"

Sie blickt zu Promad.

„Es sind nicht die Entscheidungen, auch der Tod meines Mannes kümmert mich nicht. Ha, das Volk gab ihm den Namen der Blinde. Wenn die wüssten, im Prinzip müsste er der Schwanzgeile genannt werden..."

Böse blickt Promad zum Talschmud. Sie weiß, was er meint.

„Verzeih mir Magier, meine Worte entglitten mir. Keiner soll erfahren welche Neigungen er besaß! Seine Jünglinge lasst deportieren, sie dürfen nie mehr Talschmud Gebiet betreten! So wird keiner etwas erfahren. Gebt ihnen genügend Hoggs für ihre Verschwiegenheit und die Warnung ihres baldigen Todes, wenn sie nochmals in Talschmud Gebiet kommen würden! Meine Sorgen sind dennoch groß, mein Volk ist schutzlos, unsere Armee vernichtet, so viele Frauen, Kinder und Mütter warten nun vergeblich auf die Rückkehr ihrer Männer...durch meinen Befehl sind 28'000 Soldaten in den Tod gezogen!"

„Mein Talschmud, ihr müsst solche Befehle geben, Sgandor muss aufgehalten werden! Euer General Ango hat nicht auf mich gehört, seine Truppen schliefen und starben! Der Krieg muss weiter gehen!"

Ungläubig sieht sie zu ihrem Ratgeber.

„Mit was? Eine Armee auszuheben dauert Andranen und nach diesem Debakel wird keiner mehr Soldat des Talschmud werden wollen. Zudem ist kein General mehr da! Es ist aus!"

„Nein, die Hoffnung verwelkt nicht! Erst wenn ihr nicht mehr hofft stirbt euer Volk!"

„Ihr habt recht, seit drei Mondstrassen herrschen die Talschmuds in einer Linie, ich bin die erste außerhalb der Blutslinie! Ich musste alle Namen der Herrscher für die Hochzeit auswendig lernen, ich weiß sie noch heute: Kalandar der Grosse, Randor der Friedliche, Polco der Tölpel, Holdar der Kurze, Rimir der Weise, der böse Gudar, Lindie die Gute, der durch Inzucht gezeichnete Coldo der Todgeweihte, Sadaar der Junge, Kalandar der Zweite, Kalandar der Dritte, Bando der Belesene, Gundie die Eroberin, Sindie die Zaghafte, Badar der Entschlossene, Mandor der Blinde und nun ich Ralie - Ralie die Mutlose!"

„Nein, noch habt ihr keinen Beinamen, verdient ihn euch!"

Sie legt ihren Arm auf die Thronlehne und stützt danach ihren Kopf mit der Hand ab.

„Mit was soll ich Krieg führen? Was du verlangst ist unmöglich, ich werde die Flaggen streichen, wenn nur meine Kinder und das Volk überleben."

„Sgandor wird sie alle bluten lassen, Mahli und Hall werden kaum überleben, denn rechtmäßige Erben könnten den Talschmud Titel zurückfordern!"

Ralie beginnt zu weinen, sie hat keinen Rat mehr, das einzige was ihr noch am Herzen liegt, sind ihre Kinder!

„Neeein, sie müssen leben...es darf nicht sein!"

„Dann kämpft weiter, ihr dürft die Flaggen nicht streichen, schließt die Tore von Taraa und verschanzt euch. Hilfe ist unterwegs!"

Sie horcht auf.

„Hilfe? Von wem?"

„Ich sprach mit dem Meister des blauen Zirkels, Ingkros, er will helfen, der blaue Zirkel will helfen! Ich musste ihn dafür aus seinem Schlaf wecken, was ihn nicht sonderlich empfänglich für Anliegen macht!"

„Magier, Zauberer und Hexen? Was könnten sie gegen die Xsis unternehmen? Das sind keine Krieger, sie werden untergehen, wie meine Soldaten! Und Ingkros ist uralt..."

Er überhört die Einwände um Ingkros Alter einfach.

„Auch wir beherrschen die Gabe im Traum spazieren zu gehen, sogar besser als die Xsis, doch nur böse Wesen tun es! Bis jetzt war es ein ungeschriebenes Gesetz, nie in die Träume von anderen Wesen zu steigen, aber nun werden wir vom blauen Zirkel das Gesetz brechen! Wir werden als Armee im Traum der Xsis kämpfen und sie dort vernichten. Inzwischen werden die Quaxoctail die Xsis noch ein paar Endanen aufhalten können, ihr Hauptmagier hat es mir telepathisch versprochen.

Ingkros ist bereits auf dem Weg nach Xsirant, er hat fünfhundert magische Wesen dabei, sie sollen die Wachen bekämpfen, damit keiner der Sekte entkommen kann."

Ralie steht auf, wischt sich ihre Tränen ab, und umarmt Promad, sie hat ein kleines Stück Hoffnung gewonnen, auch will sie als neuer Talschmud Stärke zeigen.

„Wenn ihr wirklich gewinnt, werde ich euch bis ans Lebensende eine Rente bezahlen! Rettet mein Volk und meine Kinder! Ich bitte euch - mein Freund!"

Der Magier lächelt.

„Hoggs bedeutet mir zwar nicht viel, aber ich werde die Rente trotzdem dankend annehmen, damit kann ich viel gutes tun."

Rasch verlässt Promad den Thronsaal, die rothaarige, schöne Ralie bleibt alleine zurück, sie denkt an ihre Kinder und nicht zuletzt an ihr Volk.

Am liebsten würde sie ins Kinderzimmer gehen, doch ihr Titel verlangt die Präsenz im Thronsaal, sie ist Talschmud, sie muss dem Volk Mut demonstrieren, auch wenn sie selbst Angst hat!

Ein paar Haden vergehen, der alte Ingkros der Urmagier des blauen Zirkels ist mit seinen fünfhundert Gefolgsleuten vor den Toren von Xsirant angekommen. Trotz seines Alters sieht Ingkros so mächtig wie ein jugendlicher Spross aus, einige behaupten er sei 2000 Salmanen alt, er selbst gibt sich eitel und schweigt sich über sein Alter aus. Viele sagen, er sei ein Drache in Menschengestalt. Andere behaupten, er sei der mächtigste Magier den es gibt.

Seine ledrige, verrunzelte Haut zeigt jedenfalls ein hohes Alter an, und die Haarlosigkeit etwas mystisches!
Ungesehen steigen die Magier von ihren Reittieren, ob es nun Pferde, Bantas, Dinos, Atrisstiere oder karalonische Paldalon sind. Die Tiere verstecken die magischen Wesen hinter Bäumen, damit die Xsis sie nicht entdecken. Sie selbst begeben sich in die Zelte der toten Talschmud Soldaten, dort legen sie sich hin und begeben sich in eine andere Welt. Die abgenagten Skelette in den Zelten stören die Magier nicht, sie sind den Tod gewohnt.
Überall auf dem Planeten legen sich die Mitglieder des blauen Zirkels hin, sie begeben sich in magische Trance. Im Traum vereinen sich die Magier, Zauberer und Hexen wieder. Im Traum können sie sein, was sie wollen! So zieht eine 20'000 starke, monströse Kriegerarmee gegen die Xsis und das im Traum. Da die Xsis Armee gegen die Quaxoctail Krieg führen ist die Hälfte von ihnen bereits im Traumreich, auch in Xsirant sind die meisten im Schlaf vereint.
Die Magier verändern die Träume der Xsis, es wird alles in ein gleißendes Weiß gehüllt, überrascht erstarren die Xsis, sie wissen nicht wie ihnen geschieht.
Doch nun entdecken auch die angegriffenen Quaxoctail die neuen Verbündeten, ihr Hauptmagier zeigt ihnen die Macht im Traum!

Monströse zehn Fuß hohe Krieger rennen gegen die Xsis, von hinten rennen die letzten Quaxoctail gegen die böse Sekte des Todes.

Alles ist in angsterfüllendes Weiß gehüllt, das verstehen die Xsis nicht mehr, sonst sind sie es, die den Traum kontrollieren, was mag geschehen sein?

Bloß die vielen Krieger und Kriegerinnen sind im Traum zu sehen, es bietet ein gespenstisches Bild, grimmige farbige Krieger gegen weiß ummantelte Xsis! Nur die Waffen, Köpfe und Glider stechen von den Xsis hervor, trotzdem ist das Weiß ihrer Mäntel ein anderes, als das um sie herum - es ist dunkler! Denn das Weiß um sie herum blendet die Augen, es ist grell und eklig!

Die magischen Krieger schreien laut ein Angriffsheulen von sich, das Schreien wird zu einem unmenschlichen Hallen. Die Xsis halten sich die Ohren zu, da treffen die Quaxoctail und die magischen Krieger bereits auf die Armee der Xsis. Ein ohrenbetäubendes Schlachten beginnt, langsam erwachen die Xsis aus ihrer Starre, sie wehren sich tapfer, schlagen viele der Quaxoctail in die Schattenwelt. Doch die magischen, großen Krieger sind schwerer zu töten!

In der Traumwelt, die von den magischen Wesen erschaffen wurde, fließt kein Blut, werden Glider abgetrennt fallen sie lautlos zu Boden, stirbt ein Wesen, verschwindet es aus der Traumwelt.

Dafür sterben in der realen Welt immer mehr Xsis, die Sektenmitglieder, die nicht schlafen oder im Traum kämpfen, verstehen die Welt nicht mehr.

Sgandor geht in den Kugelraum, er blickt zu seinen schlafenden Jüngern, sie zappeln und winden sich, doch keiner lässt sich wecken, damit sie sagen könnten, was geschieht!

„Trommelt die Jünger zusammen, wir müssen unseren Brüdern zu Hilfe eilen! Rasch, holt alle, wir müssen in die Träume!"

Nur ein paar Wachen verbleiben auf den Mauern von Xsirant, die anderen begeben sich in den Kugelraum, dort legen sie sich in Trance und sehen was geschieht!

Das gleiche passiert bei den Quaxoctail, das Gros der Xsis Armee will seinen Brüdern zu Hilfe eilen, nur ein paar Wachen bleiben trancelos.

So verstärkt wendet sich das Blatt für die Xsis, nun sind es fast doppelt so viele Xsis wie Gegner!

Bereits sind 12'000 Magier und Hexen, die auf der ganzen Welt im Traum kämpfen, gefallen, die Überraschung half ihnen zwar, aber jetzt ist die Überraschung verpufft!

Was sie auch immer im Traum darstellen, die Magier sind keine Krieger, hat man kein Kriegerherz, kann man es auch nicht im Traum sein!

Die Quaxoctail sind fast vollständig aufgerieben, trotzdem kämpfen sie verbissen weiter.

Aber auch die Xsis müssen herbe Verluste hinnehmen 9'000 sind gefallen, Sgandor schickt sogar die nicht Eingeweihten in die Schlacht, so verstärkt sich seine Truppe um nochmals 8'000 Krieger.

Auch wenn diese 8'000 unerfahren sind, so sind es trotzdem Gegner die besiegt werden müssen.

Mit den Quaxoctail kann Ingkros nicht mehr rechnen, es gibt kaum mehr welche, sein blauer Zirkel wird stetig weniger, einer nach dem anderen verschwindet aus der Traumwelt, bereits beginnt das Weiß dunkler zu werden, die Xsis übernehmen die Führung!

Der Urmagier schart seine letzten Krieger um sich, es bleibt kaum eine handvoll übrig, um sie herum lachen und kämpfen 14'000 Xsis!

„Kämpft, blauer Zirkel - es geht um das Leben aller, wir dürfen nicht verlieren!"

Ingkros verzweifelter Ruf verhallt, einer nach dem anderen verschwindet aus dem Traum, die Schattenwelt wird magisch bereichert.

Das Weiß der magischen Wesen verschwindet aus dem Traum, eine Vulkanlandschaft macht sich breit, Ingkros weiß was das bedeutet.

„Sie haben die Kontrolle, wir verlieren! Töten wir jeden, denn wir erreichen können, denn aus diesem Alptraum gibt es keine Flucht...Es wird wohl das Ende unserer Endanen sein!"

Doch wieder schrecken die Xsis zurück, Sgandor bleibt die Spucke im Hals stecken.

„Was ist geschehen, wer hat den Traum verändert? Das ist nicht unser Bild! Was geschieht?"

Eine alte, magische Rasse erscheint - die Rgasko!

Wenn sie sich gemeinsam konzentrieren, können die Rgasko eine unglaubliche magische Kraft erzeugen, mit dieser Magie sind sie in den Traum der Xsis und der Traumschlacht gelangt.

Die Rgasko gehören zwar nicht dem Talschmud Reich an, dennoch wissen sie um die Gefährlichkeit der Xsis! Es wäre nur eine Frage der Zeit gewesen, bis auch die Rgasko von der Sekte bedroht worden wäre.

Das Volk der Rgasko ist in vielen Teilen der dem Menschenvolk ähnlich, mit Ausnahme von ein paar Einzelheiten, sie haben keine Zunge, keine Stimmbänder, daher kommunizieren sie telepathisch, von der Stirn bis nach hinten in den Nacken haben sie zahlreiche Auswuchtungen, dafür tragen sie keine Haare, ihre Augen sind rot, an den Händen sind sechs Finger, Ohren sucht man bei ihnen vergebens, ihr Trommelfell sitzt im Kopf und wird durch dünnere Haut geschützt. Viele Völker nennen sie Philosophenkrieger, weil sie so klug sind!

Das gesamte Volk der Rgasko, es müssen Hunderttausende sein, rennt gegen die Xsis, ein paar Fiden später sind kaum mehr Xsis auszumachen, die meisten der 14'000 sind gefallen!

Außer sich vor Wut stürzt sich Sgandor auf Ingkros.

„Das habe ich dir zu verdanken! Aber du sollst mir das büssen, deinen Tod will ich noch sehen!"

Ingkros wehrt die Attacke von Sgandor mit seinem Schwert ab.

„Überschätze nicht deine Kraft, dein Reich ist dem Untergang geweiht, die Xsis werden fallen!"

„Neeein! Nein, nein, nein...!"

Sgandor drescht mit seiner Axt gegen das Schwert des Magiers, währenddem beschwört Ingkros ein paar Formeln, dadurch lässt er einen Dolch von seinem Gurt gegen Sgandor fliegen. Sofort durchstößt die Klinge des Dolches den Leib von Sgandor.

„Nein, ich löse mich auf! So soll es enden? Nein, das darf nicht sein, ich wollte doch den Talschmud...ein neues Reich, ein Xsis Reich...mein Re..."

Der Körper von Sgandor verschwindet, alle Körper der Xsis verschwinden, nur die Rgasko, der blaue Zirkel und wenige von den Quaxoctail verbleiben im Traum.

„Ich danke dem Volk der Rgasko, ohne eure Hilfe wäre die Niederlage unser gewesen! Der blaue Zirkel steht ewig in eurer Schuld..."

Mit diesen Worten verlässt Ingkros und seine Getreuen den Traum der Rgasko. Auch die Quaxoctail erwachen aus dem Alptraum, rasch erheben sich die Krieger des Bergvolkes, gemeinsam mit den Wachgebliebenen stürmen sie das Lager der Xsis, um die letzten zu töten.

Ohne Erbarmen hacken sie alle lebenden Xsis entzwei, kein Betteln und Bitten wird erhört, zu groß sind die Verluste der Quaxoctail!

Der große Verlust an Menschenmassen fährt dem Bergvolk in die Glider, nie werden sie den Schock überwinden! Deshalb stellen sie sich immer treu an die Seite des Herrschers, zuerst den Talschmuds, dann den Imperatoren! Ihr Motto wird von da an sein: Gemeinsam sind wir stärker.

Die Rgasko widmen sich wieder, ohne größere Verluste, ihren Dingen zu, schließlich ist es ein Volk, dass Wissen sucht.

Ingkros erwacht in dem Zelt, in dem er sich vor dem Kampf hinlegte, müde steht er auf und geht nach draußen. Die Mutter Sonne scheint, sie gibt den Lebenden Wärme, viele vom blauen Zirkel sind nicht übrig geblieben! Von den Fünfhundert, die mit ihm gegen Xsirant zogen, sind elf am Leben, wer weiß, wie viele auf der ganzen Welt und anderen Orten überlebten. Fast der gesamte Zirkel ist in die Traumschlacht eingestiegen und bekämpfte die Xsis, nicht nur die Fünfhundert vor Ort!

„Wir müssen es nun zu Ende bringen! Xsirant muss fallen, sonst können sich die Xsis wieder erholen!"

Die überlebenden Magier stellen sich vor Xsirant und neben Ingkros auf, alle halten die Hände auf Brusthöhe, einem Murmeln gleich sprechen sie mysteriöse Formeln.

Da erhebt sich vor ihnen ein Orkan, eine Windhose bildet sich, mit ungeheurer Kraft schleudert die Windhose gegen die Mauern von Xsirant. Hilfe schreiend versuchen die letzte Xsis zu entkommen, doch sie rennen direkt in die Arme des blauen Zirkels, diese halten die Xsis magisch fest.

Polternd und rumpeln verschlingt die Windhose Xsirant, sie wirft die Steine und das Baumaterial weit um sich, aber ohne den blauen Zirkel oder seine Gefangenen zu treffen. Auch der Kugelraum wird geschliffen, so kann Aln entkommen, denn seine Gefängniskugel zerbricht in Tausend Stücke. Ein gellender Schrei durchfährt die Windhose, als Aln durch sie hindurch saust.

Nur Trümmer bleiben von Xsirant erhalten, die Welt ist von der schlimmen Sekte befreit! Die Magier fesseln die letzten fünfzig Xsis.

„Oh Ingkros, was sollen wir mit ihnen machen? Sollen wir sie henken?"

„Der blaue Zirkel spricht keine Todesurteile aus, was denkt ihr euch, das Recht liegt beim Talschmud und den Völkern. Doch der Weg dahin ist mit so vielen Gefangenen zu weit!"

Lange überlegt Ingkros, er muss eine Lösung finden, mit den wenigen vom blauen Zirkel kann er die Gefangenen nicht zum Richter bringen. Doch was sollte er sonst tun?

„Ich weiß nun was mit ihnen geschieht! Wir dürfen nicht hinrichten, aber ein Fluch liegt in unserer Macht!"

Wir werden sie verbannen! Nördlich von hier ist eine große Höhle, dorthin bringt ihr sie. Dann erschafft ihr zwei magische Siegel, damit die Xsis ewig darin gebunden sind, von nun an wird die Höhle Xsis Höhle heißen, alle werden sich vor ihr hüten und keiner die Siegel brechen, sonst könnte das Unheil wieder über die Wesen brechen!" So geschieht es, die Xsis werden in die Höhle gebracht, dort eingeschlossen und verbannt! Selbst ihre Seelen sind in den Höhlen eingeschlossen, so lange die Siegel bestehen, können sie nicht heraus!

Vieles ist, während dem Xsis Krieg, im Talschmud Reich geschehen, Promad der treue Hofmagier des Talschmud ist in der Traumschlacht gefallen, nie erwachte er aus dem Schlaf.
Aln der Asket ist durch die Salmanen lange Gefangenschaft verrückt geworden! Seine Seele durchstreift lange Zeit das Land, doch dann findet sie ein unglückliches Wesen, dieses nimmt die verrückte Seele in Besitz und gründet die Ridi-Sekte.
Die Ridi-Sekte widmet sich fortan bösen Taten, eine Leiter ins nirgendwo wird ihr Symbol, ihr bestreben gilt der dunklen Macht! Aber da sie sich immer wieder gegenseitig töten, sind sie nie eine Gefahr für das Reich. Einst wird Lord Di Xorin der letzte der Ridi Lords sein...

Trotz allen Wirren bleibt Ralie zehn Salmanen lang Talschmud, das Volk gibt ihr den Beinahmen - die Vernichterin!

Sie mag zwar den Beinahmen nicht, denn andere haben die Xsis vernichtet, nicht sie. Sie denkt stets an ihr Hadern und an den treuen, verstorbenen Promad, wenn sie diesen Beinamen vernimmt. Doch das Volk sagt, es geschah in ihrem Namen, deswegen soll es ihr Beinamen sein! Als Dienerin des Volkes akzeptiert sie den verhängnisvollen Beinamen.

Alsbald ist Mahli, Tochter des Talschmud, alt genug für das Amt der Herrscherin! Mit Freuden übergibt Ralie das schwere Amt ihrer Tochter, sie selbst zieht sich aus dem Trubel zurück.

Acht Salmanen bleibt Mahli im Amt, dann stirbt sie kinderlos an schwarzen Flecken. Das Volk gibt ihr den Beinahmen: die Kranke!

Hall der Zweitgeborene wird 932 vor der gr. Schl. Talschmud. Doch der Wahn von Aln dem Asketen wird Hall zum Verhängnis, 899 vor der gr. Schl. wird er vom Ridi Lord hinterrücks erstochen. Der Ridi Lord wird zwar für seine Tat gehängt, aber seine Seele sucht sich einfach den nächsten Unglücklichen!

Kandar der Mächtige wird 899 vor der gr. Schl. Talschmud. Er lernt die Magie kennen und wird deshalb der Mächtige genannt. Nur die Magie kann ihn vor Aln retten, denkt Kandar, so lernt er alles was er in Büchern lesen kann! Es soll ihm nicht so wie seinem Vater ergehen. Durch die Magie kann er Aln fünfzig Salmanen später in einem spektakulären Kampf besiegen!

Die Macht in Kandar ist groß, sehr groß, unter seiner Herrschaft erreicht das Talschmud Reich seine größte Ausdehnung, seine Magie lässt ihn kaum altern, erst sehr spät bekommt er Kinder und da macht er seinen ersten Fehler in seinem Leben. Stets dachte der Talschmud unfruchtbar zu sein, deshalb schwängert er seine fünfte Frau 798 vor der gr. Schl. mit Magie!
797 vor wirft die Frau des Talschmuds Zwillinge - Bimgar und Angar!
Durch ein Versehen merkt sich die Hebamme nicht, wer als erster aus dem Muttermund kommt. Denn die beiden sehen völlig identisch aus, beide werden schöne, junge Burschen.
Trotz Magie stirbt Kandar der Mächtige 770 vor der gr. Schl., natürlich bekommen die Zwillinge sogleich Zwist um den Talschmud Titel, beide wollen Herrscher sein! Krieg bricht aus, das Talschmud Reich wird erschüttert und zerbricht! Bimgar bleibt in Taraa, Angar gründet im Norden Tirameer und baut in seinem Reich auf gleicher Höhe wie Taraa seine Hauptstadt Tiraa!
Das einstige stolze Talschmud Reich zerfällt, einige Völker sagen sich los, andere beziehen Partei, doch der Krieg verheert sie alle!
Zwanzig Salmanen lang führen Bimgar und Angar Krieg, bis sie sich in einer Schlacht gegenseitig erstechen! Das Volk gibt den Beiden keinen zweiten Namen, denn sie haben keinen verdient!
Schon denken alle, jetzt wird es Frieden geben, weit gefehlt!

Angars Sohn Midro stürzt sich mit Hilfe von Smralldur in die Schlacht gegen Bimgars Sohn Talco, dem Trinquar hilft! Noch grausamer werden die Kämpfe, noch mehr Opfer muss das Volk beklagen! Zehn Salmanen bitterster Krieg, keiner will ein halbes Reich, selbst als Ingkros zu vermitteln sucht lenken die Parteien nicht ein! Und dafür musste Ingkros extra wieder aus seinem süßen Schlaf geweckt werden!

Die Unbelehrbarkeit der Kontrahenten wird dem alten Magier vom blauen Zirkel zu viel, ständig denkt er an seinen erholsamen Schlaf, deswegen verflucht er Midro und Talco zu einem 750 Salmanen währenden Schlaf. Ingkros denkt sich, damit habe er endlich Ruhe vor den Heißspornen, vielleicht werden die Beiden dereinst den Frieden genießen. Fortan sind sie, durch den Fluch von Ingkros, unsterblich, nur durch ihre eigene Hand werden sie sterben können! Der alte Magier entscheidet nicht immer weise, er sehnt sich nur noch nach Schlaf und wägt kaum mehr die Tragweite ab.

Beide Talschmud Reiche zerfallen nach dem Ausspruch des Fluches, dafür beginnt 600 vor der gr. Schlacht ein neues zu sprießen, das Imperatoren Reich! Doch das ist eine andere Geschichte!

Ende

Die Zeit der Helden und Magier

- Die verrückte Seele

Dragon Fantasy Verlag
8200 Schaffhausen
Autor Stefan Daniel Pfund
© Autor Juni 2006
© Verlag ab 2006

Viele Wesen auf so vielen Welten altern nicht nur, sondern sie vervollkommnen mit den Salmanen auch ihr Wissen oder ihre Macht!

Einst, 1125 vor der großen Schlacht in Maldaan, wird ein Junge in Randa, einem holomenischen Dorf, geboren. Die Holomener sind ein schlichtes Volk, das fleißig ihre Felder bestellt und kaum für Aufsehen sorgt. Der Junge, Aln genannt, wuchs behütet auf, er spielte am Caldo-Fluss der im Westen am Dorf vorbeizieht. Wenn es dem Jungen gefiel schwamm er über den Fluss und besuchte das holomenische Dorf Kronda. Die Holomener kümmern sich kaum um den nächsten Endan, außer sie sehen die Ernte gefährdet. Sie sind auch nicht politisch aktiv, haben keine Wissenschaft und sie denken kaum über den Tod nach. Ihr Gemüt ist schlicht und ihre ganze Welt steht und geht mit der Ernte. Ist sie erfolgreich freuen sich die Holomener, gibt die Ernte nichts her oder schlimmer noch, werden die Felder von „bösen" Kräften heimgesucht, so dass nichts geerntet werden kann, dann hungern sie erbärmlich.

Zehn Salmanen nach der Geburt von Aln starben seine Eltern durch einen schändlichen Überfall der Itkamps Cust Allas. Die Inzüchtigen raubten und plünderten das Dorf in der Nadne aus, selbst ihre Königin Knasi sah dem Treiben zu. Viele Bewohner von Randa versteckten sich im Fluss und entkamen den Itkamps. Leichen fand man keine, das Gerücht ging um, die Inzüchtigen hätten zwei Frauen lebendig mitgenommen!

Doch die Holomener dachten, sie wollten die Frauen bestimmt essen. Denn Itkamps essen fast alles, wenn es nichts anderes gibt auch Menschenfleisch! Die Itkamps haben ihr Gewissen schon seit langer Zeit verloren.

Aln überkam eine tiefe Trauer, seit diesem Endan saß er nur noch am Fluss. Er dachte über den Tod nach, und was dann käme und wieso alles auf der Welt existiere!

Aln lebte nur noch vom Nötigsten, er bettelte es sich von anderen Wesen zusammen, ansonsten saß er nur noch am Caldo Fluss und dachte. Das Haus der Eltern ließ er zerfallen, er brauchte kein Dach mehr über dem Kopf, seit diesem schrecklichen Endan, als seine Eltern von ihm gingen, betrat er das Bauernhaus auch nicht mehr!

Viele Gedanken schwirrten durch des Jünglings Kopf, seine größte Frage war: ist das Bauern alles was es für ihn gab? Er kam zu dem Entschluss, nein, es war nicht alles!

Fünf Salmanen lang studierte Aln über alles nach, in dieser Zeit bekam er den Beinamen „der Asket". Plötzlich wusste Aln was er tun musste, er gründete eine Sekte die er selbst Xsis nannte. Aln verließ Randa und ging auf Wanderschaft, überall predigte er von einem höheren Lebensziel, die Wesen sollten alles irdische hinter sich lassen, damit sie sich der mentalen Kraft widmen könnten. Die meisten belächelten ihn nur, auch wenn viele Gerüchte um ihn herum gingen.

So hieß es, er müsse nicht essen, die Kraft seiner Gedanken würden ihn nähren. Einmal wurde sogar behauptet, er sei Tausend Salmanen alt, jemand spann das Gerücht sogar weiter. Schlussendlich hieß es, Aln sei nicht nur Tausend Salmanen alt, einmal sei er sogar wegen seinem Glauben getötet worden und Kraft seiner Gedanken wieder auferstanden...

Von den zahlreichen Wesen die Aln bekehren wollte, blieben nur wenige bei ihm, sie wurden seine Jünger. Mit den Salmanen wuchs auch die Jüngerschaft, eine immer größere Schar folgte Aln dem Asketen. Da beschloss der Asket, so viele können ihm nicht ständig folgen, sie müssen einen Platz finden auf und an dem sie leben konnten. Lange suchte Aln nach diesem Platz, bis er ihn nördlich von Ismal, fünfzehn Salmanen nach der Sektengründung, fand. Aln der Asket gründete eine Tempelanlage - Xsirant. Rasch wuchs Xsirant zu einem bedeutenden Symbol der Xsis Sekte heran. Nun beauftragte der „Sektenvater" seine Jünger, sie sollten neue Gläubige finden, Aln selbst gab sich nur noch dem Studium seiner Gedanken und somit seinem höheren Ziel hin.

Weitere zehn Salmanen später entdeckte Aln etwas von außerordentlicher Wichtigkeit, er konnte mittels seiner Gedanken in die Träume schlafender Wesen eindringen, mehr noch, er vermochte die Träume zu ändern! Alles was Aln entdeckte brachte er auch seinen Jüngern bei! So wurde die Sekte immer mächtiger und mächtiger, bis es eines Endans zum großen umdenken kam!

Nach einer gewissen Zeitspanne nahm Aln den zwielichtigen Sgandor als Stellvertreter. Sgandor nahm Aln jede Arbeit, Ritus und sonstige Pflichten ab, ob es Entscheidungen waren oder sektirische Handlungen, Sgandor machte alles. Das gefiel Aln sehr, denn so konnte er weiter denken, durch das weitere Denken entdeckte er die Kraft das Altern zu verlangsamen.

Wahrlich, sehr viel Macht liegen in den Gedanken!

1050 vor der großen Schlacht in Maldaan entdeckt Aln den für ihn wichtigsten Gedanken. Aln der Asket konnte sich von seinem Körper lösen und seinen Geist zu reiner Energie verwandeln. Der skrupellose Sgandor fing Alns Energie jedoch in einer magischen Glaskugel ein, denn die Energie eines solchen Wesen bedeutet sehr viel Macht und Sgandor wollte viel Macht! Langsam aber sicher verwandelte Sgandor die Xsis Sekte, von einer nach einem höheren Lebensziel suchenden, zu einer Sekte die nach Macht strebte. Die Glaskugel mit der gefangenen Energie von Aln wurde zum Symbol ihrer Sekte. Die Jünger beteten die Kugel an, alle Xsis kleideten sich in weiße Mäntel. Wollte ein Wesen nichts spenden, hatte es auf einmal schlechte Träume. Das Böse übernahm die Xsis, immer mehr strebte die Sekte nach Reichtum und Macht, allen voran Sgandor. Jedes hehre Ziel wurde vergessen, keiner gab sich dem Suchen nach neuen Gedanken mehr hin. Die Jünger lernten nur das, was Aln einst entdeckte!

Der Arme Aln war dabei stets in einer Glaskugel gefangen, immer wieder versuchte er zu flüchten, doch die Kugel war mit Magie geformt worden, ein durchdringen der gläsernen Wände war nicht möglich. Auch wenn es Aln gewohnt war, still an ein und dem selben Ort nachzudenken, so veränderte er sich in der Kugel arg. Seine Energie spürte die bösen Gedanken seiner Jünger, in ihren Träumen sah Aln die Boshaftigkeit. Immer wieder versuchte Aln alles Schreckliche zu vergessen, aber die bösen Gedanken waren stets präsent! Fünfzig Salmanen nach der Gefangennahme von Aln der Asket wahnsinnig. Das Böse überkam den Sektengründer, immer schlechtere Gedanken durchdrangen seine Energie! Manchmal dachten Jünger, statt nur dem hellen Licht in der Kugel, auch dunkle Streifen zu sehen! Da alle die Glaskugel anbeteten und sich geistig völlig auf sie einließen, veränderte sich die Sekte abermals! Zuvor waren die Xsis Macht strebend und geldgierig, von da an setzten sie ihr Streben mit Gewalt und dem Tod durch!

Aln dachte nur noch an Zerstören, Vernichten und den Tod, alles wollte er umbringen, denn die Kugel wurde ihm stetig kleiner! Nichts strebte Aln mehr an als die Flucht, nur dieser Wunsch durchflutete ihn. Dafür wollte er alles tun!

Seine Jünger fingen diese dunklen Gedanken ein und setzten leider vieles um.

Zahlreiche unschuldige Wesen mussten damals wegen den Xsis sterben.

Das perfide dabei war, die Xsis töteten nicht mit normalen Waffen, nein, sie stiegen in die Träume ihrer Opfer ein und töteten sie dort! Im Traum konnten die Jünger sein was sie wollten, das entdeckten die Xsis sehr rasch, der Träumende selbst hingegen, konnte kaum etwas in seinem eigenen Traum verändern. So hatten die Xsis mit den schlafenden Wesen leichtes Spiel. Fünfzig Salmanen lang terrorisierten die Xsis reiche Wesen in ihren Träumen, kaum einer konnte gegen die Xsis gewinnen! Da die Macht der Sekte wuchs, wuchs auch die Anzahl der Jünger, wie Unkraut breiteten sich die Xsis im Talschmud-Reich aus!

Eines Endans wurde Sgandor vollends größenwahnsinnig, er forderte vom Talschmud, Mandor dem Blinden, die Abdankung, der Sektenführer wollte selbst die Herrschaft über das riesige Reich übernehmen. Ralie, die Frau des Talschmud, war damals die eigentliche Herrscherin, denn Mandor wurde nicht umsonst der Blinde genannt!

Ralie schickte ihre Armee gegen die Xsis, ihr Heerführer Ango führte die Truppen an. Da die meisten Soldaten des Talschmuds aus dem Volke der Quaxcotail bestanden, griffen die Xsis auch das restliche Bergvolk der Quaxcotail an. Schon seit längerer Zeit wurden Söldner vom Bergvolk der Quaxcotail als Soldaten für das Heer des Talschmuds angeheuert. Das verbot Sgandor dem Bergvolk zuvor, doch dieses war zu Stolz, als das sie sich der Sekte beugten.

Das Bergvolk war mit Kindern nur so gesegnet und deswegen konnten sie die Einnahmen als Soldaten im Dienst des Talschmuds gut gebrauchen. Die vielen Familien wollten schließlich ernährt werden.

Ein grausamer Krieg brach aus, hätte die Sekte mit normalen Mitteln gekämpft, hätte sie bestimmt verloren! Doch die Xsis griffen nur in den Träumen der Schlafenden an.

Angos Heer wurde vernichtet, er viel mit Tausenden Soldaten, selbst Mandor der Blinde wurde von den Xsis im Schlaf getötet – und Aln sah in den Träumen seiner Jünger zu!

In Aln wuchs das Verlangen nach mehr Tod, er wollte mehr Leid sehen, Aln konnte gar nicht genug davon kriegen. Vielleicht entwickelte er diese Gefühle, weil er die ganze Zeit eingesperrt war und sich so ablenken konnte, wer weiß das schon außer Aln? Der Tod eines Wesen löst große Gefühle aus, nach denen Aln süchtig wurde. Nichts Gutes blieb in der Energie von Aln haften, jeder besiegte Feind der Xsis machte Aln glücklich und noch böser!

Mit jedem Endan gab es mehr dunkle Streifen in der Kugel von Aln.

Nach dem Tod von Mandor, wurde Ralie Talschmud, sie war eine starke Persönlichkeit, auch wenn sie nicht daran glaubte.

Mit dem Herrschertod hatten es die Xsis übertrieben, nun erklärte der blaue Zirkel der Sekte den Krieg!

Der blaue Zirkel war und ist ein Verbund von Magiern, Hexern, Zauberern und allen anderen magischen Wesen, weiblichen wie männlichen! Alle Kräfte wurden mobilisiert so auch die verbliebenen Quaxcotail und die Rgasko, in allen Träumen wurde gekämpft, unzählige mussten sterben und von da an im Schattenreich leben.

Die Legende spricht vom großen Traumkrieg. Aln genoss das Sterben in allen Zügen, schauerliches Beben durchzog seine Energie, das dabei seine Sekte unterging war dem Asketen egal, denn ihm war nur noch das Leid und der Schmerz der Wesen wichtig!

Es kam wie es kommen musste, Sgandor wurde geschlagen, mit ihm die Xsis Sekte, einzig fünfzig Xsis überlebten in der Xsis-Höhle, wo sie gefangen wurden.

Die Quaxcotail und der blaue Zirkel hatten erhebliche Verluste, nie mehr erholten sie sich davon.

Xsirant, das Sektenhauptquartier wurde vom blauen Zirkel geschliffen, dabei wurde ein Fehler gemacht, denn die magische Kugel von Aln zerbrach beim Schleifen!

Aln war wieder frei, sein Geist fühlte sich durch das viele Leid beschwingt, süchtig nach mehr durchstreifte seine Energie das Land. Als Geist konnte Aln in die Träume der Wesen einsteigen, so tötete er viele Arme Seelen im Traum, alsbald war ihm das nicht mehr genug, er wollte ein vielfaches von diesen Gefühlen spüren!

Irgendein menschlicher, armer Wicht lief ihm eines Endans über den Weg, der Geist dieses Menschen war schwach und so hatte Aln leichtes Spiel, er übernahm dessen Körper und tötete den Geist seines Wirtes! Noch am gleichen Endan gründete Aln die Ridi-Sekte, diese Sekte sollte nur noch dem Bösen frönen!

Machtstreben und Leid verursachen standen an erster Stelle bei Aln, deshalb ließ er 935, vor der großen Schlacht in Maldaan, auch einen gewissen Trug nach einer Möglichkeit forschen, die Fabeln zu beeinflussen! Tatsächlich gelang es Trug fünf Salmanen später ein Horn mit rätselhaften Tönen zu bauen, durch das Horn wurden die Fabeln willenlos. Trug wusste von der Boshaftigkeit von Aln, deshalb übergab er sein Horn nicht an die Ridi, im Gegenteil, Trug ließ sich von den Fabeln beschützen! Selbst die Drachen wurden von diesem Horn beeinflusst, das mag damit zusammenhängen, dass Magie stets durch sie floss und fließt.

Der Asket wurde zornig, doch die Fabeln hatten weit mehr Kraft als Aln, deshalb heuerte der Ridi-Führer eine Hexe an, die Trug vernichten sollte.

Zehn Salmanen nach der Erschaffung des Horns gelang es der Hexe, den genialen Erbauer zu töten, sie vernichtete den zu Lebzeiten zum Gott erhobenen Trug. Die Hexe nahm das Horn an sich, konnte es aber nicht wirklich bedienen - denn wisse, das Böse kann nicht einfach so über Gutes herrschen!

Beide, Gut und Böse, besitzen ihre eigenen Gesetzgebungen, nicht immer harmonieren sie zusammen. Da die Hexe der schwarzen Magie zugetan war, ließ sich das Horn von ihr nicht bedienen, schließlich war Trug klug genug das Horn mit guter Magie zu „weihen".

In dieser ganzen Zeit vergaß Aln das Horn, für ihn war es nur ein Instrument, um mehr Leid zu verursachen. Auch die Hexe verlor das Interesse an diesem Horn, so konnten die Elfen das Horn, 12 Salmanen später, stehlen und im Sumpf der verlorenen Seelen verstecken. Als die Hexe den Diebstahl bemerkte verfluchte sie das Horn und den Sumpf, doch das ist eine ganz andere Geschichte.

Mit jedem Tod und jedem Leid wurde Aln wahnsinniger und mächtiger, seine Sucht wuchs ins unermessliche. Selbst die Sterne im All sind vergleichsweise wenige, gegen das Verlangen anderen Leid zuzufügen, welches Aln immerdar empfand. Da Aln nur aus Energie bestand, ließ er sich schwer aufhalten, starb sein Wirtskörper, verließ er diesen und suchte sich einen anderen. Aber Aln konnte nur schwache Geister bezwingen, wehrhafte Seelen konnte der Asket nicht aus einem Körper vertreiben!

Nach Ralie war Mahli und danach Hall Talschmud, die Herrscher wechselten sich ab, aber Aln blieb.

Hall erkannte im Ridi-Lord, Aln hatte sich selbst zum Lord ernannt, den Xsis Gründer!

139

Der Talschmud wusste, er musste die Ridi zerstören, sonst würden sie so mächtig wie die Xsis. Nur hatte Hall nicht an das Machtstreben von Aln gedacht, der Asket würde niemals zulassen, das andere in seiner Sekte auch nur annähernd mächtig würden! Bloß sein Geist sollte „vollkommen" sein!

Die normalen Ridi waren, in seiner Sichtweise, „nur" einfache Wesen ohne Magie, aber sie wurden im Bösen erzogen! Schon früh musste ein Ridi töten lernen und anderen Wesen unendliche Schmerzen zufügen, damit sie auch ja brav böse wurden! Weigerte sich ein Jünger, wurde er selbst gefoltert, meist bis zum Tod!

Sechs Salmanen nachdem das Horn von Trug verloren ging, schickte Hall seine Armee aus, sie vernichtete einen Grossteil der Ridi, selbst den damaligen Körper von Aln konnten sie vernichten.

Damit hatte der Asket wohl nicht gerechnet, deswegen nahm sein Hass unmenschliche Formen an. Lange wanderte seine Energie über das Schlachtfeld, bis er einen jungen, unbedarften Musiker fand, der eine Ballade über die Schlacht schreiben wollte. Das Gemetzel machte den Musiker nicht nur tieftraurig, sondern auch empfänglich für Suggestion. Somit konnte Aln in den Musiker eindringen. Er vernichtete des Musikers Seele und übernahm dessen Körper.

In der Begleitung der Armee des Talschmuds gelangte Aln in die Herrscherfestung, er wollte sich am Talschmud rächen!

Das Dumme dabei war, als einfacher Musiker kam er nicht nah genug an den Talschmud heran! Drei ganze Salmanen musste Aln warten, in dieser Zeit versuchte er seine Sucht zu verdrängen, damit ihn niemand erkannte! Nur an harmlosen und wehrlosen Tieren befriedigte der Asket seine dunklen Triebe. Immer wieder musste er sich aus heiklen Situationen retten, denn mit der Zeit fehlten etliche Tiere!

Das Böse macht vor Harmlosigkeit nicht Halt, im Gegenteil, die Harmlosigkeit provoziert das Böse noch mehr.

Alsbald war der Musiker, der eigentlich Aln war, mehr als unbeliebt, keiner wollte etwas mit ihm zu tun haben. Aber an einem einfachen Endan kam die Gunst zu Aln geflogen, er musste mit dem Talschmud Orchester vor Hall spielen. Als der Herrscher zum Orchester ging, stürzte sich Aln auf ihn zu und erstach den Talschmud! Rasch wurde der Musiker von den Wachen aufgespießt, zudem wurde er, in der gleichen Edo, dem Scharfrichter übergeben, dieser hängte den Körper sofort, doch Alns Energie entkam erneut!
All dem sah ein Jüngling zu – der Sohn von Hall, Kandar! Er sah wie die Energie aus dem Körper des Musikers glitt und wusste Bescheid! Denn ein Magier vom blauen Zirkel war Kandars Lehrer und dieser berichtete ihm vom bösen Wesen Aln.

Er erzählte dem zukünftigen Talschmud auch vom dunkelblauen Zirkel, dieser wurde, gegen den Willen von Ingkros vom blauen Zirkel, gegründet. Der dunkelblaue Zirkel hatte nur eine Aufgabe, er sollte Aln zur Strecke bringen! Sie fingen unzählige böse Wesen ein, weil sie dachten, sie wären Aln, da der dunkelblaue Zirkel keine Richterfunktionen hatte, musste er etwas mit den Gefangenen machen. Sie konnten oder durften die Gefangenen nicht einfach töten.

Die Magier entschieden sich die bösen Wesen zu verbannen, südlich vom Tal der Steine erschufen sie ein Loch, das Loch der Unendlichkeit! Dort hinab wurden die Bösen verbannt, sie sollten bis zur Unendlichkeit in der Dunkelheit schmoren!

Nach dem Tod von Hall wird Kandar Talschmud, sein magischer Lehrer bringt Kandar mehr als nur Wissen bei, er lehrt ihn die Macht der Magie. So wurde aus Kandar - Kandar der Mächtige.

Aln hingegen scharte die restlichen Ridi um sich, viele Wesen vergiftete Aln mit seiner Boshaftigkeit, die Ridi-Sekte wuchs und wuchs. Noch hatte Kandar zu wenige Mittel, um die Sekte noch einmal zu zerstören und Aln saß gut beschützt unter seinen Jüngern. Niemand wusste genau, wer Aln gerade war, immer wieder wechselte der Asket seinen Körper. Das machte auch dem dunkelblauen Zirkel zu schaffen, sie fingen zwar ständig böse Wesen ein, Aln war aber nie darunter.

So mussten im Verlauf der Zeit Zehntausende im Loch der Unendlichkeit ihre Gefangenschaft antreten! In diesem Loch sind diese Wesen nur gefangen, sie können weder altern noch sterben, ständige Dunkelheit ist ihr Begleiter. Welch eine Strafe, fast alle die diesen Weg beschreiten mussten, wünschten sich nach einigen Salmanen den Tod herbei.

Als die Mondstrasse am Himmel zu sehen war, in der neuen Zeitrechnung 890 vor d. gr. Schl., vollbrachte Aln das größte Gemetzel, das die Wesenheit bis anhin sah! Der Asket sah in der Mondstrasse etwas heiliges, deshalb schickte er seine Ridi aus, sie sollten alles töten, was sie vor die Klinge brachten, und so geschah es! Dieser Endan sah ein fürchterliches Gemetzel, Tausende verloren ihr Leben! Die Mutter Sonne betete damals: es mögen Wolken erscheinen und sie müsse dem Grauen nicht zusehen.

Die Ridi waren vor dem Gemetzel schon gefürchtet, doch ab jenem Endan gingen sie endgültig als Barbaren in die Geschichte ein...

Der Wanderschaft müde gründete Aln 859 vor d. gr. Schl. eine kleine Siedlung nordöstlich der Ndros-Steppe, er nannte sie Taldaa.

Der Talschmud hingegen war noch immer damit beschäftigt Truppen auszuheben und sein Reich vor den äußeren Feinden zu schützen.

In diesen düsteren Zeiten waren selbst die Dripakken gefürchtete Eroberer, immer wieder griffen sie das Talschmud-Reich an. Nur mit Hilfe der verbündeten Amazonen konnte Kandar die Dripakken zurückwerfen, dafür waren aber eine Menge Krieger in Allamun, dem Reich der Amazonen, gebunden! Vier Salmanen lang führte Kandar mit den Dripakken Krieg, 855 vor d. gr. Schl. musste etwas geschehen, denn die Amazonen „benutzten" meistens Dripakken, um Nachwuchs zu zeugen. Während dem Krieg gegen die Dripakken, konnten die Kriegerinnen keine Kinder züchten, somit stand die Zukunft der Amazonen auf dem Spiel. Ein natürliches Gefüge wurde empfindlich gestört! Kandar musste handeln, er zog mit seiner ganzen Armee zu den Dripakken! Jeden Mann, jede Frau steckte er in Rüstungen und Uniformen, auch wenn sie kaum kämpfen konnten. Auf die Menge kam es an, der Talschmud wollte lediglich Eindruck schinden! Die stolzen Dripakken sahen wie viele es waren, sie rechneten sich keinen Sieg aus, somit konnte Kandar einen Friedensvertrag mit ihnen aushandeln, in dem sie sich sogar gegenseitig bei Angriff helfen wollten!

So wisse, die Dripakken wurden nicht einfach so zu Eroberern, sie wurden von Osten bedrängt, eine unheimliche Menschenrasse, aus einem Land namens Anganda, griff sie ständig an. Anganda gelüstete es nach Sklaven!

Zwar wurde bereits 1198 v. der gr. Schlacht eine Mauer zu ihrem Reich gebaut und Anganda baute eine zweite daneben.

Trotzdem gelang es diesem Volk die Mauern zu überqueren, es wurden Rampen zur anderen Mauer gebaut, damit konnten sie zur anderen Seite gelangen. Angandas Verlangen nach mehr Sklaven war zu groß, als dass sie es nicht versucht hätten.
Mit den Truppen des Talschmuds und den Amazonen konnten die Dripakken ihr Land sichern, das dauerte fast fünf Salmanen, bis der letzte aus Anganda vertrieben wurde. Nach der Vertreibung der Feinde, erhöhten die Dripakken zuerst ihre Mauer, sie machten sie so hoch, dass kaum mehr eine Rampe gebaut werden konnte. Zusätzlich wurden noch andere Sicherungsmaßnahmen verbaut, wie starkes Gefälle an der Mauerspitze, spitze Auswüchse und vieles mehr. Danach war es fast unmöglich je wieder eine Rampe zu bauen. Als Anganda sah, dass die Mauer auf Seiten der Dripakken erhöht wurde, taten sie es ihnen gleich. Bis beide Mauern wieder die selbe Höhe hatten. Schließlich waren beide so hoch, dass schon die Winde dort oben, einen Bau einer Rampe verhinderten. Nach vielen Salmanen des Friedens mit Anganda, wurde die Wachtätigkeit auf der Mauer von den Dripakken eingestellt. Man überließ die Mauern sich selbst, auf beiden Seiten! Nie mehr wurde einer von Anganda auf der anderen Mauer gesehen.

Nach dem Krieg im Dripakken Land hatte Kandar wieder genügend Mittel für Aln frei.

Er musste nur noch seine Truppen wieder ins Talschmud-Reich verlegen, sie neu formieren und ausrüsten. Das ist jetzt ein Salman her, nun steht Kandar mit seinen Truppen in Taldaa!

Aln hat in seinem Größenwahn seine Siedlung kaum befestigen lassen, für ihn geht das Leben auch so weiter! Denn mit dem Tod seines Körpers, geht Alns Seele in einen anderen Körper. Seine Jünger sind dem Asketen sowieso egal!
Doch Kandar, Talschmud der mittleren Reiche, weiß um die Macht des Asketen, nach langem Studium hat sich Kandar selbst mit der Magie vertraut gemacht. Nicht umsonst wird Kandar der Mächtige genannt!
Eine kleine aber durchaus stärkere Mauer umgibt Taldaa, die Festung selbst ist auf einem kleinen Hügel mit Wald darum herum gebaut. Am Fuße des Hügels hört der Wald auf und eine saftige Wiese kommt zum Vorschein. Es wäre ein kleines Paradies, würden die Ridi nicht auf dem Hügel hausen!
Kandars Armee hat schwere Probleme ihre mauerbrechenden Waffen durch den Wald zu bringen. Die Krieger des Talschmuds bleiben vor dem Wald stecken, Kandar sieht das Dilemma.
„Ich bin kein Freund der Zerstörung, aber wir können die Ridi nicht entkommen lassen - so muss es sein! Trauert mit der Natur und verbrennt den Wald! Mögen uns die Bäume verzeihen..."

Sofort entfachen die Krieger des Guten ein Feuer der Zerstörung, die Bäume jammern und knacken, aber es nützt ihnen nichts! Die Flammen lodern um die Wette, sie greifen sich die Stämme und verkohlen sie, nichts bleibt. Insgeheim wünschte sich Kandar, der Wind würde günstig stehen und auch die Festung der Ridi würde ein Fraß der Flammen. Doch Aln ließ alle Bäume um die Festung in einem guten Abstand holzen, damit kein solcher Fall eintreten konnte.

Mit einem kleinen Lächeln steht der Asket auf seiner Festung und blickt nach unten zum Talschmud.

„Kommt her ihr kleinen Opfer...wir werden euch gut bedienen!"

Sein Wahnsinn spricht Bände, selbst seine geistigen und magischen Mächte vergisst der Asket, vor lauter Hass denkt er nur an den blanken Stahl, mit der Klinge will er Leid verursachen! Das Blut soll ihm auf das Gesicht spritzen und die Schreie in den Ohren hallen!

Ach Schicksal - was hast du aus dem guten Aln gemacht? Doch ihr Wesen, nicht das Schicksal oder ein höheres Wesen ist für euer Handeln schuldig! Ihr selbst seit es, die böse Taten begehen.

Langsam erstickt das Feuer um Taldaa, die Festung ist jetzt klar auf dem Hügel zu erkennen. Die Krieger des Talschmuds fahren die Geschütze näher an den Hang, doch der Hügel lässt sie nicht nach oben ziehen.

Die Gefahr von Pfeilbeschuss ist zu groß, und durch das Feuer ist der Boden rutschig geworden.

„Oh mein Talschmud, die Schleudern und Rammen lassen sich nicht nahe genug an die Festung bringen, ohne dass sie uns niedermachen."

Kandar blickt nach oben.

„Dafür haben wir freie Sicht!"

„Aber ein Angriff auf einen Hügel, auch wenn die Festung so klein ist, wird uns sehr viele Krieger kosten!"

„Du hast recht, eine andere Art von Gefecht muss her! Nun will ich sehen, ob meine Lehre in Magie etwas einbringt! Ich werde hinauf reiten und Aln fordern! Wenn die Feste bricht, stürmt ihr nach, sollte ich fallen, tötet ihr alles, was auf dem Berg lebt! Die Ridi müssen gestoppt werden, koste es noch so viel Blut. Ansonsten würden sie jedes Wesen vernichten, zuvor aber alles foltern...es sind wahrlich böse Kreaturen da oben!"

„So sei es Herr!"

Die Weisheit und die Sorgen um seine Männer sind groß beim Talschmud Kandar, er will seine Armee nicht für einen Hügel opfern, der auch anders eingenommen werden kann!

Einst, wird Gvis Ses ganze Armeen den dann wieder bewaldeten Hügel hinaufjagen und sich die Zähne an den Mauern der neuen Taldaa Festung ausbeißen!

Langsam und bedächtig trabt Kandar auf einem edlen, braunen Pferd den Hügel nach oben. Die Ridi beobachten ihn genau, Verblüffung macht sich auf den Gesichtern der Sektenjüngern breit. Sie fragen sich, was mag das für ein Mann sein, der alleine den Hügel hinauf reitet. Jeder kennt zwar seinen Namen, aber nicht den Mann dahinter!

„Aln zeige dich! Messe dich mit mir im Kampf der Magie! Auf das wir nicht noch mehr Männer für unsere Zwecke opfern!"
Der Asket springt auf die Mauer.

„Ich opfere gerne, für die Ridi gibt es nichts schöneres als zu opfern! Dafür leben wir, dafür existieren wir! Unsere Leiter bringt uns nach oben ins Nichts!"

„Ich kenne dich Aln! Ich studierte alte Schriftrollen des blauen Zirkels! Du warst einst ein Suchender nach Wissen und wurdest ein Gefangener deines Wahnsinns!"
Wütend flucht Aln von der Mauer herunter.

„Du weißt gar nichts, du bist selbst ein Nichts! Nur ein Wicht könnte sich anmaßen sich mit mir zu messen! Ich - ich habe deinen Vater getötet - weißt du das?"
Aln will seinen Gegner aus der Fassung bringen, denn noch weiß der Asket nicht, zu was der Talschmud fähig ist. Doch eines weiß er mit Sicherheit, Kandar muss viel Selbstvertrauen besitzen, wenn er alleine vor die Mauern von Taldaa tritt!

„Hast du vergessen, Aln, ich war dabei! Ich sah wie du den Körper als Geist verlassen hattest!"

Dieser Streich geht zu Gunsten von Kandar aus, denn der Talschmud lässt sich nicht aus der Ruhe bringen, ganz anders Aln! Der wird langsam nervös, unruhig fragt er sich, wie viel Macht der Herrscher über das Talschmud-Reich verfügt, denn nur ein mächtiger Mann kann Alns Geist seinen Körper wechseln sehen! Aln dreht sich um und versteckt sich mit dem Rücken hinter einer Mauerecke, so dass Kandar ihn nicht sehen kann. Leise brummelt der Asket vor sich her.

„Kann er mich besiegen, kann er? Kann er das? Auch ich bin nicht unbesiegbar! Kann er das? Kann er's? Hat er die Macht – verflixt, wenn ich's wüsste?!"

Die Ridi-Jünger sehen zu ihrem Meister, sie erkennen einen verschüchterten Feigling, anstatt einen blutrünstigen Tyrannen, das gefällt den Jüngern nicht, sie sind allesamt zum Tyrannentum erzogen worden! Seine eigene Familie zu töten gilt bei den Ridi als ehrenhaft!

Die Jünger versammeln sich auf dem Platz vor der Festung, die umringt ist mit der Mauer. Sie sehen ihren Anführer, wie er sich fürchtet? Kann es sein, Aln fürchtet sich?

Das geziemt sich für einen Ridi nicht, dies lehrte Aln seinen Jüngern blutig ins Fleisch hinein.

Ein Jünger schreit zur Mauer hinauf.

„Aln, Meister – zeige diesem Wicht aus was wir geschnitzt sind! Er ist alleine...du bist allmächtig! Nichts kann dich töten, verletzen oder im geringsten besiegen!"

Der Asket richtet sich auf, steht breitbeinig da und sucht nach dem Jünger der die Worte unbedachterweise herausließ. „Du wagst es...! Willst du mich belehren?" Blitzschnell zückt Aln einen Dolch und wirft in schwungvoll nach unten. Bevor der Jünger weiß, wie ihm geschieht, steckt die Klinge von Alns Dolch bereits im Kopf des Unbedachten! Nicht nur das, die Klinge ist noch nicht ganz zur Ruhe gekommen, und schon geht die Seele des Ridi in die Schattenwelt! Aber ob er dort Ruhe findet ist nicht wirklich sicher, denn die Seelen, die von den Ridi getötet und gemartert wurden, sind ebenfalls dort!

Der Asket muss kämpfen, sonst verliert er das Vertrauen und den Respekt seiner Jünger! Dann verlöre er seine Zuschauer, das Böse macht halt viel mehr Spaß, wenn andere sich zusätzlich daran ergötzen! Welches von den Sucht bringenden Elementen Aln am meisten vermissen würde? Wahrscheinlich alle zusammen! Mittlerweile ist Aln soweit, dass jede Art von Sucht ihn berauscht.

Knurrend steigt Aln auf die Spitze der Mauer und bleibt wieder breitbeinig darauf stehen, seine Arme verschränkt er, die Augen richtet er auf den Gegner. Kandar hingegen steigt von seinem Pferd, mit einem kurzen Klaps verjagt er es.

„Bist du bereit, Ridi Guru?"

Der Spott macht Aln zu schaffen, keiner wagt es sonst ihn so herauszufordern!

Des Asketen Konzentration lässt nach, er sucht nach einem wirkungsvollen Zauber der seinen Gegner zur Strecke bringen kann, doch ihm mag nichts einfallen. Der Talschmud will nicht mehr länger warten, er murmelt einige unverständliche Worte, und am Himmel sind plötzlich dunkle, dichte Wolken zu sehen. Tödliche Blitze fahren herunter, Hunderte schlagen auf einmal in die Festung ein, dutzende der Jünger werden erschlagen, Feuer bricht aus. Einige der Blitze wollen Aln treffen, doch dieser hält nur seine Hand dagegen. Die Blitze schlagen in die Hand ein und verpuffen.

Die Jünger, die nicht am Löschen der Feuersbrunst sind, jubeln und loben ihren Meister hoch.

Wie vernarrt müssen Wesen sein, wenn sie nicht sehen, dass sie ein anderes Wesen in den Tod führt? Es gibt Dinge, für die lohnt es sich zu sterben, aber für einen Despoten den Tod zu finden wohl kaum!

Die gleiche Hand, mit der Aln die Blitze aufhielt, fährt nach unten. Unter Kandars Füssen ist ein Rumpeln zu vernehmen, ein Beben wird stetig stärker, unzählige Risse entstehen in der Erde. Hastig versucht der Talschmud den Rissen auszuweichen und hin und her zu rennen, doch auf einmal verschluckt ihn ein Riss! Der Talschmud ist nicht mehr zu sehen!

Die Ridi jubeln laut aus ihren Kehlen, sie denken, Aln habe gesiegt. Aber ein solcher Sieg wäre ein wenig zu leicht.

Eine Fid nach der Verschluckung von Kandar, hechtet der Talschmud aus dem Loch heraus, sein Körper schnellt wie ein Pfeil aus der Erde, über dem Loch bleibt des Herrschers Körper in der Luft stehen.

„Ist das alles, hat der große Guru des Bösen nicht mehr drauf?"

Kandar streckt seine Arme nach vorne, die Hände überlagert er, so dass sie vorne ein Dreieck bilden, nun lässt der Talschmud eine wellenartige Druckwelle auf die Burg zu fliegen! Die Welle überrascht den Asketen, denn er kann sie nicht mehr stoppen.

Die Mauer bricht und zerspringt in Tausend Stücke, doch die Welle fliegt weiter und zerstört auf ihrem Weg alles, was im Wege steht. Ställe und Häuser werden hinweggefegt und auch die Mauer auf der gegenüberliegenden Seite! Ganz zu schweigen von den vielen Wesen, die auf dem Weg der Welle standen!

Zum Glück ist die Schattenwelt unbegrenzt, so hat jedes getötete Wesen sein eigenes Reich.

Alns Kleidung ist arg zerschlissen, nun schwebt auch er über der Erde, ungefähr auf gleicher Höhe wie Kandar.

Die Truppen des Talschmuds schleichen sich langsam von der gegenüberliegenden Seite von Taldaa an, so dass sie nicht von Aln oder seinen Jüngern, die sich auf das Magieduell konzentrieren, gesehen werden.

Der Hass wächst im Asketen, er will den Talschmud vernichten, koste es was es wolle.

„Eine Druckwelle? Ha - koste das!"

Um Kandar herum entfacht die Luft zu einer Feuersbrunst, alles um den Talschmud scheint zu brennen, nur mit Mühe kann er die Flammen von seiner Haut fern halten. Seine Rüstung fängt bereits Feuer, da lässt es der Mächtige regnen, die dunklen Wolken entladen ihre wässrige Fracht! Das Feuer ist somit rasch gelöscht und Kandar gerettet, auch wenn seine Kleidung in Fetzen von seiner Haut herunterhängt.

Jetzt hat der Talschmud genug, er will nicht mehr spielen, er verwandelt sich in einen Drachen und rennt auf Taldaa zu. Aln verwandelt sich ebenfalls in einen Drachen und rennt auf Kandar zu. Der Boden bebt, der Himmel ist von Blitzen nur so durchflutet, Regen ergießt sich über der Festung, kleine, teuflische Windhosen entstehen und fegen über die Erde! Lava spritzt aus den Rissen vor der Festung, Tiere die zufällig noch in der Nähe sind explodieren, weil der Druck um die Kämpfenden so stark ist. Auch Ridi Jünger werden sofort auseinander gerissen, wenn sie sich zu nah an Aln heran trauen. Die Soldaten des Talschmuds hingegen wissen, um der Gefährlichkeit eines Magieduells, sie halten einen schönen Abstand zu den Kämpfenden.

Die Soldaten und Krieger wollen erst aus ihrer Deckung kommen, wenn der Zeitpunkt richtig ist.

Die zwei magisch verwandelte Drachen schenken sich nichts, beide schlagen aufeinander ein, entweder mit ihren Armen oder mit ihren gefährlichen Schwänzen. Von einer Edo zur anderen verschwindet Kandar, Aln fällt als Drache vornüber. Fragend sieht sich Aln um, da er Kandar nicht sehen kann, verwandelt er sich zurück.

„Kann es sein, habe ich gesiegt? Doch wie?"

Da wird dem Asketen unwohl, er blickt nochmals umher, noch immer kann er niemanden sehen.

Auf Fragen folgen meist Erkenntnisse, so auch bei Aln, jetzt weiß er, wo Kandar ist! Der Geist des Talschmuds ist im Körper von Aln!

Die Truppen des Herrschers sehen ihren Talschmud nicht mehr, deshalb greifen sie augenblicklich an. Die Jünger der Ridi sind geschockt, ihre Wehrhaftigkeit ist kaum zu spüren. Viele versuchen wegzurennen, andere verstecken sich, wieder andere kämpfen bis zum Tod.

Aln hört eine Stimme in seinem Kopf.

„Du hast mich gesucht? Nun hast du mich gefunden! Ich bin in dir, so wie du Körper übernimmst, so übernehme ich deinen Körper! Der alte Geist wird dabei getötet, das weißt du ganz genau! Also - fürchte dich, deine Zeit ist gekommen!"

Aln zittert am ganzen Körper, er weiß nicht, wie er reagieren soll, damit hat er nicht gerechnet! Ein Feind schlägt ihn mit seinen eigenen Waffen.

Der Geist von Kandar wird stetig stärker, die Macht von Aln nimmt ab. Der Asket versucht mit letzter Kraft seinen Geist aufzublähen, aber die Macht in Kandar ist zu stark. Der Talschmud hat alle guten Gedanken der Welt in sich, Aln nur das Leid seiner Opfer! Kandar gewinnt den Sieg des Gerechten, sein Geist übernimmt den Körper von Aln! Als er Aln nicht mehr spüren kann, lässt er den fremden Körper in Millionen Stücke zerspringen, so dass alles um ihn herum blutig ist und mit feinen Fleischstücken übersät wird. Kandar hingegen materialisiert sich wieder und steht unversehrt in Mitten der Sauerei, nur seine Kleidung hängt immer noch zerfetzt an seinem Körper.

Die restlichen Ridi sind entweder geflohen oder getötet worden. Wieder einmal hat das Gute gesiegt!

Noch in der selben Fid lässt Kandar Taldaa schleifen, nichts soll mehr an die Ridi erinnern. Um sich von Schuld rein zu waschen, schließlich ließ er den Wald verbrennen, holt der Talschmud unzählige Baumkundige her, sie sollen den Wald wieder aufforsten.

Nach so langer Zeit fühlt sich Kandar richtig wohl, endlich ist der größte Feind des Reiches tot. So kann des Talschmuds Seele ihre wohlverdiente, gelegentliche, Ruhe finden. Der Mörder seines Vaters, der Mörder so vieler Wesen ist besiegt. Wirklich?

Wie soll der arme Talschmud es ahnen?

Da Kandar kein Energiefeld um den Körper von Aln legte, damit dieser nicht fliehen konnte, floh der Asket aus dem Körper heraus. Der dunkelblaue Zirkel spürt es, sie wissen sofort, Aln lebt! Die Energie, sein Geist, hat zwar sehr großen Schaden davon getragen, aber ein gutes Stück von Alns Geist entkam Kandars Macht. Der Asket hat zwar, durch das schicksalhafte Gefecht mit dem Talschmud, seine Magie verloren, trotzdem kann sein Geist noch fremde Körper übernehmen.

Dafür sind die hassenden Gefühle lang nicht mehr so ausgeprägt in Aln, wie vor der Schlacht. Es scheint, als beruhige sich sein Geist ein wenig, mehr noch, Angstgefühle steigen in ihm hoch. Zum ersten Mal seit langer Zeit wurde er besiegt, das hat ihn hellhörig gemacht. Seine Überheblichkeit ist gedemütigt, sein Hass verwandelt sich mehr und mehr in Angst, Aln will und kann nicht sofort in einen anderen Körper steigen. Zuerst will er sich ängstlich verstecken, zu diesem Zweck fliegt sein Geist in die Höhle der Toten. Die grünlich schimmernde Höhle ist die Heimat der Untoten Ikokeiks! Ein normal lebendiges Wesen würden diese Untoten nie und nimmer einfach so in ihre Höhle lassen, aber den Geist können und wollen sie nicht aufhalten. So kann Aln sich in aller Ruhe verstecken und abwarten, bis er seine Ängste überwunden hat.

Auch die Sekte der Ridi hat stark dezimiert überlebt, sie formieren sich neu, nun aber im Geheimen.
Da sie ihren Anführer für tot halten, wählen sie einen anderen als Lord und damit zum neuen Anführer. So werden die Ridi zu einer Zecke im Körper des Reiches. Keiner weiß so richtig, wo sie ihr Lager haben, wie kann Kandar ahnen, dass sie Taldaa wieder aufbauen, nicht nur dass, sie bauen einst eine fast unzerstörbare Festung! Das neue Taldaa oder besser die neue Burg Taldaa wird durch Magie verhext, von da an ist sie die Veränderliche. Die Burg kann sein Aussehen stetig verändern, zudem passt sie sich manchmal den Launen ihrer Insassen an!

Die Ridi sind wahrlich nur noch böse, sollten sie wieder genügend Kräfte sammeln, so würden sie bestimmt versuchen alles zu erobern...

Ende

Die Zeit der Helden und Magier

- Aln = Di Xorin

Dragon Fantasy Verlag
8200 Schaffhausen
Autor Stefan Daniel Pfund
© Autor 29.06.2006
© Verlag ab 2006

Gut und Böse existieren seit Anbeginn der Zeit, selbst bei der Rasse der Zeiten gibt es welche, die böses wollen. Und manchmal werden gute Wesen zu bösen Monstern, ohne dass sie das je wollten.

Ein solches Wesen war und ist Aln, genannt der Asket. Stets suchte er etwas und schlussendlich fand er das Böse. Sein Charakter veränderte sich derart, dass er nur noch Böses weitergab. Mehr noch, sein Verlangen nach Bösem stieg ungeheuerlich an, er wurde süchtig danach, bis er bloß noch sinnlos tötete.

Ein Mann stellte sich ihm damals in den Weg, Kandar der Mächtige, Talschmud jener Endanen. Viele dachten Aln sei in dieser geschichtsträchtigen Schlacht, Aln gegen Kandar, vernichtet worden, aber der Geist des Asketen konnte überleben. Er war zwar geschwächt, seine Magie fast bedeutungslos, dennoch lebte er!

Nur der dunkelblaue Zirkel wusste von Alns Überleben, der Zirkel schwieg sich darüber aus, denn sie wollten eine Panik verhindern. So suchte der dunkelblaue Zirkel Salmanen über Salmanen nach dem bösen Aln. Wenn der Zirkel etwas von einem mordlüsternen Wesen hörte, fingen sie das Wesen ein! War es nicht Aln, und es war nie der Asket, wurde das gefangene Wesen ins Loch der Unendlichkeit gesperrt.

Wie konnten die Mitglieder des dunkelblauen Zirkels nur ahnen, dass sich Aln vor Angst und Schwäche versteckte?

Aln der Asket ging nicht schadlos vom Schlachtfeld mit Kandar weg! Durch den Kampf versiegte des Asketen Magie, das Böse in ihm wurde geschwächt, zudem überkam ihn die Angst. Nie zuvor musste er sich ängstigen, schließlich konnte vor dem Kampf mit dem Talschmud, nur sein Wirtskörper sterben, seine Seele jedoch nahm sich einfach einen neuen Körper! Plötzlich hatte Aln Angst davor vernichtet zu werden, kein anderes Wesen war je so nah daran wie Kandar der Talschmud. Beinahe hätte der Talschmud sogar Alns Seele in die Schattenwelt geführt.

529 Salmanen lang versteckt sich Aln in der Höhle der Toten, doch an einem unglücklichen Endan wurde sein Bewusstsein wieder geweckt.

Lord Alvarin, momentaner Anführer der Ridi Sekte, möchte neues Gebiet erobern, deshalb zieht seine Ridi Streitmacht in die Wälder der Arosmeidini. Sofort wollen die Arosmeidini zum Krieg rüsten, davor müssen sie aber einen Kriegsrudelführer wählen.

Der angehende Kriegsrudelführer muss, gemäß den alten Sitten, zuerst eine Prüfung bestehen, er soll einen grünen Stein aus der Höhle der Toten holen.

In der Höhle der Toten lebt nicht nur Alns Seele, sondern auch zahlreiche körperliche Ikokeiks, die vor unzähligen Salmanen getötet wurden. Durch die Kraft der grünen Steine, sind ihre Körper nicht verwest, ihr Geist jedoch ist im Dunkel ihrer Seele verschwunden.

Sie sind bloß noch lebende Tote, die alles Fremde sofort töten wollen!

Ein Arosmeidini wurde ausgewählt, die Prüfung zu vollbringen, er muss in die Höhle eindringen und einen grünen Stein erobern. So will es ihr Gesetz, so wollen es die alten Riten!

Die Ikokeiks Zombies versuchen zwar den Arosmeidini zu töten, der flinke, angehende Kriegsrudelführer ist aber für die trägen Untoten zu schnell. Was der Arosmeidini nicht ahnen kann, der ungewohnte Lärm weckt Alns Seele auf.

Alns Geist / Seele schlummert im grünen Schimmer der Höhle, doch die Schreie des Arosmeidini und das Gebrummel der Ikokeiks wecken den Asketen. Verblüfft sieht sich Aln um, er erkennt die Höhle und erinnert sich.

„Wie viel Zeit mag vergangen sein? Ob Kandar mich sucht? Irgendwie fühle ich mich komisch, meine Magie ist immer noch verblasst, und mein Verlangen nach Folter, Tod und Häme ist viel schwächer wie früher. Was hat dieser Hund mir nur angetan, seine Macht muss grenzenlos sein. Nie mehr darf ich mit Kandar kämpfen, sonst könnte ich das nächste Mal verlieren!"

Ganz kurz sieht Aln einen Arosmeidini aus der Höhle huschen, in der Hand hält der zukünftige Kriegsrudelführer einen grünen Stein.

„Scheint mir, als zögen die Arosmeidini in den Krieg..."

Neugierig schwebt Alns Geist aus der Höhle hinaus.

163

Ein Normalsterblicher kann den Geist nicht sehen, außer er sei magisch begabt. Außerhalb der Höhle macht sich der Asket bereits wieder auf Ausschau nach einem neuen Wirtskörper. Der Arosmeidini mit dem grünen Stein ist bereits weit weg, den will Aln auch nicht übernehmen, er sucht etwas interessanteres!

Plötzlich reitet ein Späher durch den Wald, auf dem Rücken des Reiters prangt das Zeichen der Ridi, nun weiß Aln, was er sucht! Aufdringlich schwebt der Asket und Begründer der Ridi oberhalb des Spähers. Stets folgt er dem Reiter, ohne das dieser etwas davon bemerkt. Der einfache Reiter hat keinen hohen Rang, für was sollte er diesen übernehmen, nein, Aln will wie immer hoch hinaus. Deswegen folgt er dem Reiter zum Lager der Ridi Sekte!

Nördlich außerhalb des Iko Waldes, wird Aln fündig, dort lagern die Truppen von Lord Alvarin Führer der Sekte.

Überheblich denkt Aln: Dieser Wicht ist der neue Lord? Der ist es nicht mal wert, übernommen zu werden!

Früher hätte der Asket nie ein anderes Wesen an seiner Seite, oder gar über sich stehend geduldet. Auch heute wird er von Neid zerfressen, wenn er diesen Lord ansieht, wie er den Ridi Befehle erteilt!

Doch Aln entdeckt etwas anderes, ein großes und pompöses Zelt, darin liegt eine Frau in den Wehen - Alvarins Frau.

Neben Alvarins Frau Galdea steht eine Amme, die den Ungeborenen auf die Welt bringen möchte.

Der Asket erkennt seine Chance, er weiß, dass ein Junge geboren wird, und in diesem Jungen will Aln groß werden!

Der Geist von Aln schlüpft in das schwache, wehrlose Kind. Das Ungeborene kann sich nicht gegen einen solch starken Gegner wehren, kaum eine Edo nach der Übernahme ist der ungeborene Sohn von Aln ausgelöscht, seine Seele bereits in die Schattenwelt eingetaucht. Der Asket glaubt an seinen größten Triumph, schließlich steckt er nun im Erben des Ridi Lords. Einst wird Aln als Sohn von Alvarin wieder seinen Platz als Anführer der Ridi einnehmen. Welch groteske Boshaftigkeit die Aln eingefallen ist.

Ganz normal bringt die Amme den Jungen auf die Welt, die Mutter ist überglücklich und schreit seinen Namen hinaus.

„Du bist Di Xorin, Sohn von Lord Alvarin und Lady Galdea!"

Die Amme legt den Neugeborenen in die Arme der Mutter und geht aus dem Zelt, um Alvarin zu holen. In diesem Moment geschieht es, Galdea erkennt etwas Fremdes in ihrem Sohn!

„Wer bist du? Du kannst nicht Di Xorin sein! Was geschieht hier mit uns? Deine Seele schimmert Schwarz, schlimmer als die dunkelste Nadne!"

Auch wenn Aln in einem Babykörper steckt, so ist er trotzdem nicht ungefährlich.

Die Amme benutzte ein kleines Messer, um die Nabelschnur zu durchtrennen.

Kaltblütig behändigt sich Aln des Messers, Galdea weiß nicht wie ihr geschieht, sie steht regelrecht unter Schock, bleibt starr und entsetzt liegen. Sie erkennt die böse Seele in ihrem Sohn, jedoch die Seele ihres unschuldigen Sohnes sieht die Mutter zu keiner Zeit. Sie spürt, dass ihr Sohn bereits in der Schattenwelt angelangt ist! Aln kennt kein Zögern, er sticht mit dem kleinen Messer ein Dutzend mal in den Hals der Mutter! Unmengen von Blut spritzt in alle Himmelsrichtungen, der Körper des Babys ist von oben bis unten besudelt. Die Mutter keucht, fasst sich an den durchlöcherten Hals, ungläubig starrt sie noch einmal zu „ihrem" Kind, dann verblutet sie.

Aln lässt das Messer auf dem Hals liegen, gewitzt legt er sich auf die Brust der toten Mutter. Er will Mitleid erregen! Welches Wesen könnte nicht Mitleid mit einem Baby empfinden, das im Blut seiner toten Mutter liegt?

In diesem Augenblick kommen Alvarin und die Amme ins Zelt. Sofort erkennt der Lord, was geschehen ist.

„Amme, was hast du getan? Meine Galdea ist tot!"

Ängstlich stammelt die Amme vor sich hin, sie kann die Tat nicht begreifen.

„I...ich war das nicht!"

„Wer soll es dann getan haben, der Junge vielleicht?"

„So muss es sein!"

„Wäre es nicht so traurig, würdest du mich zum Lachen bringen..."

Der Lord zieht sein Schwert und ersticht die Amme, im guten Glauben, sie habe die schreckliche Tat begangen!

Die Ridi kennen nicht wirklich gute Gefühle, aber Alvarin ist oder war sehr vernarrt in Galdea. Andere würde Liebe dazu sagen, doch Liebe gibt es bei den Ridi nicht! Behutsam nimmt der Lord seinen Sohn auf die Arme.

„Ich werde für dich eine Leihmutter stehlen, die dir die Brust gibt, dir soll es an nichts fehlen!"

Aln / Di Xorin lächelt verschmitzt, solch ein Leben wird ihm gefallen, dabei denkt er nur: du wirst der nächste sein!

Noch in der selben Had lässt Alvarin das Lager abbauen und sein Heer zurück nach Taldaa ziehen. Vorerst will er die Arosmeidini nicht angreifen, denn des Lords Trauer ist groß, doch es vergehen noch zahlreiche Salmanen! Genug Zeit erneut einen Angriff zu wagen.

Aln wächst gut behütet als Di Xorin auf, dieses Versteck vor dem dunkelblauen Zirkel ist perfekt. Keiner erahnt die wahre Identität von des Lords Sohnes, der Asket wird mit jedem Endan besser darin, seine Seele, sein Ansinnen zu verstellen.

Zehn Salmanen später ist Aln auch fast das Problem mit dem dunkelblauen Zirkel los. Einer vom Zirkel meint in Smralldur, der böse Bruder von Trinquar, Aln zu erkennen. Fast der gesamte dunkelblaue Zirkel versammelt sich vor dem Eispalast des Drachens in Ollderon!

Die Schlacht ist fürchterlich, fast keiner
des Zirkels überlebt und Smralldur lacht
sich beinahe kaputt ab der Fantasie des
Zirkels!
Was aber Smralldur vergessen hat, ist noch
in der Erinnerung von Aln gespeichert,
kurz bevor der Asket die Ridi gründete,
versuchte er den Drachen tatsächlich zu
übernehmen, aber Smralldur war viel zu
stark für den Geist des Asketen!
So war der dunkelblaue Zirkel beinahe auf
der richtigen Spur, nur Salminen zu spät.
Von nun an kann Aln schalten und walten,
wie es ihm beliebt, die wenigen vom
dunkelblauen Zirkel sind keine Gefahr
mehr.

Alvarin ist verschossen in seinen kleinen
Sohn und die Ridi werden von Endan zu
Endan stärker. Das große Erwachen wird
früher oder später kommen, spätestens,
wenn Aln in Di Xorins Körper stark und
groß genug ist...

Ende

Die Zeit der Helden und Magier

- Das ewige Leben

Dragon Fantasy Verlag
8200 Schaffhausen, Schweiz
Autor Stefan Daniel Pfund
© Autor 11./12. 01.2016
© Verlag ab 2016

So viele Planeten existieren in der Galaxie, doch einer glänzt am hellsten, Draconisch! Viele Völker und Rassen leben hier, es heißt, es werden stetig mehr, denn ein fremdes Volk bringe alle aus den anderen Galaxien her! Doch das ist eine alte Sage und keiner hatte bisher Beweise dafür!

Wir schreiben das Salman 6269 vor der großen Schlacht in Maldaan, oder die 334. Mondstrasse und 21 Salmanen, welche Zeitmessung man auch gebraucht.
Immer wird es Wesen geben, die durch Ehrgeiz und Machtgelüste verdorben werden, Knasi von Alldan hat dazu noch einen Schönheitswahn! Sie stammt aus der Menschenrasse und lebt in Triamon, sie ist wunderschön, hellhäutig, hat blonde Haare und grüne Augen. Ihr Verstand ist brillant und scharf, eigentlich könnte sie zufrieden sein, unzählige Männer umgarnen sie, doch das macht sie eher noch unzufriedener, denn sie denkt, was wird in einigen Salmanen sein!
Am liebsten hätte sie ihre Schönheit für alle Ewigkeit, ihre Klugheit sagt ihr aber, bald wird die Schönheit der Weisheit des Alters folgen. Das kann und will sie nicht akzeptieren! In ihrem kleinen Labor, sucht sie nach Lösungen für ihr Problem. Ach, wenn sie doch nur wüsste, dass sie eigentlich kein Problem hat!
Das Labor ist modern eingerichtet, sie ist Genetikerin bei den Menschen.

Alle anderen Rassen auf Draconisch benutzen keine Technik, selbst die Herrscher, die Drachen Haraldur und Dialdar Dracans der bekannten Welten, benutzen nur ungern Technik. Wenn dann zur Übermittlungen von Botschaften an die Menschen, ansonsten ist Technik verpönt!
Knasi hingegen versucht mit allen Mitteln ihr Ziel zu erreichen, ob mit Technik oder Magie! Die Menschen sind, mit ihrer Technik, zwar in der Lage fast alle Krankheiten zu heilen, doch den Alterungsprozess konnten sie bisher nicht stoppen!
Da hört die ehrgeizige, schöne Frau von einer Pflanze, den Kräutern des Lebens, diese muss sie unbedingt besitzen. Leider wächst sie aber nur alle 10'000 Salmanen, zuletzt 10'271 vor der großen Schlacht.
Trotzdem will sie diese Kräuter in ihre zarten Hände bekommen, jeden den sie fragt, ob sie ihr helfen könnten, verneint dies, denn die Pflanze erscheint erst wieder in 5998 Salmanen, also für Knasi unerreichbar! Da hört sie von einem Wissenschaftlerkollegen, von einem jungen Bauern, der hellsichtig sei und in Tupadan wohnt. Vielleicht könne der sehen, wie Knasi die Kräuter sonst noch erhalten könnte.
Das lässt sie sich nicht zweimal sagen, sofort packt sie ihre Sachen und reist nach Tupadan.
Jede menschliche Siedlung und einige andere Orte, wurden mit Transporttunneln ausgestattet.

Das ermöglicht den Menschen rasch von Ort zu Ort zu reisen, ohne über Land zu müssen. Selbst Tupadan hat einen solchen Transporttunnel, auch wenn dort Technik nicht gerne gesehen wird, schließlich ist Tupadan die Kornkammer der Menschen und durch den Tunnel wird der Ertrag der Bauern zu den großen Menschenstädten gebracht.

Kaum einige Fiden später ist Knasi in Tupadan angekommen, sie ist überrascht von der Schlichtheit des Dorfes, nur Blockhütten, Nutztiere und schlicht gekleidete Menschen sind hier zu finden. Ihre hohen Schuhabsätze sind hier sicher nicht ideal, dennoch versucht sie ihr Stolpern stets zu überdecken. Ruhr findet sie relativ rasch, denn jeder fürchtet sich vor ihm, mit seinen Visionen ist er weit und breit bekannt. Sie erwartet einen mysteriösen, stattlichen Mann, doch sie findet einen normal aussehenden, jungen Mann der zwanzig Salmanen auf dem Buckel hat.

„Bist du Ruhr? Der Seher genannt?"

Fast ein wenig ängstlich blickt Ruhr sie an, schöne Frauen besuchen ihn nicht oft.

„Ja..."

„Ich brauche deine Hilfe, du musst etwas für mich sehen!"

Der junge Mann hätte auch nichts anderes erwartet, wieso sollte eine schöne Frau ihn sonst besuchen.

„War vorauszusehen, sag fremde Frau, was suchst du bei mir?"

Fast ein wenig paranoid blickt Knasi umher.

„Ich brauche die Kräuter des Lebens, du musst sehen, wie ich sie bekommen kann."

„Die Kräuter des Lebens wachsen nur alle 10'000 Salmanen, ich weiß nicht, ob ich dafür meine Vorhersagen benutzen soll!?"

Knasi glaubt, sie höre nicht recht, ein Mann wagt es ihr zu widersprechen, ihr die sich für die Schönste der menschlichen Rasse hält. Da sie aber etwas von ihm will, versucht sie ihre Wut zu verdecken, trotzdem gibt sie ihm eindringlich zu verstehen, dass er ihr die Information ersehen soll.

„Sagen wir mal so, Ruhr, wenn ich dich wäre, würde ich kooperieren, ansonsten wirst du nie mehr hellsehen! Verstanden? Hm, vielleicht bist du gar nicht so gut, sonst hättest du das bereits vorhergesehen?"

Sie zieht eine Strahlenpistole aus ihrem langen Mantel hervor.

„Durch die vielen Visionen kam ich zum Schluss, dass ich keine davon ändern kann. Denn als ich einmal eine Vision versuchte zu ändern, veränderte sich auch die Zeit! Das verursachte mir unendliche Schmerzen, seit diesem Endan lasse ich alle Visionen zu. Natürlich sah ich dich kommen und auch deine Drohung - es kommt alles wie es kommen muss!"

Sie drückt ihm die Waffe ins Gesicht auf die rechte Backe.

„Umso besser, dann darf ich um meine Vision bitten?"

Seine Augen drehen sich nach hinten, das Weiß tritt zum Vorschein.

„Ich sehe dein Leben, wie traurig, du wirst niemandem mehr trauen, nur noch deinem eigenen Fleisch und Blut."

Nun drückt sie ihm noch härter ihre Waffe ins Gesicht.

„Das will ich nicht wissen, sag mir, wie ich die Kräuter erhalte!"

„Meine Vision zeigt mir die Wurzeln der Kräuter, aber diese enthalten nicht den Wirkstoff, den du möchtest, nur eine gewachsene Pflanze bringt langes Leben! Hm, dunkle Magie könnte eine Wurzel zum Leben erwecken, dann müsstest du einen Teil davon zu einem Trank brauen!"

„Geht doch...und wo finde ich die Wurzel?"

„Sie durchdringt den ganzen Planeten, einen dicken Strang davon liegt aber unter...dem Aimold Vulkan!"

Sie lächelt zufrieden und steckt ihre Waffe wieder ein.

„Wie passend, in der Regenbogenschlucht gibt es einen Tunnel für den Rohstoffabbau. Dort kann ich gut zum Aimold kommen. Wie erkenne ich die Wurzel?"

Ruhr hat seine Augen wieder nach vorne gerollt, harsch blickt er sie an.

„Sie sind pechschwarz wie deine Seele..."

„Für diese Frechheit sollte ich dich...nein, ich könnte mir denken, vielleicht brauche ich dich irgendwann noch einmal."

Sie geht wieder zu dem Transporttunnel und gibt ihr neues Reiseziel ein. Während in Triamon Personal dafür zuständig ist, muss man es in Tupadan selbst eingeben.

Dazu muss jeder an einem Glasschirm den Ort seiner Wahl antippen. Nicht lange und sie kommt in der Regenbogenschlucht an, dort werden zahlreiche Rohstoffe von menschlichen Arbeitern abgebaut. Ihre Erscheinung ist nicht allendanlich, jeder der verschmutzten Arbeitern sieht ihr nach, wie sie aus dem Tunnel tritt. Sie fragt den Hauptarbeiter wie sie zum Aimold Vulkan kommt. Dieser leiht ihr eine über dem Boden fliegende Transportkapsel. Die Kapsel besitzt zwei Sitze, der Motor brummt vor sich hin, er erzeugt Antigravitation, durch die das kleine Gefährt, über den Boden schweben kann. Weit in die Luft kommt sie damit nicht, doch ein Paar Meter hinauf kann sie fliegen. Das Gefährt ist ziemlich alt und schmutzig, da die Arbeiter kaum auf Schönheit und Sauberkeit achten. Sie übersieht das, denn sie will ihr Ziel erreichen!

Mit enormer Geschwindigkeit rast sie über Land, bis zum Aimold Vulkan. Der Vulkan hat ein dämonisches Aussehen, seine spuckende Lava sieht wie eine glühende Perücke auf dem Kopf aus. Selbst noch weit vom Vulkan entfernt, spürt Knasi die Hitze der Lava, der Vulkan ist sehr aktiv, sie fragt sich, wie hier eine Pflanze wachsen kann. Doch sie denkt wie eine Wissenschaftlerin, sie erkennt nicht die Magie, die zum Beispiel Drachen mächtig werden lässt.

Obwohl, in der fließenden Lava erspäht sie plötzlich etwas längliches Schwarzes. Kann es sein?

Tatsächlich, die Lava umfließt eine pechschwarze Wurzel, selbst der glühende Fluss kann der Wurzel nichts anhaben. Lange überlegt sich Knasi, wie sie an die Wurzel herankommen könnte. Sie öffnet eine Klappe hinter den zwei Sitzen ihres Gefährts, dort entdeckt sie etwas ziemlich nützliches, einen Granatsprenger! Sie muss ihn zuerst auseinander ziehen, danach klappt sie drei Stelzenbeine auf und stellt ihn auf den Boden. Normalerweise benutzt man einen Granatsprenger für den Bergbau, damit können große Tunnel angelegt werden, doch Knasi interessieren keine Metalle, sie will an die Wurzel gelangen! Sie zielt Mitten in den Berg hinein, in der Hoffnung, die Lava nähme dann einen anderen Weg. Nur kurz betätigt sie den Abzug des Granatsprengers, ein dicker Lichtstrahl tritt aus dem Rohr, das auf den Stelzen steht, heraus. Keine Edo später erreicht der Strahl den Vulkan, eine gewaltige Explosion lässt Knasi einige Meter nach hinten fliegen. Das ganze Tal der Vulkane erzittert, das Beben ist auch noch in der Regenbogenschlucht zu spüren. Tausende von Explosionen folgen, der Lärm ist ohrenbetäubend. Die Frau hält sich mit beiden Händen die Ohren zu, trotzdem schmerzt der Lärm enorm. Rund um Aimold beginnen Vulkane zu speien, während Aimold selbst erlischt. Seine Lava auf dem Kopf ist nicht mehr, der Vulkan haucht die letzte Lava aus und verstummt.

Der Granatsprenger hat zahlreiche Tunnel und Höhlen durch den Berg getrieben, wegen der Lava wurde der Strahl noch zusätzlich verstärkt.

Knasi von Alldan ist am Ziel, die Lava erkaltet schnell, nachdem kein Nachschub mehr vom Vulkan kommt. Mit ihrem Gefährt fährt sie zur Wurzel, mit ihrer Strahlenpistole schneidet sie von oben ein dickes Stück der Wurzel ab. Nun fliegt sie wieder Richtung Regenbogenschlucht, endlich hat sie erreicht, was sie sich schon so lange wünschte. Jetzt braucht sie nur noch schwarze Magie, aber woher soll sie diese bekommen? Da erinnert sie sich an eine Geschichte, von einem alten, weiblichen Drachen, der noch aus der Zeit der ersten Drachen stammt. Sie hause unter einer Vogelstadt in einer großen Grotte. Mit der Transportkapsel wäre sie rasch bei dieser Grotte, deswegen fährt sie an der Regenbogenschlucht vorbei.

Die Arbeiter wundern sich zwar darüber, machen aber nichts, denn sie trauen den Wissenschaftlern nicht und wenn es einen erwischen würde, ist es ihnen eigentlich egal. So kann Knasi ungehindert zur großen Grotte fliegen, die südöstlich von der Regenbogenschlucht liegt. Verbissen und fanatisch steuert sie die Transportkapsel über das Land, Rücksicht auf andere ist ihr fremd, denn sie kennt nur ihr Ziel, ihre Jugend soll erhalten bleiben. Viele Wesen müssen ihrem Gefährt weichen.

Vor der Grotte stellt sie die Transportkapsel ab, mit dem langen Stück Wurzel in den Händen, geht sie in die Dunkelheit hinein. Nach ein paar Schritten weicht das Dunkel den flackernden Flammen an den Wänden, die Grotte muss verzaubert sein, denn das Licht des Feuers dringt nicht nach draußen, im Gegenteil, von außen erkennt man nur Dunkelheit. Das soll Fremde abhalten in die Grotte zu kommen.

Von drinnen erklingt eine dunkle, alte Stimme, Knasi kann nicht sagen ob weiblich oder männlich.

„Was will der kleine Mensch in meiner Behausung?"

Sofort kommt Knasi zur Sache.

„Ich hörte du bist der schwarzen Magie zugetan! Also kannst du eine Wurzel von den Lebenskräutern verhexen!"

Der alte Drache Sirindar erscheint aus einer Nische, von weit oben blickt sie zur menschlichen Frau herab. Ihre pechschwarzen, knorpeligen Schuppen passen zur gleichen Farbe der Wurzel, ihre Flügel bestehen nur aus lauter Falten, als wäre sie schon sehr lange nicht mehr in der Luft gewesen. Mit ihrem Maul kommt sie nahe an Knasi heran, bis sie ihren dunklen Atem spürt. Der Atem ist reine schwarze Magie!

„Jede Schwarzmagie hat seinen Preis, bist du bereit ihn zu zahlen?"

Einem so alten Drachen kann Knasi nicht drohen oder Angst machen, also willigt sie in alles ein, was sie möchte.

„Sicher, ich gebe dir alles, was du willst!"

„Das wird mehr sein, als du denkst. Du warst bei Ruhr, er sagte dir bestimmt nicht alles...nicht wahr? Hat er dir gesagt, du wirst Königin deines eigenen Volkes? Du wirst sehr lange leben und schön bleiben? Dein Volk wird dich verehren...sagte er dir das? Nein?"

Begeistert will Knasi dieses Gefühl jetzt schon erleben, desto früher desto besser, ihre Augen glühen vor Begeisterung.

„Nein, dass hat er nicht, umso mehr will ich den Trank!"

Sirindar neigt sich zurück und lächelt zufrieden, denn sie hat den Menschen dort, wo sie ihn haben möchte.

„Nicht so schnell, Mensch! Ich gebe dir, was du begehrst, dafür erhalte ich den Rest der Wurzel und was daraus wird! Ich selbst hätte nie ein Stück Wurzel vom Strang entfernen können. Würden das die Dracans erfahren, würden sie mich schrecklich bestrafen, aber ein kleiner Mensch fällt nicht auf, wenn er solch einen Frevel begeht...

Die schwarze Magie wird aber ebenso wie ich ihren Preis bekommen! Dein Volk wird anders sein, als du denkst und bei den Menschen wirst du kaum mehr willkommen sein, zudem könntest du dich mehr verändern als du denkst!"

Sie nickt allem zu, unbedingt will sie den Trank besitzen.

„Ja, ja, alles was du willst, gib mir nur nach was es mich verlangt. Ich muss einfach ewig schön bleiben, das ist die Bedingung!"

„Dann sollst du erhalten, was du so begehrst!"

Die alte Drachenfrau spricht einige dunkle, alte Drachenwörter.

„Leg die Wurzel auf den Boden..."

Nochmals murmelt sie Drachenwörter, die kein ehrlicher Drache je aussprechen würde. Ein heller blauer Schein entsteht über der Wurzel, das Zeichen für die Lebenskräuter, doch rasch umgibt die schwärzeste Dunkelheit das Blau, bis es nicht mehr zu sehen ist. In der Luft vibrieren elektrische Entladungen, die Fackeln gehen für einen kurzen Moment aus, ein kurzes Zischen ist zu vernehmen, dann gehen die Flammen wieder an. Vor dem Drachen und Knasi steht eine nackte wunderschöne, junge Menschenfrau. Aber es ist keine normale Frau, denn alles an ihr ist pechschwarz, wenn man sie ansieht, verliert man sich in ihrem Schwarz, als wäre es ein dunkles Loch im Weltall. Wie wenn sie alle Blicke ansaugt und festhalten würde. Auch glaubt man darin Sterne zu erblicken. Sicher gibt es bei den Menschen unter anderem auch dunkelhäutige Exemplare, und noch ganz andere Hautfarben, die gehören zur Kultur der Menschen dazu.

Doch dieses „Pechschwarze" ist nicht menschlich, es saugt selbst das Licht ein und verdunkelt alles um sich herum und trotzdem kann man die wunderschönen Konturen der jungen Frau erkennen. Hätte sie eine der normalen Hautfarben der Menschen, wäre sie sicher die begehrteste Frau unter allen.

181

Ihre langen Haare wehen ein wenig, in der Zugluft der Grotte, hin und her.

Knasi ist überrascht und verwirrt zugleich.

„Was soll das? Ich wollte die Lebenskräuter und keine...weiß ich was das ist!"

Der Drache wird überheblich, denn Sirindar weiß, die Menschenfrau kann ihr nicht mal etwas mit ihrer Strahlenpistole anhaben.

„Du bekommst was du dir wünscht!"

Mit einer ihrer Krallen schlitzt sie einige Haarbüschel der dunklen Schönheit ab. Wie in Zeitlupe fallen die Haare zu Boden.

„Daraus mache den Trank und du erhältst, was dein Ego so begehrt, sobald du das Gebräu getrunken hast!"

Zusätzlich gibt die Drachen Schwarzhexerin eine Warnung ab.

„Das Wesen lässt du hier, sie gehört nun mir, sie ist die Macht in purer Gestalt! Sie wird Sasssi heißen, in der Drachensprache ist das ein süßes Gebäck! Sie sieht süß aus, ist aber voller Zucker der dich dick werden lässt!"

Das will Knasi gar nicht wissen, denn sie ist bereits bei ihrer Transportkapsel und schwebt zur Regenbogenschlucht zurück.

Der Drache hingegen nimmt das junge Geschöpf an der Hand, sie bringt sie in einen abgesicherten Raum in der Grotte. Sie schließt Sasssi, durch ein schweres Gitter, in die Höhle ein.

„Du wirst mir ewig gehören, durch deine Macht, kann ich alles erreichen...auch einst mein angestammtes Recht zu Herrschen!"

Knasi hingegen geht zurück in ihr Labor, braut einen Trank aus den Haaren und trinkt ihn augenblicklich. Sofort gehen alle ihre kleineren Falten zurück, ihr Körper fühlt sich ganz anders an, als würde sie ewig leben, doch selbst die Galaxie lebt nicht ewig...

Ende

Die Zeit der Helden und Magier

- Vestor vs. Drusie

Dragon Fantasy Verlag
8200 Schaffhausen
Autor Stefan Daniel Pfund
© Autor 03. Dezember 2005
© Verlag ab 2005

Für alles gibt es Zeiten, es gibt Zeit zum Lieben, zum Kriegen, zum Essen, zum Schlafen - man könnte Millionen Dinge aufzählen, und doch wird man nicht fertig. Kabul ist seit drei Salmanen Imperator, er wacht über das Erbe seiner Vorfahren, was viele nicht wissen, tief unter seiner Burg Drachenfels liegt eine Kammer! In dieser speziellen Kammer bewahrt das Geschlecht der Imperatoren einen runden leuchtenden Stein mit sechzehn Zacken auf.

Einst, 500 vor der großen Schlacht in Maldaan, gab es ein Zeichen am Himmel! Etwas Leuchtendes fiel brennend herab und verursachte einen riesigen Krater. Die Bauern, die den Krater untersuchten, dachten, Mutter Sonne sei herabgestürzt, doch als sie hinauf blickten stand sie noch am Himmel. Erleichtert atmeten die Bauern auf, dennoch waren sie neugierig, sie gruben an der Stelle des Kraters weiter nach unten und fanden seltsames vor!

Ein runder, leuchtender „Stein" mit sechzehn Zacken strahlte den Bauern entgegen! Da diese Bauern einfache Menschen waren, ängstigten sie sich vor dem „Ding". Durch lange Debatten unter den Findern kamen sie zum Entschluss, nur der Imperator könne den „Stein vom Himmel" bändigen. Rasch übergaben sie ihren Fund dem Imperator Kalraahmes, dieser stand gerade unter dem Bann von der Hexe Kartaga. Und trotzdem spürte der Imperator die Macht im „Stern der Macht", wie er ihn nannte.

Rasch begriff Kalraahmes, dass keiner diese Macht bändigen kann, so versteckte er den „Todesstern", wie ihn andere nannten, unter seiner Burg. Keiner außer den Imperatoren sollte je davon wissen! Selbst Kartaga, in die Kalraahmes unsterblich verliebt war, erfuhr nie etwas davon! Was sicher auch besser war, da dieser Stern fast jedes Wesen verderben kann.

Nur einmal berührte Kalraahmes den Stern der Macht und erschrak fürchterlich, denn in ihm kam Gier und Wut auf, aber auch Berauschung und Macht! Nur eine Berührung und sein erster Gedanke ließ eine ganze Mauer sprengen! Das war für den Imperator genug, er verschloss den Raum, in dem der Stern lag und „vergaß" ihn für eine lange Zeit!

Seit jenen fernen Edanen ruht der Stern der Macht in dieser Kammer, tief unterhalb von Drachenfels! Kabul ist sich der Gefährlichkeit des Sterns bewusst, nie berührte er ihn mit der nackten Hand!

Und nun - nun bekam Kabul wieder eine schlimme Botschaft von einem Zeichen am Himmel!

Etwas großes flog herab, dieses Mal entstiegen fremde Kreaturen aus dem steinernen Schiff, so sagten es zumindest die Zyklopen!

Kabul hat zwei treue Krieger an seiner Seite, den weisen Humungus der Erbarmungslose genannt und den jungen, draufgängerischen Vestor aus dem Volk der Redrukaneher.

Gemäß „Schlachtplan" von Kabul ist Humungus die letzte Bastion in Drachenfels, sollte alles andere fehlschlagen, muss der Erbarmungslose den Sitz der Imperatoren mit aller Kraft verteidigen!

Denn Kabul hat das Gefühl, die Fremden kämen wegen dem Stern der Macht! Der Stern verströmt so viel Macht, er kann und darf ihn nicht den Fremden überlassen! Jeder der in die Nähe dieses Sterns gelangt, spürt die Kraft in ihm und beginnt sich bereits ein wenig zu verändern. Man muss kein Magier sein, um zu wissen, dass mit dem Stern der Macht das Imperium erobert werden könnte. Also kommt eine freiwillige Übergabe nie in Frage!

Deshalb schickt der Imperator 3000 Krieger in die Ebenen von Galis, Vestor weilt gerade in Banaan, seine Geliebte Tismis lebt dort. Ein Bote brachte ihm die schlimme Kunde, und so brach er auf, um das Kommando der 3000 berittenen Krieger zu übernehmen!

In den Ebenen von Galis, ein kleines, grünes Tal mit ein paar Bäumen, trifft Vestor sein Pferde Kavallerieheer. Es bleibt keine Zeit ein Lager aufzuschlagen, zu viele Bewohner des Reichs klagen über Angriffe von fremden Wesen. Ein kleines Zyklopen Heer wurde bereits vollständig aufgerieben!

Weit vor den imperialen Kriegern steht ein seltsames Gebilde, es ist eisern und völlig Rund, zudem riesenhaft groß.

Säulen halten das Gebilde vom Boden fern und um dieses „Schiff vom Himmel" stehen fünfzig Fremde!

Nur schwerlich kann Vestor die Fremden erkennen, sie haben keine Ohren, keine Haare, nur einen kleinen Mund, dort wo ihre Nase sein sollte, sind zwei Löcher, auf der Stirn besitzen einige zwei Dreiecke aus Metall, die meisten aber haben nur ein Dreieck. Vestor erkennt in den Dreiecken eine Art Rangabzeichen.

„Männer, die mit den zwei Dreiecken müssen die Anführer sein! Tötet die zuerst, dann haben wir mit den anderen leichtes Spiel. Jagen wir sie in die Schattenwelt, denn eine Frau erwartet meine Rückkehr und dann heirate ich sie...ihr alle seid eingeladen! An meiner Hochzeit dürft ihr so viel Eiqon trinken, wie ihr wieder hinauskotzen könnt! Tötet die Feinde schnell und ihr bekommt nicht nur unbegrenzt Eiqon sondern auch Met, Ralmak und was ihr sonst noch begehrt!"

Die Krieger grölen, sie denken, mit fünfzig Fremden haben sie leichtes Spiel! Ach Toren die Feinde unterschätzen...

In mehreren Reihen lässt Vestor sein Heer antraben, immer schneller galoppieren die Pferde, immer näher rücken die Fremden.

Die Fremden bemerken die Angreifer sofort, lose stellen sich die Himmelsfahrer auf, keiner macht anstallten zu fliehen. Das finden die Imperialen zwar merkwürdig, aber vielleicht sind die Fremden ja lebensmüde!?

Vestor reitet an der Spitze seiner Krieger, er zieht sein Schwert, die Krieger tun's ihm gleich, ein jeder zieht seine Waffe, ob Speer, Schwert, Axt oder Lanze!

Nur ein paar dutzend Fuß trennen die Gegner voneinander, da ziehen die Fremden komische, kleine Gebilde aus ihren langen, ledernen Mäntel. Sie zielen mit den Gebilden auf das Reiterheer von Vestor! Aus dem Nichts tauchen Lichtblitze auf, Explosionen zerstreuen Vestors Heer. Rauch, Blitze, Licht, Explosionen, Schreie, trotzdem reitet Vestor weiter, seine Angst steht ihm ins Gesicht geschrieben, doch was sollte er anderes tun?

Ein Reiter nach dem anderen wird tödlich getroffen, die Lichtblitze brennen sich in ihre Körper, manchmal zerreißen die Leiber der Getroffenen richtig gehend auseinander. Die Pferde der Krieger sind nicht besser dran, denn die Blitze sind unaufhaltsam, sie durchdringen Schilder und mehrere Leiber auf einmal! Schon zur Hälfte ist Vestors Heer aufgerieben, da beginnt das eiserne Schiff zu leuchten, es sendet lang anhaltende Lichtblitze aus! Alles was von diesen Strahlen getroffen wird verdampft ins Nichts!

Einen aussichtslosen Kampf vor Augen und seine Hochzeit im Kopf, will Vestor zum Rückzug blasen, aber es sind kaum mehr Krieger auf ihren Pferden, auch hat es kaum Verletzte, die meisten sind bereits tot und zerstückelt!

Mit dieser Botschaft kann Vestor nicht vor Kabul treten, lieber will er ehrenhaft für seinen Imperator im Kampf sterben!

Der Anführer von 3000 Kriegern reitet weiter, bis sein Pferd getroffen wird! Sofort bricht das Reittier tot zusammen, Vestor purzelt vom Sattel, benommen blickt er sein Pferd an.

Er kann unterhalb vom Hals des Pferdes nach hinten sehen, als ob jemand einen Tunnel durch das Pferd gebaut hätte.

Mit seiner Faust langt Vestor in diesen Pferdetunnel, ohne Probleme kann er hineinfassen, doch rasch zieht er seine Faust ängstlich zurück.

„Was seid ihr für Monster, was wollt ihr von uns?"

Solch eine Schlacht hat Vestor noch nie erlebt, keine andere Rasse ist so mächtig wie diese. Plötzlich hören die Überlebenden vom Reiterheer Stimmen in ihren Köpfen.

„Wir sind die Drusie, ihr habt keine Chance, ergebt euch und werdet unsere Sklaven. Oder stirbt...! Beides ist uns recht!"

Die Sätze werden von den Fremden, den Drusie, ständig wiederholt, ohne das sie etwas sagen! Wie die Rgasko können sie mittels Telepathie sprechen. Was für mächtige Kreaturen mögen diese Drusie sein?

Keiner der imperialen Krieger will sich ergeben, und so feuern die Drusie weiter ihre Lichtblitze, dazu telepathieren sie ihre Sätze.

Ihre Sätze sind so laut, selbst im fernen Kaddar hören die Rgasko die Stimmen und sind entsetzt!

Vestor hebt sein Schwert auf, leise stürmt er vorwärts, er will kämpfen und doch überflügelt ihn zum ersten Mal die Angst. Schleichend umgeht Vestor die Drusie, er gelangt zu ihrem eisernen Schiff, eine lange Rampe führt in das hell erleuchtete metallene Schiff hinein. Kriechend robbt Vestor über die Rampe ins Schiff, währenddem hört er von draußen die Schreie seiner Krieger. Im Innern des Drusie Schiffes leuchtet es grell, alles ist aus glänzendem Metall gebaut, lange Gänge führen durch das Schiff. Vestor steht auf, er versucht durch die Gänge zu rennen, aber irgendwie wird er von etwas unsichtbaren zurückgehalten. Kein Drusie ist zu sehen, und doch wird Vestor ganz anders, als würde er zusehends krank. Mit seinem Körper streicht Vestor an den glatten Wänden entlang, immer wieder gerät er ins Trudeln und rollt richtiggehend durchs Schiff. Gelbe Lichter blinken auf, Vestor sieht sie nur noch verschwommen, er weiß nun, die Schwelle zur Schattenwelt ist geöffnet – sein Tod nur noch Sache von Fiden!

Benommen stolpert Vestor in einen seltsamen Raum, dieser Raum ist völlig weiß, viele Gläser stehen in Gestellen an den Wänden, merkwürdige Tische stehen im Raum, an den Tischen sind Geräte und Tablare angebracht.

Grosse Schränke mit Spiegeln und Lichtern stehen herum, die Spiegel geben aber nicht Vestors Gesicht wieder, sondern zeigen eigenartige Schriftzeichen.

Der Krieger glaubt beim Fürsten der Fürsten gelandet zu sein, er muss in Rommsur, in der Unterwelt sein! Doch dort ist es nicht so hell, und es duftet auch nicht so arg nach Tod!

Nein, Vestor ist noch am Leben, er muss weiter kämpfen, für Kabul, für das Reich, doch sein Körper wird immer schwächer, er kann kaum mehr aufrecht gehen. Durch sein Torkeln lässt er viele Gläser und Apparate auf den Boden fallen, bis Vestor selbst in einen gläsernen Schrank fällt. Zahlreiche leichte Flaschen fallen auf den sterbenskranken Vestor, eine zerbricht sogar über seinem Kopf, graues Pulver fällt in Vestors Mund, hustend schluckt er das Zeug runter, dann überfällt ihn die dunkle Nadne, aber nur kurz. Ein paar Fiden später erwacht Vestor wieder, immer noch ist er benommen, torkelnd geht er aus dem Raum zurück zum Gang. Er bemerkt nicht einmal die Flasche, die er in seiner Hand hält, vor lauter Angst packte er sie. Mit verschwommenem Blick schlürft der Krieger nach draußen, stolpernd fällt er rollend über die Rampe nach draußen aufs Gras.

Nun erkennt er das Massaker, keiner seiner Krieger blieb am Leben, doch jetzt sehen ihn auch die Drusie. Vestor will sein Schwert ziehen, findet es aber nicht, er muss es verloren haben.

Da sieht er die Flasche in seiner Hand, er nimmt den gläsernen Korkendeckel ab, und pustet in seiner Verzweiflung Pulver aus dem randvollen Glas zu den Drusie. Von einer Edo zur anderen erstarren die Fremden, einer nach dem anderen fällt tot um.

Es dauert nur eine Fid bis alle tot sind. Angeschlagen wackelt Vestor zu den Leichen, er stößt ihnen mit dem Fuß in den Leib, um zu sehen, ob sie wirklich tot sind - keiner rührt sich mehr!

Vestor hat gesiegt, doch zu welchem Preis? Lange sieht sich der überlebende Krieger die Flasche seiner Lebensrettung an, danach blickt er zu den gefallenen Kameraden. Nicht einmal ein Reittier hat überlebt, alles wurde von den Drusie vernichtet! 3000 Krieger mit ihren Reittieren sind zur Schattenwelt gewandert, sie starben für ein hehres Ziel.

Das Imperium zu retten war ihre Aufgabe, dafür gaben sie ihr Leben!

Vor der Schlacht war Vestor mit Liebe zu Tismis erfüllt, sie war sein Leben, sein ein und alles, für ihn zählte nur sie und seine Treue zum Imperator. Langsam wandert der Krieger über das Schlachtfeld, die Liebe zu Tismis verblasst, dafür spürt er nun ein anderes Gefühl, Hass! Mit dem Hass kommt die Gier nach Macht, er kann es sich nicht erklären, noch nie hatte er Gedanken von solcher Boshaftigkeit. Er will herrschen und Imperator werden, nichts soll ihn aufhalten!

Er weiß mit Bestimmtheit, das mit dem Pulver wird er verschweigen, denn dieses fremde Pulver muss mächtig sein!
Die Schlacht in den Ebenen von Galis hat Vestor völlig verändert, gab er früher den einen oder anderen Witz zum Besten, so ist er nun nur noch ernst.

Außer wenn er zu Prostituierten geht, sie sadistisch missbraucht, dann lächelt er! Was ist mit dem jungen Krieger nur geschehen, sein Wesen ist vergiftet, seine Freunde erkennen ihn nicht wieder.

Mit vielen Männern kehrt Vestor nach ein paar Pidranen zum Schlachtfeld zurück. Mit tausenden von Atrisstieren transportieren sie das eiserne Schiff zum Tal der Vulkane. Während dem Transport verschließt sich die Rampe zum Schiff, sie fährt nach oben und somit ist das Schiff nun dicht! Das kommt Vestor gerade recht, nie mehr will er in das Innere des Schiffes, auch andere sollen nie in das Schiff gelangen können. Wer weiß, welche gefährlichen Waffen noch darin lauern?
Viel Mühe kostet der Transport, schließlich endet die Reise bei einem erloschenen Vulkan, in seinem Kegel wird das Schiff versteckt. Rasch lässt Vestor ein Viadukt zu einem nahen Fluss bauen, durch dieses lässt er den erloschenen Vulkankegel bis zum Rand mit Wasser füllen.
Vestor bleibt lange auf dem Rand des sich bildenden Sees stehen, das Wasser glänzt durch das Schiff metallen.

„Ab heute wirst du Metallsee heißen!
Keiner soll sich an dein Geheimnis
erinnern!"

Nach zwei Andranen ist der See über das
Schiff gewachsen, somit hat das Viadukt
seinen Dienst geleistet, Vestor lässt es
einfach stehen, denn er will nicht noch
mehr Zeit mit diesem Schiff vergeuden.

Die vielen Arbeiter verkauft er heimlich
als Sklaven an die Piraten von Sul!

Die Leichen der Drusie versteckt er
unterhalb von Drachenfels in einem
geheimen Raum.

Ständig muss Vestor seine toten Feinde
betrachten, es ist ein innerer Drang der
ihn dazu zwingt. Irgendwie bekommt er
dabei ein Gefühl von Macht, zum Glück weiß
er nicht, dass sein Gefühl vom Stern der
Macht herrührt. Dieser ist in einem Raum
neben den Leichen, der Stern ruft nach
Vestor, doch dieser hört im Moment noch
nicht zu!

Alle gute Gedanken in Vestor sind
verschwunden, nur Boshaftigkeit ist
geblieben. Lange wartet Tismis vergebens
auf die Rückkehr ihres Geliebten, über ein
Salman lässt er sich nicht blicken.

Das Böse ist geboren und wahrlich böse
Taten warten auf Vestor!

Ende

Die Zeit der Helden und Magier

- Die Rettung von Halgan

Dragon Fantasy Verlag
8200 Schaffhausen
Autor Stefan Daniel Pfund
© Autor 11.05.2008
© Verlag ab 2008

Vor sechs Salmanen übernahm Vestor die Macht im Imperatorenreich, kein Land und kein Herrscher bleibt vom Despoten verschont, wer sich nicht unterwirft, wird gejagt und getötet!

Auf einem Hügel, Galadan genannt, ist es ruhig, das Grün der saftigen Wiese schimmert im Sonnenlicht der Mutter Sonne, die Tiere musizieren vergnügt und geben damit ihre Freiheit zum Besten. Zuoberst auf dem Berg steht ein Haus, man erkennt, dass es seit vielen Tausend Salmanen dort steht und doch mutet es ziemlich modern an! Das riesige Haus hat nur einen Bewohner - Halgan, ein schmächtiger Mann der Gläser auf der Nase trägt. An so vielen Endanen ist er alleine, denn von einer Partnerin kann er nur träumen!

Seine Ahnen waren Menschen der ersten Generation, Kein von Babel war der Begründer dieser Ahnenreihe! Keins Sohn Gilbert nahm sich Granie zur Frau, sie bekamen aber keine Kinder auf natürlichem Weg und so nahm Gilbert das selbst in die Hand. Alle von Babels waren und sind mit der Forschung der „Genetik" vertraut, alles Wissen wurde stets an die Kinder weitergegeben. Gilbert nahm damals sein und Granies Blut und erschuf daraus ihre Abbilder. Doch viele Salmanen vor Halgans Geburt ging der Weibliche Part verloren und so wurde nur noch der männliche reproduziert! Die Tradition erlaubte es ihm bisher nicht, sich von Galadan zu entfernen, zu schlimm sind die Erinnerungen an die Drachenkriege und deren Folgen.

Denn durch die Reproduktion bekamen die Kinder auch die Erinnerungen und das Wissen der Vorherigen „eingepflanzt"! Sicher, Halgan könnte ein Duplikat von sich erschaffen und hätte so ein Kind, um das er sich kümmern könnte. Aber irgendwie erfüllt ihn das nicht, er möchte mehr und weiß doch nicht was. In seiner Einsamkeit bekommt er auch kaum etwas von den Kriegen um den Imperatorentitel mit, das Ganze würde ihn auch ziemlich anwidern! Nur gelegentlich geht er nach Ilg, eine kleine Stadt der Xosos, dort kann er Sachen und Dinge erwerben, die er nicht selbst produziert. Dabei hört er zwar einiges, interessieren tut es ihn kaum.

Ilg liegt nahe an der schwarzen Teufelsburg von Vestor, deswegen erscheinen auch rasch schwarze Krieger des Tyrannen.
Sie verlangen Unterwerfung und Tribut, dabei wollen sie auch wissen, wer noch alles in der Umgebung wohnt! Die Angst der Bevölkerung ist groß, keiner will sich mit den furchterregenden, schwarzgekleideten Kriegern anlegen und so verraten sie, dass Halgan auf dem Berg Galadan wohnt!
Fünf Krieger reiten hinauf zum Berg, die Männer haben kein Auge für die Schönheit der Wiesen, auch sehen sie den grandiosen Ausblick nicht, sie wollen nur Hoggs sehen!
Die Xosos halten Halgan für merkwürdig und viele glauben er verstecke gewaltige Schätze da oben...

Glaube kann trügen und Gerüchte können lügen. Die dunklen Krieger von Vestor dagegen wollen an das Gerücht von Schätzen glauben, denn sie jagen, im Auftrag von Vestor, danach. Halgan sieht die Krieger auf ihren schwarzen Pferden schon von weitem, er denkt sich nichts dabei. Viele Reisende zogen bereits über den Berg oder an Galadan vorbei. Diese fünf Krieger ziehen jedoch nicht weiter, sie wollen zu Halgan der auf seiner Veranda sitzt. Vor dem Haus halten die Krieger ihre Reittiere abrupt an, verwirrt putzt Halgan seine Augengläser.

„Bist du der den man Halgan nennt?"
Der schmächtige Halgan steht auf und macht einige Schritte vorwärts zu den Kriegern.
„Ja, warum?"
„Man sagte uns, du habest riesige Schätze verborgen! Händige sie uns aus, dann lebst du - wenn wir aber danach suchen müssen, wirst du sterben!"
Nun versteht Halgan gar nichts mehr, er weiß nichts von Schätzen.
„Das Haus ist alles was ich besitze, ich habe kein Gold!"
Die Krieger steigen brummelnd von ihren Pferden.
„Du lügst, deswegen wirst du sterben! Durchsucht das Haus und zündet es nachher an!"
Angst ergreift Halgan, doch die Krieger packen und werfen ihn zu Boden, bereits wollen sie ins Haus stürmen, während ein anderer den schmächtigen Halgan erstechen will!

Plötzlich knurrt es von allen Seiten, neun hungrige Sulsack Hunde umstellen die schwarzen Krieger!

Die riesigen Tiere sind fast so groß wie Ponys, ihr Hunger macht sie wild, dazu wissen sie instinktiv, dass die dunklen Krieger böse sind. Sulsack Hunde haben ein gutes Gespür und sind treu!

Der Anführer der Schwarzen lässt sich nicht Bange machen.

„Tötet die Viecher und dann sucht das Gold!"

Wie wenn es die Hunde verstanden hätten, greifen sie knurrend und bellend an. Ihre langen und scharfen Zähne fletschen sich in das Fleisch der Krieger, die versuchen sich zwar zu wehren, doch gegen neun Hunde sind sie zu wenige!

Richtiggehend werden die Krieger an ihren ganzen Körpern zerfleischt, Halgan hingegen verhält sich ruhig und bleibt am Boden liegen, er will die Hunde nicht noch aggressiver machen oder provozieren. Als die Hunde satt sind, entspannen sie sich, denn der Hunger ist gewichen. Normalerweise sind Sulsack friedliche Tiere, Hunger kann aber aus jedem Wesen ein gieriges Monster machen.

Müdigkeit umschlingt die Hunde und so traut sich Halgan aufzustehen, mehr noch, streichelnd liebkost der schmächtige Mann die Hunde, so bedankt er sich für seine Rettung.

„Ohne euch wäre ich jetzt tot! Das werde ich euch nie vergessen, wenn ihr wollt, dürft ihr für immer hier bleiben!

Nahrung werde ich euch kaufen...ich werde euch noch viel mehr schenken..."

Euphorisch blickt Halgan ins Tal, er hat eine Idee und eine Vision, denn die Hunde haben ihn von seiner Lethargie erlöst.

„Ich mache eure Rasse intelligenter, vielleicht werdet ihr eines Endans sogar sprechen können! Ja, und ihr werdet alles verstehen, was ich verstehe...die Nahrung, woher bekomme ich so viel Fleisch?"

Er kratzt sich wild am Kopf, verbissen sucht er nach einer Lösung.

„Kühe! Ihr werdet selbst eine riesige Kuhherde halten, die Wiesen hier oben bieten Tausenden von Wiederkäuern Futter und so habt ihr selbst Futter genug! In zwanzig bis dreißig Generationen müsstet ihr soweit sein und könnt mit mir reden! Das wird grandios! Mein Urahn Kein wäre stolz auf mich! Ja, ich beginne sofort mit der Arbeit!"

Übermütig stolpert er ins Haus, er sucht alles zusammen, was man eintauschen kann, damit er genügend Kühe kaufen kann, um die Sulsacks und ihre Nachkommen zu ernähren! Die Hunde hingegen schlafen rund um das Haus, sie fühlen sich hier wohl, denn sie fassen Vertrauen zu Halgan, sie wissen, er meint es gut mit ihnen, vielleicht zu gut...

Ende

Die Zeit der Helden und Magier

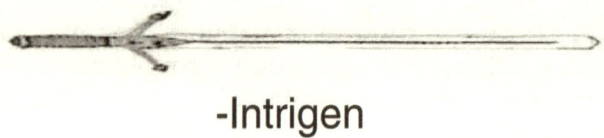

-Intrigen

Dragon Fantasy Verlag
8200 Schaffhausen
Autor Stefan Daniel Pfund
© Autor 21.01.2007
© Verlag ab 2007

Um das Ziel, der Maßstab aller Dinge, zu erreichen, ist manchen Wesen alles recht, dafür wird gelogen, betrogen und vielmals auch gemordet!

Ob böse oder gute Wesen, ein jedes hat irgendwann einmal etwas verwerfliches vollbracht. Es gibt wohl kein Wesen, das nicht einmal in seinem Leben gesündigt hat, doch was es daraus lernt, ist wichtig, denn ein oder eine Sünder/in kann sich immer verbessern.

Im Gegensatz zum Bösen lernt das Gute aus seinen schlechten Taten, doch das Böse übt Schlechtes immer wieder aus, schließlich ist das der Weg den das Böse beschreiten will!

Acht Salmanen sind seit der großen Schlacht in Maldaan vergangen, viele Völker haben Ruhe und Frieden gefunden, andere sogar regelrechten Wohlstand erworben. Yabar, Imperator der bekannten Welten, regiert von Pax aus sein Reich. Der Imperator ist eher ein Krieger wie ein Politiker und so lässt er manches einfach „fahren". Nur dank Schamandraan wurde die wehrhafte Burg Pax und die Stadt des Friedens Talsan aufgebaut. Und doch ist Yabar beliebt, denn seit er regiert gibt es keine großen Kriege mehr. Kleinere Differenzen pflegt Yabar gleich selbst zu schlichten, mit seinen Truppen reitet er jeweils hin und bereinigt alles. Aber von großen Dingen, die schon seit sehr langer Zeit „laufen", hat der Imperator keine Ahnung.

Vieles ist in der Vergangenheit geschehen, und blieb stets vor den Augen des Imperators verborgen. Zuviel hat Yabar nicht gelernt oder nie davon gehört, aber irgendwie ist es auch verständlich, denn das Imperium ist unheimlich groß. Es leben unzählige Völker und Rassen darin, ein Herrscher kann einfach nicht alles wissen oder erfahren. So litten einige Wesen arge Not, ohne das der Imperator davon erfuhr. Und in manchem Wesen gärt es, aber der Sohn von Kabul/Mangus hört es nicht, dazu ist Pax zu weit entfernt.

Kram Wald, südlich von Pakatiram
Die Bäume stehen in diesem Wald sehr dicht beieinander, deshalb ist es hier auch ziemlich düster. Fremde trauen sich kaum hinein, denn die Karn leben hier und die trauen keinem Fremden! Schon seit Generationen leben die Karn in diesem Wald, sie ernähren sich von dessen „Reichtum" und holen sich so einiges von unbescholtenen Reisenden. Die Hütten der Karn sind ärmlich, meist aus Holz und Moos gemacht.
Sie sind noch keine hochkultivierte Rasse, dafür sind sie noch zu jung, dennoch haben sie sich in den letzten Tausend Salmanen prächtig entwickelt. Sie lernten die Sprache der anderen Rassen. Nachdem sie das Feuer fanden, begannen sie Metalle zu gewinnen. Manchmal schicken sie einige von ihnen aus, um bei anderen Rassen zu lernen. Dazu nehmen sie die Gestalt eines Fremden an, dann gehen sie als dieser zur Familie des Fremden!

Dazu muss man wissen, die Karn können ihre Form verändern!

Schon seit Generationen leiden die Karn an einem Trauma, sie wissen zwar nicht, woher es stammt und doch verfolgt es sie in ihren Träumen!

Die Anführer der Karn heißen Herren des Waldes, es sind die klügsten und stärksten aus ihrem Volk. Jeder Karn kann seine Herren herausfordern und in einem Zweikampf entscheidet sich dann, wer Herr wird oder bleibt!

Kilroy und Radroy sind acht nach der großen Schlacht die Herren des Waldes, nicht nur das, sie sind auch Freunde. Beide sind bedacht, dass der jeweils andere Herr bleibt, und so hat ein Bewerber, in einem Zweikampf, kaum Chancen auf den Sieg! Das wissen die Karn und fordern die beiden Herren gar nicht erst heraus.

Manchmal streifen die Herren gemeinsam durch den Kram Wald, auch am heutigen Endan gehen sie über Stock und Stein. Aber heute ist es anders, als je zuvor, denn beide hören eine Stimme!

„Hast du das gehört Kilroy?"

„Ja, da will einer einen Streich spielen!"

„Holen wir ihn uns!"

Gemeinsam rennen sie in die Richtung der Stimme, auf einer Waldlichtung werden die Herren fündig. Ein mächtiger, alter Drache steht dort und ruft nach den Beiden!

„Kilroy, Radroy, ihr braucht lange, bis ihr endlich erscheint!"

Die Herren treten näher an den Drachen heran, dieser wehrt ab.

„Kommt mir nicht zu nahe und berührt mich ja nicht!"

Der Drache weiß genau, wenn die Karn jemanden berühren, können sie dessen Gestalt annehmen!

Radroy blickt weit nach oben.

„Was willst du in unserem Wald - Drache?"

Der Drache bückt sich ein wenig und spricht leise weiter.

„Euch eine Geschichte erzählen!"

Der Herr vom Wald Kilroy winkt ab.

„Geschichten kennen wir genug, komm Radroy, lass uns gehen!"

Der Drache wird geheimnisvoll.

„Kennt ihr auch die Geschichte, von euren tiefsten Ängsten? Fragt ihr euch nicht, warum ihr von Alpträumen geplagt werdet? Interessiert es euch nicht, warum ihr noch nicht so weit seid, wie andere Rassen?"

Nun werden die beiden Herren hellhörig, sie wollen, dass der Drache weiter spricht.

„Dann erzähl uns die Geschichte."

„Vor vielen Salmanen wollten die Menschen die perfekten Sklaven züchten, dabei erschufen sie euch. Diese Menschen wollten auch meine Rasse zu Sklaven machen, doch ich griff ihre Stadt Ismal an und zerstörte sie. Während meinem Angriff sind eure Vorfahren entkommen, so bin ich eigentlich euer Befreier!"

Die Herren blicken sich entsetzt an, Radroy kommt als erster wieder zu Wort.

„Du hast unsere Rasse befreit? Wirklich? Von den Menschen kommt also unser allwährender Alptraum? Und deswegen verstecken wir uns in diesem Wald?

Die Menschen haben uns gezüchtet!? Was ist das für ein Frevel? Wir sind das Produkt einer anderen Spezies!"

„Mehr noch, ich spüre, die Drusie sind eure Brüder, denn die Menschen haben das Wissen um eure Zucht mitgenommen! Sie haben es noch einmal gemacht!"

Jetzt hat auch Kilroy sein Entsetzen ein wenig abgelegt und kann wieder sprechen.

„Die Drusie aus dieser Prophezeiung sind unsere Brüder? Dann wollen sie sich bestimmt an den Menschen rächen!"

Der Drache lächelt ein wenig.

„Dazu haben sie auch allen Grund! Auch mich haben die Menschen gequält, mich dürstet es ebenfalls nach Rache! Darum müssen wir zusammenhalten und gemeinsam das Reich der Menschen zerstören!"

„Wie?"

„Bereits jetzt sammle ich eine Armee, eines Endans werden wir gegen das Imperium ziehen. Doch zuvor muss das größte Wahrzeichen von Yabar fallen!"

Radroy reißt seine durchsichtigen Augen auf.

„Was ist es?"

„Pax! Wenn die Burg fällt, zerbröckelt auch das Reich, denn die Burg ist das größte Symbol des Imperiums!"

„Wie können wir sie erobern?"

„Durch List und Tücke! Viele ziehen durch euren Wald, wenn ihr einen findet, der zur Burg gehört, könnt ihr ihn fangen und befragen. Dann übernehmt ihr sein Aussehen und gelangt so in die Burg! Seid ihr erst einmal drinnen, könnt ihr ohne Probleme eure Krieger hineinlotsen!"

„Weist du wann jemand von Pax durch unseren Wald reitet?"

„Darum müsst ihr euch schon selbst kümmern, ihr kennt doch die Uniformen des Imperiums?! Wenn ihr erst Pax habt, dann vereinen wir uns und helfen den Drusie! Zusammen vernichten wir alle Menschen in dieser und den anderen Welten!"

Die beiden Karn nicken, sie wissen nun was sie zu tun haben, der Drache hingegen entfaltet seine Flügel und hebt mit heftigen Schwingen vom Boden ab!

Wieder ist eine Saat des Bösen gelegt, die Karn sind viel zu naiv, um zu erkennen, was der Drache wirklich will. Wachsam beäugen die Karn von nun an jeden Reisenden, sie warten, auch wenn es Salmanen lang geht, auf den Richtigen! Desto länger die Karn warten müssen, desto mehr stacheln sie ihren eigenen Hass gegen die Menschen an. Sie geben ihnen nun für alles die Schuld! Läuft etwas nicht nach Wunsch, sind die Menschen Schuld, schließlich waren sie einst ihre Erschaffer!

Ende

Die Zeit der Helden und Magier

- Die Verwandlung von Dragat

Dragon Fantasy Verlag
8200 Schaffhausen
Autor Stefan Daniel Pfund
© Autor November 2005
© Verlag ab 2005

Im Salman Acht, nach der großen Schlacht in Maldaan, verändert sich in Dragat, einem Dorf der Arosmeidini, fast alles. Normalerweise sind die Arosmeidini Ikimi Jäger, aus einem Ikimi lassen sich zirka zehn Kilo Salz gewinnen. Das Salz und das Fleisch des Ikimi sind die Hauptwirtschaftszweige der Arosmeidini. Sie tauschen diese zwei Produkte gegen alles andere, was sie sonst noch benötigen. Seit Salminaen funktioniert das System, hat es mehr Ikimis, gibt es mehr Arosmeidini, sind weniger Ikimis zum Jagen da, pflanzen sich auch die Arosmeidini weniger fort. Doch der Rudelführer von Dragat, Algerus, möchte hoch hinaus, in seinen Jugendsalmanen war er viel auf Reisen. Er sah große Städte und Reiche, auch kämpfte er in der großen alles entscheidenden Schlacht Yabar gegen Vestor. Durch seine Reiselust erwarb sich Algerus viel Wissen und er kam zu der Einsicht, nur eine mächtige Stadt kann sich gegen andere Rassen wehren!
Manchmal meinen es Anführer gut, machen aber genau das Falsche.
Die vielen Falten im Gesicht von Algerus kommen nicht vom Denken, nein, sie zeigen sein Alter, er kann sich auch nicht mehr so gut in einen Vierbeiner verwandeln, am liebsten geht er aufrecht! Sein größter Traum ist die Vorstellung von einem mächtigen Dragat mit dem Stadtrecht!

Momentan ist Dragat „nur" ein kleines, typisches Arosmeidini-Dorf, viele hölzerne Hütten stehen im Kreis um die Langhütte des Rudelführers. Die Langhütte dient auch als Versammlungsraum!

Angus, Sohn von Algerus, weiß von den Wünschen seines Vaters, schließlich erzählt Algerus sie an die Hundert mal pro Endan. Natürlich möchte der junge Sohn seinem Vater gefallen und so bittet er seinen Vater um etwas ungewöhnliches.

„Vater, immer erzählst du von einem großen, mächtigen Dragat, darum möchte ich nach Kaddar! Die Rgasko sind Meister in der Wissenschaft, sie können uns bestimmt helfen, damit Dragat groß wird!"

Algerus ist Feuer und Flamme für diese Idee.

„Das hätte ich nicht zu träumen gewagt. Wann reist du ab, heute Mittag?"

Der Junge dachte nicht, dass es so schnell sein werde.

„Eigentlich wollte ich erst...ich werde so schnell wie möglich packen. Kaddar liegt ja nur ein paar Endanen nördlich von hier..."

Mit Freuden hilft Algerus seinem Sohn zu packen.

„Wenn ich nicht Rudelführer wäre, würde ich mitkommen, du weißt nicht, wie stolz ich auf dich bin!"

Viel nimmt Angus nicht mit, in seinen ledernen Rucksack steckt er ein, zwei Kleider und Ikimi-Fleisch. Der Abschied ist kurz, denn Algerus kann es kaum erwarten, bis Angus von Dragat zurückkehrt.

215

Der Weg nach Kaddar ist nicht weit, für einen Arosmeidini ein „Katzensprung". In der Nadne schläft Angus im Laub, am Endan rennt er nach Kaddar.

Nach zweieinhalb Endanen ist Angus an seinem Ziel - Kaddar! Die alte, prächtige Stadt der Rgasko. Es heißt, sie soll eine der ältesten Städte auf dem Planeten sein. Nur Drachen könnten das bestätigen, aber die haben sich ja im großen Drachenkrieg aufgerieben!

Angus ist von der Stadt überwältigt, eine solche Pracht hat er noch nie gesehen, hohe, dicke Mauern umschließen die altehrwürdige Stadt, viele Türme säumen die Mauern, das Tor weist einen großen Rundbogen aus, die Häuser sind prächtig verziert, es hat Thermen, Bibliotheken, Denkhäuser, Lehrhäuser, alles was das Herz begehrt. Zudem ist jedes öffentliche Haus frei begehbar, denn die Rgasko wollen das Wissen mit den anderen Völkern teilen, in der Hoffnung, einst werde die Wissenschaft und die Technik wieder groß werden.

Am Rundbogentor fragt der junge Arosmeidini eine Wache.

„Verzeiht, ich möchte jemanden von euren Wissenschaftlern kennen lernen, der mir sagt, wie Dragat größer werden kann!"

Alle Rgasko, auch wenn es nur ein Wachmann ist, freuen sich immer, wenn jemand an Wissenschaft interessiert ist. Telepatisch übermittelt er dem verdutzten (er traf bis jetzt noch nie einen Rgasko, und weiß deshalb nicht, dass sie keine Stimme besitzen) Arosmeidini wohin er sich wenden soll.

„Du willst eine Siedlung größer machen? Eine Stadt setzt viele Wesen voraus, viele Wesen brauchen Nahrung, dann musst du dich ans Landwirtschaftsministerium wenden. Sie werden dir sagen, wie du viele Wesen richtig ernährst. Und vielleicht solltest du auch im Bauministerium vorbeigehen, denn sie haben das Wissen über gute Baustoffe, mit denen könnt ihr eine große Stadt bauen!"

Überglücklich bedankt sich Angus für den Rat, sofort geht er in die Stadt und sucht das Landwirtschaftsministerium, nach ein paar mal fragen, die Stadt ist riesenhaft, gelangt er zum Ministerium, das besagt zumindest das Schild am Gebäude. Lange Treppen führen in das Ministerium für Landwirtschaft, vor dem Haus sind viele Säulen die ein Vordach halten. Drinnen wird er zu einem älteren Rgasko verwiesen, der Angus das Mysterium der Landwirtschaft erklärt. Einige Endanen darf Angus vom Rgasko die richtigen Praktiken für ertragreiche Landwirtschaft erlernen. Danach erhält der Sohn von Algerus ein paar Dutzend Säcke mit Saatgut und ein paar Bücher zum Thema Landwirtschaft. Da jeden Endan zahlreiche Schüler auftauchen, kann sich der Landwirtschaftslehrer nicht sehr lange mit einem Schüler befassen, das meiste müssen sie aus den Büchern erlesen. Der Lehrer gibt nur den Grundstock zum Thema weiter. Natürlich kann Angus die Säcke nicht alle alleine tragen, deshalb geben ihm die Rgasko einen fünf Mann langen, stabilen Wagen mit, der von Atrisstieren gezogen wird.

Bevor der Sohn des Rudelführers jedoch nach Hause fährt, geht er noch im Bauministerium vorbei. Alle Ministerien sind gleich gebaut, nur an der Tafel vorne am Haus kann man lesen, um welches Ministerium es sich handelt. Im Bauministerium bekommt Angus etwas ganz neues, Ganzit!

Ganzit lässt sich verschiedenartig mischen, ob es nun hart, weich, schnell oder langsam härten soll, Ganzit kann man für alle Gebäude-Typen brauchen!

Angus ist ein wahrer Jünger der Wissenschaft, seine Begierde zum Lernen erfreut die Rgasko über alle Massen. Deshalb geben sie ihm viele Säcke Ganzitpulver mit.

Auf dem neuen Wagen hat es mehr als genug Platz, und so fährt Angus mit seinen zahlreichen Geschenken heim nach Dragat!

Die Atrisstiere sind zwar gute Zugtiere, aber dafür sind sie langsam, wofür Angus zweieinhalb Endanen brauchte, ziehen die Atris fünf Endanen lang. Voller Ungeduld kann Angus seine Heimkehr kaum erwarten, er stellt sich die Freude seines Vaters vor und die der Bewohner. Wobei nicht alle Bewohner von Dragat mit Algerus übereinstimmen. Ein paar möchten die Jagd beibehalten, sie halten das Bauerntum für neumodisches Zeugs. Es sind zwar einige Arosmeidini Bauern, doch die sind nicht wirklich gut angesehen, und meistens sind sie arm, denn das Gemüse lässt sich bei den Arosmeidini schwer verkaufen.

Deshalb müssen die Arosmeidini-Bauern weite Wege in kauf nehmen, damit sie ihre Produkte los werden.

Nichts desto Trotz, Angus wird von seinem Vater und vielen Bewohner von Dragat als Held begrüßt! Zwei Endanen lang feiern die Dragater ihre neuen Errungenschaften. Stolz zeigt Angus seinem Vater und den Bewohnern wie die Landwirtschaft und das Ganzit funktioniert. Bereits drei Endanen später beginnen die Dragater den Boden im Westen umzupflügen, die Pflüge haben sie sich in der Abwesenheit von Angus gebaut. Die geschenkten Atrisstiere sind fabelhafte Pflugtiere, mit ihnen können die Arosmeidini gleich fünfmal so viel Acker pflügen wie von Hand. In ihrem Wahnwitz pflügen die Arosmeidini die gesamte Wiese im Westen um, weit über den Horizont hinaus. Das Feld würde eine Großstadt wie Talsan für Salmanen ernähren, doch den Arosmeidini fällt das nicht wirklich auf. Sie, vor allem Algerus, wollen ein mächtiges Dragat aufbauen. Im Prinzip haben sich die Dragater überhaupt nichts dabei gedacht, denn Arosmeidini können zwar landwirtschaftliche Produkte verdauen, aber im Grossen und Ganzen sind sie sich Fleisch gewohnt. Die Umgewöhnung wird für viele schwer sein! Unbestritten ist, dass sie mit Landwirtschaft viel mehr Bewohner ernähren können, doch zuvor müssten natürlich diese Bewohner nach Dragat kommen...

Rasch wird nach dem Pflügen die Saat ausgestreut, alle Bewohner, ob klein oder groß helfen mit.

Da auf dem Planeten, in jeder Region, meistens das gleiche Klima vorherrscht, es gibt keine eigentlichen Jahreszeiten, geht die Saat schnell auf. Ein paar Andranen später können die Arosmeidini von Dragat bereits Knollenfrüchte, Salate und einige Gemüsesorten ernten. Algerus ist begeistert, noch nie hat er so viel Gemüse, Hülsenfrüchte und Hülsenkörner gesehen. Es ist so viel geerntet worden, dass sie gar nicht alles verstauen können. Wieder legen alle Dragater Hand an und bauen große Vorratskammern, nun platzt das Dorf schier aus allen Nähten! Zudem müssen die Dragater lernen, wie man Brot macht und Gemüse zubereitet, aber auch das steht ausführlich beschrieben in einem der Bücher die Angus mitgebracht hat.

Hoch zufrieden gewinnen die Dragater aus einem Teil der Ernte neues Saatgut und gehen gleich wieder ans Werk, um das Land nochmals umzupflügen, doch dieses Mal pflügen sie noch mehr Land um! Kein Stück Wiese bleibt erhalten, in ihrem Größenwahn erkennen die Dragater nicht, dass sie die vielen Vorräte gar nicht gebrauchen können. Die Bewohner können nicht so viel essen, keiner kauft ihnen die Vorräte ab, schließlich gibt es genügend andere Völker die Landwirtschaft seit Salminaen betreiben, und in so kurzer Zeit können sie nicht derart viele Kinder züchten!

Trotzdem lässt Algerus anbauen, er will ein großes Dragat, komme was wolle!

Seit drei Andranen schreiben wir das neue Salman, die Dragater haben sich bereits an die neue Kost angepasst, sie ist ja reichlich vorhanden. Eine andere Wahl hätten sie sowieso nicht!

Alles könnte schön und wunderbar sein, wenn nicht immer wieder einmal ein Bewohner verschwinden würde. Die Pflanzen im Westen gedeihen prächtig, in ein paar Andranen kann bereits wieder geerntet werden, und doch überkommt die Dragater auf den Feldern ein mulmiges Gefühl, als wären sie nicht alleine!

Der Rudelführer kann sich das Verschwinden der Bewohner nicht erklären, deswegen lässt er die Felder bewachen. Das Dumme dabei ist, die Felder sind viel zu groß, um sie richtig bewachen zu können und Algerus hat zu wenig Krieger!

Bis zur neuerlichen Ernte verschwinden zehn Personen, nochmals müssen riesige Vorratskammern gebaut werden, die Alten sind schließlich noch voll, dabei hilft ihnen das Ganzit.

Die dritte Ernte im Salman Zehn ist weitaus größer als die Erste! Im Osten lässt Algerus nochmals drei Dutzend Vorratskammern zusätzlich bauen.

Plötzlich an einem schönen Endan reißt die Erde im Dorf von Dragat auf, seltsame Wesen, ihre Konturen gleichen der von Menschen, erscheinen. Keiner der Wesen spricht nur ein Wort, sie stehen da und starren die Dragater an!

Starr vor Angst starren die Arosmeidini zurück, noch nie in ihrem Leben haben sie solche Wesen gesehen!

So plötzlich wie sie erschienen sind, so verschwinden die Wesen wieder. Algerus geht auf die Knie und untersucht den Boden vom Dorf, doch er kann nichts erkennen, er blickt zu seinem Sohn.

„Weißt du Rat? Wer sind diese Fremden, was wollen die?"

Angus rätselt ebenfalls, doch er sucht nach Erklärungen.

„Vielleicht sind es Erdwesen, sie wollen bestimmt unsere Vorräte stehlen! Da sie in der Erde leben, müssen wir den Boden von Dragat versiegeln! Da helfen nur Steinplatten und Ganzit, zudem müssen wir eine Mauer um unser Dorf bauen, sonst können sie uns einfach überrennen!"

„Du hast recht! Im Süden gibt es einen kleinen Steinbruch, schick unsere Bewohner dorthin, sie sollen mit den Atrisstieren so viele Steinplatten herbringen wie sie können! Und lass sie im Wald Stämme schlagen, wir werden aus Dragat eine Festung machen!"

Zwei Pidranen brauchen die Arosmeidini, bis Dragat einer Festung gleicht. Die Angst vor diesen Erdwesen beflügelt die Bewohner derart, dass sie beinahe vor Erschöpfung umfallen!

Trotz ihrer Angst streuen die Dragater ihr Saatgut auf den Feldern aus. Als sie fertig sind, tauchen die Erdwesen auf, es müssen Tausende sein.

Auch wenn diese Wesen keine eigentlichen Gesichter besitzen, so erkennt man in ihnen ihren Hass, den sie auf die Dragater haben!

Zuerst starren die Erdwesen die Dragater an, diese bleiben ebenfalls starr stehen, doch auf einmal bewegen sich die Erdwesen ganz langsam auf die Dragater zu. Die Arosmeidini rennen als Vierbeiner verwandelt um ihr Leben, ihre Angreifer verschwinden in der Erde und vereinigen sich zu einer großen Welle. Die Welle drischt den fliehenden Dragatern nach, diese schreien zu ihren Freunden in Dragat.

„Macht die Tore auf, schnell!"

Algerus geht auf die Palisade, er erkennt das Dilemma.

„Rasch, öffnet die Tore!"

Die Fliehenden müssen um die Palisade laufen, weil das Eingangstor im Süden liegt. Die Welle ändert ebenfalls ihre Richtung, dicht folgt sie den fliehenden Arosmeidini.

Nur mit knapper Not können die Fliehenden durch das Tor nach Dragat entwischen, bevor die Welle Dragat erreicht, ist das Holztor bereits wieder geschlossen.

Erleichtert atmen die Arosmeidini auf, nach Puste ringend liegen die meisten auf dem Steinboden hinter dem Tor.

Der Rudelführer blickt nach unten, er sieht, wie die Erdwesen wieder aus dem Boden kommen und starr nach oben blicken, direkt ins Gesicht von Algerus.

„Was wollt ihr? Redet doch mit mir!!"

Sein Sohn Angus hat genug, er will das nicht länger hinnehmen, er mischt eine gewisse Menge Ganzit zusammen, so dass es sehr schnell härtet, damit geht er zu seinem Vater.

„Denen will ich's zeigen..."

Fragend sieht Algerus seinem Sohn zu, dieser schüttet das Ganzit, aus einem größeren Eimer, direkt auf die unter ihm starrenden Erdwesen. Ein Kreischen geht durch die Erdwesen, zwanzig dieser Wesen werden innert kürze steinhart und sind somit ins Schattenreich übergetreten.

Böse poltern die Erdwesen an die Holzmauer von Dragat, das Poltern erschreckt die Bewohner arg, jeder denkt an seine letzte Had. Doch Angus geht wieder runter und mischt erneut Ganzit zusammen, dieses Mal zwei Eimer voll. Nochmals schüttet er das Ganzit über die Brüstung, entsetzlich schreien die Erdwesen auf!

Fünfunddreißig müssen erstarrt sein, das Poltern versiegt, panisch fliehen die Erdwesen nach Westen. Angus hat Dragat gerettet, aber zu welchem Preis, ab jetzt werden die Erdwesen bestimmt nicht mehr nur starren! Der Krieg hat begonnen, auch wenn keiner weiß weshalb!

Drei Andranen lang lassen sich die Erdwesen nicht mehr in der Nähe von Dragat blicken. Angus wird endgültig als Held gefeiert, niemand ahnt, warum die Erdwesen verschwunden sind! Das hat einen einfachen Grund, die Erdwesen greifen nördlich mehrere Arosmeidini Siedlungen an!

Tausende suchen Schutz in Dragat, nun hat Algerus erreicht, was er sich erträumt hatte, ein großes Dragat! Viele Flüchtlinge berichten von grausamen Schlachten mit Hunderten von toten Arosmeidini. Die nördlich von Dragat lebenden Arosmeidini kennen kein Ganzit, sie verteidigten sich mit Schnittwaffen und verloren zu Hunderten ihr Leben. Nur die Erdwesen hatten in diesen Kämpfen kaum Verluste, denn Schnittwaffen können ihnen kaum etwas anhaben. Wenn ein Erdwesen durch ein Schwert geteilt wird, setzt sich der Dreck einfach wieder zum Erdwesen zusammen!

Nichts ist so, wie es sich Algerus vorgestellt hat, er zieht seinen Sohn zu sich.

„Wir müssen etwas unternehmen, die Felder können nicht bewirtschaftet werden, weil sich keiner vor das Tor getraut. Die vielen Flüchtlinge haben kaum noch in Dragat Platz und da wir nicht nach draußen können, kann Dragat nicht vergrößert werden!"

„Wir haben genug Vorräte, Vater, wir halten aus!"

„An Vorräten mag's nicht mangeln, aber der Brunnen versiegt langsam, da wir ihn ja auch zumauern mussten, können wir nur noch Regenwasser auffangen!"

Angus blickt nach draußen, wieder hämmert eine Erdwesen-Welle an die Mauer von Dragat, doch das Holz ist hart und stabil, da können die Erdwesen nicht durchkommen!

„Ein Bote berichtete uns von der Rekrutierung einer Arosmeidini Armee, sie wollen in einem großen Krieg kämpfen! Ich werde diese Armee hierher führen, hier herrscht auch ein großer Krieg! Noch zu dieser Had breche ich auf!"

„Gut, bringe uns unsere Armee, hoffen wir, dass du noch rechtzeitig zurückkommst..."

Angus klettert im Osten über die Palisade und rennt was er nur als Vierbeiner leisten kann, die Erdwesen bemerken ihn gar nicht erst. Bekümmert sieht ihm Algerus nach, seine Hoffnungen ziehen mit seinem Sohn. Wenn Angus versagt ist Dragat verloren...

Fragend starrt Algerus wie jeden Had zu den Erdwesen hinunter.

„Was wollt ihr nur, was haben wir euch getan, dass ihr uns angreift? Aber wartet nur, bald kommt unsere Armee, dann habt ihr ausgepoltert! Sie werden euch hoffentlich alle vernichten!"

Ende

Die Zeit der Helden und Magier

- Tismis die Bauerntochter

Dragon Fantasy Verlag
8200 Schaffhausen
Autor Stefan Daniel Pfund
© Autor Dezember 2005
© Verlag ab 2005

Kabul hat seit zwei Salmanen das Imperium von seinem Vater Andramus der Drache übernommen. In dieser Zeit baute er ein Botensystem auf, ließ vielerorts Strassen legen und ärmere Völker fanden Unterstützung durch die imperiale Staatskasse. Trotzdem gibt es noch sehr viele arme Dörfer und Weiler in seinem Reich. Kein Wesen kann innert kurzer Zeit alles zum Guten wenden. Kabul ist zwar ein fähiger Herrscher, aber kein Zauberer, sicher geht es seinem Volk wesentlich besser, als unter seinem Vater Andramus dem Drachen, aber sein Reich ist groß und es gibt zahlreiche Völker und Rassen unter seinem Banner!

Seit einem Salman ist ein treuer Krieger im Dienste des Imperators - Vestor! Vestor kommt aus dem menschlichen Volk der Redrukaneher, dieses Volk ist im Imperium eigentlich nicht gut angesehen, denn viele böse Menschen kamen von ihnen, so auch etliche aus der Ridi-Sekte. Doch Kabul vertritt die Meinung, jeder verdient eine weitere Chance und wirklich, Vestor ist ein brillanter Krieger, höfflicher Charmeur, ein intelligenter Gesprächs-partner und treuer Diener von Kabul. Seine schwarzen Haare lassen ihn ein wenig düster aussehen, sein unwiderstehlicher Charme macht das aber längstens wieder wett.

Vestor und die rechte Hand von Kabul, Humungus der Erbarmungslose, er diente schon Andramus, sind gerade auf der Jagd im Osten.

Die zwei eingefleischten Krieger hörten von einem Bingo-Bären der einige Maldaaner angriff! Bingo-Bären sind wahre Monster, sie werden bis zu zwei Mann groß, haben ein grünes, kurzes Fell, eine lange Schnauze, lange, spitze Zähne, kleine Ohren und sie sind sehr Kräftig! Mit ihren bis zu Tausend Grandon können sie mehrere Krieger gleichzeitig im nu töten!
Zum Glück gibt es nur wenige dieser Bären, denn man hatte sie schon frühgeschichtlich beinahe im Imperium ausgerottet.
Humungus mit seinen blonden Haaren ist das pure Gegenteil von Vestor, er ist bestimmt kein Schönling, von Charme hält er kaum etwas und gelegentlich ist er auch schroff, da er die Wahrheit über alles schätzt. Gerade weil er die Wahrheit und Treue schätzt, kann kein Wesen die Treue zu Kabul bei Humungus dem Meisterschützen erschüttern. Der ältere Humungus mag den jungen Krieger Vestor, irgendwie spiegelt er sich in seinem Wesen.
„Vielleicht haben die Bauern übertrieben, wahrscheinlich war es ein normaler Bär!"
Vestor will keinen normalen Bären erlegen, seine Eltern sagten ihm stets, ein großer Krieger erlegt große Monster!
„Ach was, sieh nicht immer so trübe, das war bestimmt ein Bingo-Bär! Was würde Kabul für Augen machen, wenn wir ihm das prächtige Fell bringen? Zudem macht es weitaus mehr Spaß einen Bingo zu erlegen, als einen kleinen Bären."
Der ältere Krieger schüttelt seinen Kopf.
„Warum bist du nur so versessen auf einen Bingo-Bären?

Bis jetzt sah ich nur einmal einen und das hat mir genügt. Mein Glück war, das der Bär sehr schnell die Flucht ergriff!"

„Ein alter Hase wie du hat Angst?"

Mit diesem Spruch kratzt Vestor am Stolz des altgedienten Kriegers.

„Meine Frau Aika würde sich schämen, hätte ich Angst!"

„Na also, wo liegt das Problem?"

„Du junger Heißsporn! Warte nur, wenn wir den Bingo finden! Dann sehen wir, ob du noch immer Spaß daran findest!"

Die Krieger gelangen an einen kleinen, tiefen Bach, der nach Süden in den Waldsee der Jugend fließt. Humungus ahnt etwas.

„Wir folgen dem Araa Bach, der ist reich an Fischen und die Bingos mögen Fisch. Vielleicht kam der Bär aus dem Puruda Wald, dort soll es angeblich noch ein paar geben und folgte dem Araa!"

„Dann nichts als hinterher..."

Der junge Vestor kann es kaum erwarten, er möchte seine Kräfte am Bären messen, wie so viele junge Krieger. Bis jetzt hat Vestor noch keine großen Heldentaten vollbracht, nur wenige Schlachten geschlagen, auch kaum Herzen gebrochen, na ja das eine oder andere vielleicht.

Seit längerem werden die Redrukaneher klein gehalten, damit sie dem Imperator nicht wieder in den Rücken fallen können, wie es einst geschehen ist. Vestor möchte dem Imperator gefallen, denn er will ein Vorbild für sein Volk werden.

Er denkt, eines Endan wird das Volk der Redrukaneher wieder akzeptiert werden, vielleicht dürfen sie dann auch wieder einen König stellen!

Vorne am Bach erscheinen die Umrisse von ein paar dutzend schmuddligen Häusern, zuerst reiten die beiden Krieger an einer kleinen Mühle vorbei, dann stehen sie in der Mitte von Banaan, einem armen Bauerndorf der Maldaaner. Die Häuser sind armselig, die Strassen bei Regen matschig, die wenigsten Bewohner besitzen Schuhe oder Gamaschen, die meisten nur ein Gewand oder Kleidung.

Armut gab und wird es immer geben, selbst in den reichsten Ländern und Imperien.

Vestor war nie arm, er ist ein Nachkomme des letzten Königs der Redrukaneher, er lebte stets mit Dienern und im Wohlstand, auch wenn der letzte König der Redrukaneher völlig verarmt starb.

„Erbärmlich, wie kann man nur so leben?"

Humungus schüttelt den Kopf.

„Verurteile sie nicht, sie leben ehrlich!"

Der junge Krieger fühlt sich angegriffen, vieles deutet er gleich als Anspielung auf seine Herkunft.

„Auf was willst du hinaus? Das ich aus einem unehrlichen Volk stamme?"

„Nein, nicht direkt! Du bist der erste Redrukaneher der wieder im Dienst von einem Imperator stehen darf und ich muss sagen, ich finde es gut. Einen tapferen und ehrlicheren Krieger habe ich schon lange nicht mehr getroffen!"

Vestor läuft rot an, die Schmeicheleien sind ihm peinlich.

„Ähm, danke, ich möchte ein Vorbild für mein Volk sein. Vielleicht kann ich wieder gut machen, was meine Ahnen taten."

„Du bist nicht für die Taten deiner Ahnen verantwortlich!"

„Ein klein wenig schon..."

Betroffen sieht er zu den ärmlichen Hütten.

„Ich fühle mich halt verantwortlich...da ich aus der Königslinie der Redrukaneher stamme. Der Hass auf das Imperium ist allgegenwärtig!"

„Wer weiß, vielleicht findest du eine Schönheit wie Willvill, aber ohne goldenen Umhang!"

Heftig schüttelt Vestor seinen Kopf.

„Der Legende nach war Willvill machtbesessen, ich möchte nur ein Krieger sein! Würde eine Schönheit an meine Pforte klopfen, würde ich natürlich nicht nein sagen!"

„Auch ich sagte nicht nein, als ich Aika erblickte und wahrlich, an keinem Endan bereute ich es!"

Der tiefe Bach Araa verläuft durch Banaan, die Frauen waschen Kleider in seinem Wasser, die Kinder baden darin und alle trinken daraus, so mancher macht sogar hinein! Keine feinen Sitten, dafür existieren sie schon unzählige Salmanen.

Eine junge schmuddelige Frau wäscht gerade die gesamten Kleider ihrer Familie im Bach. Die Frau hat lange, geschmeidige, schwarze Haare, schwarze, glitzernde Augen, rote Lippen und unter dem Arbeitsdreck erkennt Vestor eine wunderbare, wunderschöne „Göttin".

Verzaubert von der reinen Schönheit steigt Vestor von seinem Pferd. Humungus beobachtet seinen Schützling und lächelt.

„Die Jugend..."

Fast tänzelnd schwebt Vestor über die matschige Strasse zum Bach, wo die Schönheit ihre Arbeit verrichtet.

„Verzeiht, eure dunkel funkelnden Augen müssen mich in ihren Bann gezogen haben. Ich kann nicht anders, als mich euch vorzustellen, denn nie zuvor sah ich eine solche Schönheit wie ihr es seid!"

Verlegen lässt die junge Frau die nasse Wäsche am Ufer liegen und steht auf.

„Ihr könnt nicht mich meinen, Herr."

„Nur euch! Mein Name ist Vestor, ich diene dem Imperator und wie nennt ihr euch?"

„Tismis, mein Herr. Ich bin nur eine arme Bauerntochter, was könnt ihr von mir wollen. Und auch wenn ich arm bin, einfach so haben könnt ihr mich nicht! Nehmt ihr mich mit Gewalt, so wehre ich mich!"

Fast verlegen weicht Vestor ein wenig zurück, wehrt mit seinen Händen ab.

„Wie könnte ich? Selbst in meinen Gedanken könnte ich keine solche schauerlichen Bilder erzeugen. Jeden der euch ein Leid zufügt, würde ich auf der Stelle fordern! Niemals würde ich dem Abbild der Mutter Sonne ein Leid angedeihen lassen."

Sie neigt ihr Haupt ein wenig nach unten.

„Ihr findet mich wirklich schön...?"

„Nur ein Narr würde eure Schönheit nicht erkennen! Im Gegenteil, eure Schönheit macht jeden Mann zum Narr!"

Noch nie zuvor hat sich ein Mann für die blutjunge Tismis interessiert und dazu noch ein Krieger auf einem stolzen Pferd. Sofort ist die Bauerntochter hin und weg, jeder Blick von Vestor lässt ihre Liebe stärker werden. Die zärtliche Stimme von Tismis umhaucht Vestor, so dass er hoffnungslos von der Liebe besiegt ist!
Humungus steigt ebenfalls vom Pferd, er verweilt einige Zeit am Bach und beobachtet die Turteltauben.
Der Meisterbogenschütze von Kabul dem Imperator verlässt nach einem Endan Banaan, zwar verabschiedet sich Humungus höfflich bei Vestor, doch dieser bemerkt es vor lauter rosa Wolken gar nicht. Die Welt könnte untergehen, ein Bingo Bär alle Bewohner von Banaan fressen, Tismis und Vestor sähen nichts! Die Liebe lässt sie nur einander sehen, beide fühlen sich füreinander bestimmt. Auch die Eltern von Tismis nehmen den Krieger gerne bei sich auf. Schließlich bedeutet Vestor in ihrem Haus einen sozialen Aufstieg für ihre gesamte Familie! Die ärmliche Behausung der Eltern bemerkt Vestor gar nicht, ihm ist alles gleich, so lange er bei Tismis sein kann.
Tangon und Aamiss, die Eltern von Tismis, würden eine Heirat nur zu gerne sehen, trotzdem wollen sie aber das Thema nicht ansprechen, denn Tismis Sozialstand ließe im Prinzip eine Heirat mit einem feinen Herren wie Vestor nicht zu! So sind Tangon und Aamiss zufrieden wie es ist, dennoch hoffen sie auf mehr.

Vestor kauft viele Dinge ein, Kleider, Schuhe, Töpfe, sogar einen Pflug besorgt er Tangon, somit kann er sein Feld zum ersten Mal an einem Endan pflügen. Tangon müsste sonst sein Feld mit einer selbst gemachten Hacke umgraben, daran hat er meistens eine bis zwei Pidranen!

Über ein Salman bleibt Vestor bei Tismis, ihre Liebe wird stetig stärker, keiner kann sie auseinander bringen. Der Imperator Kabul sieht es zwar nicht gerne, dass einer seiner besten Krieger nicht bei ihm ist, aber für die Liebe hat er immer Verständnis. Natürlich wird am Hofe viel gemunkelt, das Verhältnis von Vestor zu einer armen Bauerntochter wird nicht gerne gesehen! Die Klatschmäuler erfinden stetig neue Geschichten, ganz natürlich das Vestor einiges Geschwätz zu Ohren kommt, aber ihn interessiert das nicht - er liebt Tismis! Auch Humungus ist an der Seite von Vestor, wenn es um die Liebe zur Bauerntochter geht. Zahllos sind die Verteidigungsreden des Meisterbogen-schützen, als guter Freund spricht er gegen die Lügen der Klatschmäuler!

Durch das Hoggs von Vestor müssen Tismis, Tangon und Aamiss nicht mehr so hart arbeiten, es bleibt mehr Zeit für Freizeit.

Tismis und Vestor liegen bei solchen Gelegenheiten gerne an der Araa.

„Mein Geliebter, ich hoffe dieser Traum endet niemals."

Er küsst sie zärtlich an der Schulter.

„Das ist kein Traum, unsere Liebe ist echt, niemand kann sie uns je nehmen!"

„Und wenn dich Kabul zu dir ruft?"
„Dann..."
Nachdenklich grübelt er herum.
„Dann wirst du mit mir gehen!"
„Der Hofstaat würde mich nicht akzeptieren! Ich, eine Bauerntochter aus armen Hause und du ein Krieger aus dem Geschlecht der Redrukaneher Könige? Sie würden uns verdammen und dich vom Hof werfen!"
„Nein, Kabul ist nicht so! Es wird sicher viel Gerede geben, aber der Imperator ist gerecht, er macht keine Unterschiede zwischen Arm und Reich! Weil er so gerecht ist, bin ich ihm auch so treu. Es wird wohl nie einen besseren Imperator geben! Wie es keine bessere Ehefrau wie dich gibt!"
„Wie gerne würde ich dich heiraten, auch meine Eltern würden sofort zustimmen, aber ich kann dir diese Schande nicht antun!"
„Du bist keine Schande! Du bist die Liebe meines Lebens!"
Innig küssen sich die beiden, in diesem Moment sind sie eins. Ihre Einigkeit ist stärker als Metall, ihre Liebe größer als das Weltall, ihre Sehnsucht zueinander ist unermesslich!

Von Drachenfels, dem Sitz des Imperators, kommt ein Bote zu Pferde, außer Atem sieht er den Empfänger der Botschaft am Bach liegen. Im Galopp reitet der Bote zum Bach, Staub wirbelt auf, der Bote steigt vom Pferd, bevor es zum Stillstand kommt.
„Herr, Kabul schickt nach euch, lest den Brief! Es eilt!"

Der Bote streckt dem verdutzten Vestor zwei Rollen, die mit einem langen Papier verbunden sind, hin.
Der Krieger steht auf, er nimmt die Rollen und dreht sie auf, für sich liest er die Worte auf dem Papier.

Betrübt blickt Vestor zum Bach, seine Gedanken fließen mit dem Wasser hinweg, er mag seine über alles Geliebte Tismis nicht mehr ansehen, zu schlimm sind die Nachrichten von Drachenfels. Er dreht sich mit dem Rücken zu ihr, neigt seinen Kopf.

„Mein Stern, ich muss gehen, Kabul ruft nach mir. Fürchterliche fremde Wesen greifen das Imperium an, Humungus muss Drachenfels verteidigen, ich selbst befehlige 3000 Krieger. Laut Befehl muss ich die Fremdlinge vernichten...wenn der Imperator gleich so viele Krieger schickt, dann müssen die Fremden unmenschliches vollbracht haben. Verzeih mir..."

Tismis steht auf, umarmt Vestor von hinten, und haucht ihm zärtlich ins Ohr.

„Es gibt nichts zu verzeihen, Kabul ruft nach dir, es ist deine Pflicht zu gehorchen.

Nur um eines bitte ich dich, komm
unbeschadet zurück! Sonst bricht mein Herz
in Tausend Stücke!"
Er dreht sich um, küsst sie sanft auf die
Lippen.
„Niemand kann mich aufhalten, um zu dir
zurück zu kommen! Ich werde die Feinde
vernichten, die Truppen nach Hause
schicken und dann heiraten wir hier in
Banaan! Es wird ein Fest geben, wie es
Banaan noch nie erlebt hat!"
Überglücklich küsst sie ihn zuerst auf die
rechte Backe, dann auf die Linke, auf die
Nase, Ohren und zuletzt auf den Mund.
„Ich werde auf dich warten...komm schnell
zurück!"

Die arme Tismis ahnt nichts von den
schlimmen Begebenheiten in den Ebenen von
Galis, ihre Eltern können sie nicht
trösten, denn sie haben selbst mit ihren
Problemen zu kämpfen. Fünf Andranen sind
seit Vestors Weggang vergangen, ohne die
vielen Geschenke von Vestor muss Tismis
Familie hart für ihren Lebensunterhalt
arbeiten. Denn Tangon ihr Vater ist zu
allen und jedem großzügig, auch wenn er
bereits sehr abgemagert ist. Er lebt nach
dem Motto: helfe den anderen, dann wird
dir geholfen.
Jeden Endan denkt Tismis an ihre große
Liebe, aber Vestor kehrt nicht zurück.

Manchmal hört sie Nachrichten von durcheilenden Boten: In Galis habe es eine fürchterliche Schlacht gegeben; 3000 Krieger seien gefallen, Vestor sei als die rechte Hand von Kabul aufgestiegen; durch Vestors Sieg sei das Vertrauen von Kabul in seine rechte Hand enorm gestiegen...

Zur jeder Had fragt sich Tismis, warum kommt mein Liebster nicht zurück, er wollte mich doch heiraten?

Bereits ist ein neues Salman angebrochen, Imperator Kabul bekam eine hübsche Tochter und Vestor ist mächtiger als je zuvor.

Vor lauter Sorgen bemerkt Tismis die Krankheit im Dorf Banaan nicht, durch den Hunger, die letzte Ernte fiel einem Pilz zum Opfer, sterben immer mehr Bewohner. Das Imperium ist weit weg, die anderen Siedlungen rundherum haben genug eigene Sorgen, so ist Banaan auf sich alleine gestellt. In jedem der ärmlichen Häuser sind Opfer des Hungers und den daraus resultierenden Krankheiten zu beklagen. Eines Endan, als Tismis von der Feldarbeit nach Hause kommt, sieht sie ihre Eltern auf dem Strohbett liegen.

„Adda, Giddi, ihr seid so früh am Schlafen?"

Die Eltern antworten nicht, anscheinend liegen sie in einem tiefen Schlaf. Tismis geht näher heran, sie erkennt die bleiche Haut der Beiden, die eingefallenen Gesichter und die vielen Ekzeme an allen Körperstellen.

„Adda, Giddi?"

Erschreckt schüttelt sie ihre Eltern, aber weder Giddi Tangon noch Adda Aamiss wollen erwachen. Sie sind ins Reich der Schatten übergesiedelt. Nun kommt Tismis auch die Erleuchtung, dass ihre Eltern für sie gehungert haben, denn Tismis bekam immer genügend zu essen. So starben Tangon und Aamiss klammheimlich Arm in Arm in ihrem ärmlichen Bett!

Mit einer Hacke und vielen Tränen in den Augen verbuddelt Tismis ihre geliebten Eltern hinter dem Haus. Ganz alleine bleibt Tismis einen Endan am Grab ihrer Eltern sitzen. Niemand im Dorf kam um zu trauern, denn alle haben Verwandte verloren, die Trauer um die Verstorbenen ist einfach zu viel!

Die Endanen werden schlimmer, der Hunger breitet sich weiter aus, die neue Ernte ist noch lange nicht gereift und die Bewohner von Banaan sind arg entkräftet.

Ständig denkt Tismis an Vestor, sie hofft, er möge sie und das Dorf retten, aber keiner kommt, bis ein Bote die Misere erblickt und dem Imperator meldet. Sofort schickt Kabul Lebensmittel nach Banaan, mit den Lebensmitteln schickt er zusätzlich Vestor, er soll für eine gerechte Verteilung sorgen. Da Kabuls Tochter entführt wurde, soll Vestor zugleich weiterziehen, um die Tochter zurück nach Drachenfels zu bringen. Hongar der Hofmagier von Kabul riet dem Imperator zwar die Suche einzustellen, aber heimlich wollte Kabul sie trotzdem von Vestor suchen lassen.

Die Truppen des Imperators in ihren rötlichen Uniformen lösen Begeisterungs-stürme in Banaan aus. Niemand dachte mehr an Rettung, auch Tismis hat ihre Hoffnung begraben, da sieht sie Vestor hoch zu Ross.

„Vestor...Vestor, mein Geliebter, wo warst du die ganze Zeit?"

Erstaunt blickt Vestor hinab und erkennt Tismis.

„Tismis?"

Er steigt vom Pferd und sieht ihr tief in die Augen.

„Tismis? Ich...nach der Schlacht war alles so dunkel, meine Gedanken zerfielen in Tausend Stücke und so vergaß ich Banaan... Wo sind Tangon und Aamiss?"

Traurig blickt Tismis zu Boden, Tränen rollen über ihre Backen.

„Das Schattenreich hat sie geholt, der Hunger wütete schlimm in Banaan! Jeden Endan wartete und hoffte ich, du würdest kommen, aber du kamst nicht!"

„Die Tage sind finster, Kabul brauchte mich, und die Fremden waren zu schrecklich...zudem wurde seine Tochter entführt, er befahl mir sie zu suchen, ich kann nicht lange bleiben!"

Sie sieht ihn fragend an.

„Seit wann benutzt du die alten Zeitangaben? Das tatest du früher nicht!"

Fast schon ein wenig eingeschnappt, oder besser ertappt, weist er sie zurecht.

„Wir Redrukaneher benutzten noch nie gerne Drachenwörter – der Tag heißt nun mal Tag und nicht Endan!"

Sie berührt sein Gesicht, es ist nicht mehr so warmherzig, wie damals als er von ihr ging.

„Nun bist du zurückgekommen, meine Hoffnung war nicht umsonst! Das ist das einzige das zählt. Du bist doch zurückgekommen?"

Verwirrt kratzt sich Vestor am Kopf.

„Ja...nein, ich meine, vor einem Jahr war ich so jung. Ich stolperte in das eiserne Schiff der Fremden, dort wurde ich krank, ich schluckte ein seltsames Pulver und kam wieder zu Kräften. Irgendwie glaube ich, dass ich damals gestorben bin, und zurückkehrte! Ich bin wiedergeboren! Nichts ist wie zuvor...und doch bin ich gleich."

Sein Innerstes bebt, er weiß nicht, wieso er ihr das erzählt, denn er sagte es bisher niemandem.

Sie hingegen wahrte die ganze Zeit ihre Liebe.

„Du liebst mich nicht mehr...Vestor willst du mir sagen, deine Liebe zu mir ist erloschen? Sprich die Wahrheit? Hast du mich umsonst warten lassen? Meine Eltern starben, viele Bewohner von Banaan starben und wir legten alle Hoffnung auf dich!"

Er wendet sich von Tismis ab.

„Hoffnungen sind nichts wert, nur Tatendrang bringt Macht! Und trotzdem, da ist noch etwas, ich weiß, ich bin dir unendlich viel schuldig...aber ich kann nicht, mein neues Ich hält mich zurück! Es wäre nicht gut, wenn du an meiner Seite wärst. Ich vollbrachte schlimme Taten, bis jetzt weiß das niemand!

Meine Gefühle sind anders und da ist...dieser unheimliche Blutdurst! So viele Tote, ich kann es dir nicht erklären. Würde ich von damals ins Heute blicken und somit die Zukunft sehen, würde ich wohl ein Monster erkennen."

Das kann Tismis nicht glauben, sie will ihren Vestor zurück haben.

„Du bist nicht Prinzessin Irina, die im letzten Salman Kulkar hinrichten ließ, du bist mein geliebter, tapferer, ehrlicher Vestor!"

„Kulkar ist tot? Schade, er ist...er war außer Humungus, der ehrlichste und tapferste Krieger den ich kannte...du siehst, mit Ehrlichkeit kommt man nicht weiter! Ich bin ein neuer Vestor, und an seiner Seite ist kein Platz für ehrliche Liebe!"

Sie beginnt zu schluchzen, die Worte ihres einstigen Geliebten schmerzen sie zu sehr.

„Aber die zwei Hünenkrieger haben Platz an deiner Seite?"

Sie zeigt weinend auf Rohr und Keim, zwei muskulöse Gestalten mit großen Hämmern als Waffen.

Vestor stößt Tismis zu Boden, er ist sich Widerspruch nicht mehr gewohnt. Dennoch die Tränen der wunderschönen Frau, die er einst liebte, rühren ihn auf seltsame Weise. Auf solche Weise, wie er es seit Andranen nicht mehr spürte.

„Ich...es ist besser so...für all das Leid, dass ich dir zumute, will ich dir einen Wunsch erfüllen...sage mir, was du dir sehnlichst wünschst?"

Sie kann vor lauter Kummer kaum überlegen, was soll sie sich von so einem Mann wünschen, Hoggs? Reichtum? Rohr unterbricht die Gedanken von Tismis.

„Vestor, wir müssen die Tochter von Kabul finden! Ein Bote berichtete, sie sei östlich von hier gesehen worden."

Sofort steigt Vestor wieder auf sein Pferd, kurz blickt er nochmals zu Tismis.

„Ich gebe dir mein Wort, ich komme in ein paar Monaten zurück, und erfülle dir deinen Wunsch! Es soll das letzte Wort sein, das ich wirklich halte!"

Da reitet Vestor nach Osten, an seiner Seite sind Keim und Rohr und nicht Tismis! Sie blickt ihm nach und weint bitterlich, was mag nur geschehen sein? Sie hat keine Erklärung dafür.

Vestor hingegen denkt an jemanden anderen, an Drisarxis! Vor nicht allzu langer Zeit lernte er die Hexe Drisarxis kennen, sie faszinierte ihn augenblicklich, denn sie hegt ebenfalls böse Gedanken!

Die liebliche Tismis bleibt alleine mit ihren Gedanken, ihre Hütte zerfällt beinah, ihr Gesicht ist dreckig und ihre Füße vom Barfuss laufen geschwollen. So möchte sie nicht mehr weiterleben, ohne Liebe, ganz alleine im Dreck der Armut! Die Kaltherzigkeit von Vestor hat bereits Wirkung gezeigt, sie färbt auf Tismis ab.

„Einen Wunsch! Einen Wunsch! Wenn ich schon keine Liebe bekomme, dann will ich wenigstens Schönheit und Reichtum besitzen.

Nie mehr barfuss, nie mehr wässerige Suppe, kein zerrissenes Gewand soll mich kleiden! Alles habe ich verloren, aber dafür weiß ich nun, was ich mir wünschen werde!"

Wieder lässt Vestor seine Exgeliebte Andranen warten bis er nach Banaan zurückkehrt. Tismis musste bereits alles an Wert verkaufen, da sie alleine ist, kann sie kaum etwas auf den Feldern anpflanzen, alle ihre Kleider sind verschließen, sie lebt in bitterster Armut! Ihre Liebe ist erloschen, dafür steigt Gleichgültigkeit gemischt mit Wut in ihr auf. Ihr Vertrauen wurde gebrochen, nichts ist wie damals am Bach, als er ihr ewige Liebe schwor.

Ohne eine Armee oder Krieger an seiner Seite reitet Vestor in Banaan ein. Das Haus von Tismis hat mehr Löcher als ein Sieb, da Vestor kein Gewissen mehr kennt, macht er sich kaum Gedanken darüber.
Tismis kauert in ihrer Pritsche, sie hat mehrere Lagen löchriger Tücher um sich geschlagen. Da erkennt sie ihren einstigen Geliebten unter dem Türrahmen, eine Türe hat das morsche Haus nicht mehr!
Kühl begrüßt sie ihn.
„Du bist tatsächlich zurückgekommen? Wer hätte das gedacht?"
„Ich sagte dir doch, das wird mein letztes Wort sein, das ich halte! Hast du dir einen Wunsch ausgedacht?"
Vor Kälte zitternd steht Tismis auf.

„Ja, ich habe mir einen Wunsch ausgedacht! Bring mich an einen Ort voller Reichtum und Schönheit, dort will ich ewig leben!"
Vestor nickt, durch seine Stellung am Hof ist für ihn fast alles möglich geworden. Ein einziges Mal will er noch zu seinem Wort stehen.
„Gut, irgendwie finde ich diesen Wunsch deiner angemessen!"
Da kommt ihm eine Idee, die sich in ihm fixiert.
„Mit einer Bedingung..."
Tismis hat sich so etwas schon gedacht.
„War zu erwarten, dass du dein Versprechen nicht hältst."
„Ich werde mein Wort halten, aber du wirst für mich etwas an deinem Ort verstecken! Und nur mir aushändigen, wenn ich es brauche!"
Sie überlegt nicht lange, Tismis will auch nicht wissen, was sie verstecken muss, es ist ihr egal, denn sie will nur weg von Banaan und der Armut!
„Wir haben einen Pakt!"
Er nimmt ihren rechten Unterarm und schüttelt ihn. Früher hätte er sie bestimmt in die Arme genommen, seltsamerweise ist er nicht einmal ein wenig erregt. Denn in der ganzen Zeit nahm er sich Frauen, wie andere Wasser zum Trinken.
„Pakt!"
Rasch löst er die Berührung zu Tismis wieder, durch die Berührung spucken Erinnerungen an früher durch den Kopf von Vestor.

„Warte hier eine Woche lang und ich werde dich abholen!"

„Aber vergiss unseren Pakt nicht..."

Schon wieder wagt sie es, ihm zu trotzen, er kann sich kaum zurückhalten, und doch geht er in Frieden nach draußen, besteigt sein Pferd und reitet davon. Auf seinem Pferd entfaltet sich sein Jähzorn, indem er seine Fäuste ballt und er sich selbst auf die Brust schlägt.

Vestor reitet Endan und Nadne damit er schnellst möglichst zurück nach Drachenfels kommt. Die rechte Hand von Kabul, Vestor, weiß genau, wen er mit dem Wunsch von Tismis behelligen kann. Er braucht einen Magier der mächtig und dumm genug ist, den Lehrling von Hongar, Sgongon!

Sgongon ist ein junger, aber sehr mächtiger Maldaaner, schon früh merkte Hongar welche Macht in diesem Jungen steckt, deshalb nahm er ihn rasch unter seine Fittiche. Doch auch in diesen Endanen hat Sgongon seine Magie noch nicht vollständig im Griff.

Ohne dem Imperator, Humungus oder anderen wichtigen Persönlichkeiten auf Drachenfels zu begegnen, geht Vestor zur Kammer von Sgongon. Was Anklopfen heißt hat Vestor zwischenzeitlich ebenfalls vergessen. Hastig geht er in die Kammer des Zauberlehrlings, dieser erschrickt und springt aus dem Bett. Vor lauter Schrecken lässt Sgongon kleine leuchtende, magische Blitze aufsprühen.

„Ihr habt mich erschreckt Vestor, hat die Türe kein Holz mehr um anzuklopfen?"

„Die Eile zwang mich einfach hereinzukommen! Ich brauche deine Magie."
Überrascht streift sich Sgongon seine weiten Kleider über den Körper.
„Ihr braucht meine Magie? Weiß Hongar davon, denn ich darf nur mit seiner Erlaubnis zaubern!"
Vestor versucht es mit Schmeicheleien.
„Hongar braucht nichts zu wissen, schließlich bist du ein mächtigerer Magier als er, diesen Geheimauftrag kannst nur du erfüllen!"
Neugierig blickt sich Sgongon um, dann kommt er näher zu Vestor heran.
„Einen Geheimauftrag? Was für einen Geheimauftrag?"
Nun hat Vestor sein Opfer, wo er es haben will! Die rechte Hand von Kabul kennt die Neugier von Sgongon ganz genau.
„Ach, ich weiß nicht, vielleicht bist du ja doch nicht der Richtige?"
Der junge Magier zittert vor Aufregung, er will es wissen.
„Nein, ich meine doch, doch, ich bin genau der Richtige! Was soll ich tun?"
„So soll es sein, ich brauche einen magischen Ort, voller Reichtum und Schönheit, eine Frau soll darin ewig leben und etwas verstecken können. Hm..."
Da fällt Vestor noch etwas anderes ein.
„Sie soll aber nicht mehr hinaus können! Ich weiß, noch besser, jeder darf nur einmal hinein, geht er vom magischen Ort weg, dann findet er ihn nicht mehr. Nur ich muss immer ein und aus gehen können!"
Begeistert klatscht der kahlköpfige Sgongon in die Hände.

„Ja, fabelhaft, das ist eine Aufgabe für mich! Ich kenne auch schon den passenden Ort dafür, Wolga! Mein Meister sagt, in Wolga liege die Wiege der Magie, es gibt keinen passenderen Ort dafür! Vielleicht lässt er mich dann in eine der Magieschulen, damit ich meine Ausbildung beenden kann."

Mit straffem Blick mustert Vestor den Magier.

„Sagte ich dir nicht, es wäre ein Geheimauftrag? Also darf auch Hongar nichts davon erfahren. Wo auch immer dieser Ort Wolga ist, wie schnell kannst du dort einen magischen Platz erschaffen?"

„Das geht schnell, in ein paar Endanen?"

Vestor ist zufrieden, ein warmes Gefühl durchfließt seinen Körper.

„In ein paar Tagen...sehr gut! Wo liegt Wolga?"

„Am Rande der Krankkk Wüste, ihr könnt es nicht verfehlen."

„Gut, du wirst hingehen und den Ort erschaffen, und mir einen Schlüssel machen, damit ich immer hineingehen kann, wenn es mir passt!"

„Wie ihr wünscht, dann warte ich dort, bis ihr kommt!"

„Äh, nein, du wartest im Wald der Elfen, schließlich soll es keine Zeugen geben! Und das Geheimnis muss gewahrt sein!"

Um ein solches Projekt zu zaubern, ist Sgongon alles recht, er wartet schon lange auf große Taten, die er vollbringen darf.

„Ich werde im verhexten Wald warten..."

Vorwurfsvoll sieht Vestor zu Sgongon.

„Worauf wartest du noch, zieh von dannen und behalte alles für dich!"

Noch am gleichen Endan bricht Sgongon auf, seinem Lehrmeister Hongar erzählt er etwas von Kräutern suchen. Schon jetzt ist Sgongon geschickt darin, seine Gedanken zu verbergen.

Vestor hingegen will wieder nach Banaan reiten, doch vor der Burg passt ich ihn seine neue Geliebte ab, Drisarxis. Sie ist jung, hat schwarze Haare und ist ebenfalls eine bildhübsche Frau, nicht so schön wie Tismis, aber dafür ist Drisarxis ein wenig rassiger.

„Ich weiß, was du vor hast! Ich sah es mit einer Zukunftsvision! Willst du noch mehr wissen?"

Er steigt vom Pferd und nimmt sie leidenschaftlich in die Arme, ebenso leidenschaftlich küsst er sie mit seiner Zunge und allem was dazu gehört.

„Sag's mir...meine kleine Hexe."

„Du kommst am Wald der Elfen vorbei, Theodorana lebt dort, sie hat etwas mit dem Verschwinden von Kabuls Tochter zu tun! Sie weiß auch, wo ein mächtiges Objekt versteckt ist, dass dich zum Imperator machen kann, und mich zur Imperatorin!"

„So, weiß sie das? Und wer sagt dir, dass ich dich als Frau nehme?"

„Willst du ein Bauerntölpel als Frau? Oder eine ausgekochte Hexe, die dich auf den Thron bringt?"

Er küsst sie nochmals, aber dafür länger.

„Du kennst die Antwort! Wenn ich erfahren würde, wo die verschwundene Tochter von Kabul ist, dann könnte mich niemand mehr aus der Gunst des Imperators verdrängen, kein Humungus und kein Hongar! Das wäre von größtem Vorteil!"

„Vergiss das Objekt nicht, es soll eine gefährliche, magische Waffe sein!"

Vestor horcht auf.

„Eine Waffe? Warum sagst du das nicht gleich? Was ist das für eine Waffe?"

„Gerüchte sagen, die Fremden kamen um sie zurück zu holen. Sie soll einem gefallenen Stern gleichen!"

„Ein mächtiger Stern? Ich werde die törichte Tismis in ihr neues Gefängnis begleiten, aber zwischendurch werde ich wohl einen Abstecher in einen Wald unternehmen!"

Sie holt etwas aus ihrem ledernen Sack.

„Hier hast du ein Pulver das die Elfen lähmt und dann habe ich noch etwas, einen Kristallsplitter! Angeblich soll er von dieser Waffe stammen, wen du mit diesem Splitter in die Nähe von Theodorana gehst, entzieht ihr der Splitter die Macht! Sie ist dann verwundbar...nur weiß ich nicht, was mit der Macht danach geschieht!"

Er sieht sich das kleine Stück Kristall an.

„Bist du sicher, dass der Splitter solche Macht besitzt? Theodorana ist sehr mächtig, sonst nehme ich lieber eine kleine Armee mit!"

Sie schüttelt ihren Kopf.

„Lieber nicht, es soll nicht jeder erfahren, was wir vorhaben!"

Wenn Drisarxis ihre Intrigen spinnt, weiß Vestor immer wieder aufs neue, warum er sie so sehr liebt. Doch diese Liebe ist nicht groß genug, damit die Hexe ihn auf den Thron begleiten darf. Heimlich hat Vestor schon Pläne geschmiedet, für die Zeit wenn er Imperator ist. In diesen Plänen kommt Drisarxis nicht vor, aber so lange sie von Nutzen ist, wird er sie dulden!

Der teuflisch, intrigante Vestor hat sich auf dem Weg nach Banaan noch ein zusätzliches Pferd besorgt. Natürlich hat er es nicht bezahlt, sondern dem Besitzer, einem fahrenden Händler, den Kopf abgeschlagen.

Kein Funken an guten Gedanken ist in Vestor mehr zu finden, das erkennt auch seine Exgeliebte Tismis!

Doch das ist ihr egal, sie will ihren Traum verwirklicht haben. Vom Alptraum aus Armut, Hunger und Tod hat sie genug, es reicht ihr, nie wieder will sie nach Banaan zurückkehren. Als Vestor in ihr Dorf kommt, steigt sie sofort auf das mitgebrachte Pferd. Der angehende Tyrann zieht eine Augenbraue hoch.

„Kein Gepäck?"

So kühl wie er sie begrüßt, grüsst sie zurück.

„Keine Begrüßung? Nein, was sollte ich mitnehmen, ich besitze nicht einmal mehr Schuhe!"

Mehr schlecht als recht lässt sich Vestor das rüde Benehmen von Tismis gefallen, seine einstige Liebe lässt ihn ein wenig sanftmütig werden.

Aber sein Hass gegen alles und jeden kann immer und zu jeder Zeit wie ein Vulkan ausbrechen!

Tismis spornt ihr Pferd an, sie will so schnell wie möglich in ihrem neuen Heim sein. Vestor will natürlich nicht langsamer sein, das würde seine Ehre nicht zu lassen. So hetzen die Beiden über Felder, Wiesen und Wälder.

„Ich muss noch einen Abstecher zum Wald der Elfen machen. Du kannst in der Zwischenzeit weiter reiten!"

Konstaniert sieht sie zum dunkel gewordenen Krieger.

„Wo muss ich hin?"

„Zum östlichen Ende der Wüste Krankkk, reite ein wenig in die Wüste und kehre um. Dann siehst du dein Reich, aber bleib dort! Wenn du wieder hinaus reitest, findest du dein Zauberreich nie wieder! Du kannst deinen Reichtum und deine ewige Jugend nur dort genießen!"

„So hatten wir das aber nicht abgemacht!" Knurrend vor Zorn will er sie ankeifen, aber noch einmal hält er sich zurück.

„Sei froh, dass ich dir überhaupt einen Wunsch erfülle!"

Tismis weicht, im Sattel, ein wenig eingeschüchtert zurück, sie will es sich mit ihrem Exgeliebten nicht noch im letzten Moment verderben. Jetzt da sie für immer und ewig im Reichtum leben kann, darf sie keine Fehler machen. Vestor ist unberechenbar geworden, sei's drum, sie will eh nie mehr nach Banaan zurückkehren. Da kann sie gerade so gut für immer in ihrem neuen zu Hause bleiben.

„Gut, ich werde in meinem neuen Reich bleiben..."

Als Tismis ihm zustimmt, beruhigt sich Vestor wieder, nun reitet er nach Süden, Tismis hingegen reitet weiter nach Westen, um einen kleinen Schlenker nach Süden zu machen.

Tismis reitet wie der Wind, sie will ihr neues Reich sehen, sie stellt sich alles möglich vor, nur wie es wirklich aussieht, weiß sie nicht. Die heiße Wüste Krankkk liegt vor ihr, fünf Fiden reitet sie hinein, dann dreht sie sich um. Und tatsächlich, vor ihr erscheint ein kleiner, blauer Bach der in die Wüste fließt und dort im Sand verschwindet, dann wird es grüner und grüner, Bäume stehen um das riesenhafte Smaragdschloss. Unzählige Edelsteine säumen das Schloss und das Anwesen! Sie sieht sich alles genau an, sie weiß jetzt schon, von hier will sie bestimmt nie mehr weggehen!

Die einst arme Bauerntochter geht durch ihre prächtigen Gärten, besichtigt das Schloss von unten nach oben. Im Kleiderschrank hängen unzählige Frauenkleider, Tismis muss nur an ein bestimmtes Kleid denken, danach hängt es im Schrank. Die Vorratskammern sind stets gefüllt, ihre kühnsten Träume sind wahr geworden.

„Endlich, endlich nie mehr Not leiden! Ich schwöre, für nichts und niemanden verlasse ich je wieder mein Reich!"

Schnell fühlt sie sich zu Hause, sie vergisst Banaan und die Not dort, nur ihre Eltern behält sie in guter Erinnerung.

Vestor hat sich seit Endanen nicht blicken lassen, Tismis glaubt bereits, er komme gar nicht mehr. Ihr kann es recht sein, sie möchte ihn auch nicht mehr sehen. Die Liebe zu ihm ist erloschen, er strahlt nur noch eisige Kälte und Hass aus, für so einen Mann kann sie keine Gefühle empfinden!

Nach achtundzwanzig Pidranen, einem ganzen Andran, kommt er trotzdem zu ihr, Vestor reitet fröhlich in Tismis Schloss hinein. Ängstlich getraut sich Tismis zuerst nicht die lange Treppe hinunter zu kommen. Doch der Tyrann ruft trällernd nach oben.

„Keine Angst, ich hatte Sex genug, ich will dich nicht verführen..."

Mit langsamen Schritten, die sie in ihren prächtigen roten Schuhen macht, geht sie hinunter zum Schänder von Theodorana.

Tismis weiß nicht, wo der Häscher des Todes die ganze Zeit war, sie will es auch nicht wissen. Sie will ihren Reichtum behalten, das schöne, weite, weiße Ballkleid, dass sie an hat, den vielen Schmuck der herumliegt. Das Shampoo das ihre Haare so schön pflegt, die Schminke die ihr Gesicht herausputzt, all das will sie behalten, dafür würde sie einiges tun! Unten an dem Ende der Treppe angekommen, blickt sie Vestor in die herzlosen Augen.

„Du bist doch noch gekommen?"

„Ja, ich wurde aufgehalten, wichtige Geschäfte, du verstehst?"

Sie versteht nicht, sagt aber dennoch ja. Vestor nimmt eine Flasche aus seiner Tasche, die um das Pferd gebunden ist.

„Hier, das wirst du für mich verstecken, nur ich darf es bekommen, sonst niemand!"
Sie nimmt die Flasche in die Hand, ein weißes Pulver scheint in der Flasche zu sein.
„Und wie kommst du wieder hier herein? Du sagtest doch, jeder könne nur einmal hinein gelangen!"
Teuflisch lächelt er Tismis aus.
„Ja, das stimmt, nur ich kenne das Geheimnis, wie man immer wieder hereinkommt! Oder dachtest du, ich sei so dumm, und lasse keine Türe für mich offen? Ha!"
Nein, so dumm ist er nicht, Tismis kennt ihn zu genau, sie weiß, wann er lügt oder die Wahrheit spricht.
„Wann holst du deine Flasche wieder?"
„Keine Ahnung...gehab dich wohl..."
Ohne noch ein Wort zu verlieren reitet Vestor aus dem Wolga Reich. Erleichtert sieht ihm Tismis nach, sie dachte nicht, dass er so einfach wieder gehen würde! Sie ist froh, dass Vestor nichts mehr verlangte, anscheinend hat er seine Gier schon irgendwo anders reichlich gedeckt!

Vestor hat nur noch einen Gedanken, der Stern der Macht! Von Theodorana erfuhr er, wo diese Waffe zu finden ist - unter Drachenfels! Die Herrin der Elfen musste zuvor unsäglich leiden, keine Pein ließ Vestor aus, bis sie endlich ihr Schweigen brach.

Seit Pidranen hat Kabul seine rechte Hand nicht mehr gesehen, schon lange fragt er sich, wo Vestor ist, aber keiner kann es ihm sagen.

Auch Sgongon, ein Lehrling von Hongar dem Hofmagier, ist verschwunden, keiner weiß, wo er stecken mag!

Als Vestor nach Drachenfels zurückkommt, tut er nicht dergleichen, für ihn ist nichts geschehen. Als man ihn nach Sgongon fragt, gibt er sich nicht wissend, und als Kabul nach seinem Aufenthalt in den ganzen Pidranen fragt, so meint Vestor: die Freudenmädchen haben ihn aufgehalten.

Im Verstellen ist Vestor ausgesprochen gut, keiner zweifelt an seinen Aussagen. Nach ein paar Endanen will er es wagen, Vestor schleicht hinunter zu den Kellerräumen, die gleichen einem Katakombensystem, denn Drachenfels wurde etliche male umge- und überbaut, und so entstanden immer mehr Räume unter der Burg.

Gierig sucht Vestor die Räume nach dem Stern der Macht ab, bis er ihn findet, denn der Splitter von Drisarxis, beginnt zu leuchten, als er in die Nähe des Sterns gelangt. Paradoxerweise liegt der Raum vom Stern direkt neben dem Raum, in dem Vestor die Fremden „entsorgte"! Niemals hätte er früher an eine zerstörerische Waffe unter Drachenfels gedacht und nun steht er vor ihr - eine leuchtende Kugel mit sechzehn Zacken!

Vestor zieht seinen Splitter aus der Hosentasche und hält ihn an den Stern, genau dorthin, wo er abgebrochen ist, augenblicklich fügt sich der Splitter wieder ein. Man kann keine Kerbe mehr erkenne, als ob nie ein Splitter abgebrochen war!

Zärtlich streichelt Vestor die Zacken, er spürt die Macht, die von dieser Waffe ausgeht, er fühlt sie in seinem ganzen Körper. Er muss den Stern der Macht besitzen, koste es was es wolle!

„Du bist mein! Mit dir werde ich Imperator!"

Hongar sieht durch seine Magie, was unter Drachenfels geschieht, sofort geht der Magier zu Kabul in den Thronsaal, leise flüstert er dem bärtigen Imperator ins Ohr.

„Vestor hat den Stern der Macht gefunden, er will euch stürzen, handelt, jetzt!"

Erstarrt bleibt der Imperator sitzen, er kann es nicht glauben, dass ihn seine rechte Hand verrät.

„Bist du sicher mein Freund?"

„Ganz sicher, ihr wisst, ich lüge nicht!"

„Dann ist das Reich verloren..."

„Ich verstehe nicht...?"

Fragend blickt Hongar zu Kabul, dieser flüstert leise.

„Vestor hat die Truppen durch Rohr und Keim unterwandert, fast alle gehorchen ihm. Er ist der heimliche Heerführer!

Wir haben höchstens ein paar hundert loyale Krieger, wenn wir gegen Vestor antreten!"

Betroffen sieht Hongar zur Decke.
„Dann wird die nächste Generation das Gute wieder einführen!"
Der Imperator will noch nicht aufgeben.
„Können wir gar nichts tun?"
Hongar überlegt eine Weile.
„Doch, wir verzögern das Unausweichliche, lasst den Stern der Macht heimlich auseinanderbauen und verstecken!"
„So sei es, Humungus wird es erledigen, er soll seine Familie nehmen und wegziehen, er alleine soll wissen, wo die Teile sind. Einen Zacken will ich selbst behalten!"
Und so geschieht es, bevor Vestor etwas merkt, baut Humungus den Stern auseinander und flieht mit seiner Familie. Die einzelnen Teile versteckt der Meisterbogenschütze in verschiedenen Reichen die treu zum Imperator stehen.

Die Weichen sind gestellt, der Krieg unausweichlich, Vestor bemerkt schnell das Verschwinden des Sterns. Hasserfüllt ruft er Keim und Rohr, sogleich will der dunkle Krieger aus dem Volk der Redrukaneher losstürmen, doch seine beiden treuen hünenhaften Krieger mahnen zur Vorsicht.
„Herr, wartet bis wir mehr Truppen haben, sonst könnte ein Umsturz fehl schlagen!"
„Papperlapapp, er hat kaum Krieger auf seiner Seite und Humungus, der gefährlichste davon, ist verschwunden! Greifen wir an und holen uns die Beute! Das Imperium wird mir gehören!

Die Redrukaneher, mein Volk, werden nicht nur einen König, sondern nun einen Imperator erhalten. Dann wird die Schande meines Volkes getilgt sein!"

„Einfach so umstürzen? Das Volk würde rebellieren und euch stürzen, wir müssen mehr Truppen aufbieten!"

Ein wenig holen die Bedenken seiner Hünen Vestor zurück auf den Boden.

„Das sehe ich ein, dann hebt neue Truppen aus, schwört sie auf mich ein!"

Keim und Rohr heben unendlich viele Vestor loyale Truppen aus. Natürlich erkennt Kabul die Gefahr, doch was soll er tun? Im Geheimen hebt er ebenfalls Truppen aus, ein Salman später ist der Krieg ausgebrochen!

Kabul kann sich nur knapp halten, Vestor ist weit in der Übermacht, zwei Salmanen später kann der Imperator nur noch Drachenfels halten. Ein Salman lang belagert Vestor die Burg, bis sie fällt! Kabul und die Überlebenden vom Hofstaat fliehen unbemerkt nach Astonien, dort nehmen sie eine neue Identität an. Kabul nennt sich fortan Mangus der Gütige, er wird im gleichen Salman zum König von Astonien ausgerufen.

Vestor baut Drachenfels um, er nennt die Burg nun Teufelsburg, sie wird riesengroß und schwarz, viele Sklaven müssen Fronarbeit leisten, damit Vestor seine dunkle Burg bekommt. Alles Lebendige wird zerstört, ein Graben um die Burg wird mit Pech und Schwefel gefüllt, endanlich werden Tote hineingeworfen. Vestor ist unerbittlich, wenn man ihm nicht gehorcht!

Lange sucht Vestor nach dem verlorenen Stern der Macht, immer wieder findet er nur Bruchstücke. Für die einzelnen Teile muss er ganze Reiche erobern und unterdrücken. So gelangt ein Reich nach dem anderen unter seine Kontrolle. Rasch, zwei Salmanen später, findet er die Kugel vom Stern, nun muss er nur noch die Zacken finden!
Ein weiteres Salman später wird die neue Generation geboren - die Zwillinge Kora und Yabar!
Sie müssen erreichen, was Kabul verloren hat!

Ende

Die Zeit der Helden und Magier

- Theodoranas Pein

Dragon Fantasy Verlag
8200 Schaffhausen
Autor Stefan Daniel Pfund
© Autor 11. Dezember 2005
© Verlag ab 2005

Schon kurz nach dem Sieg gegen die Fremden vom Himmel, verändert sich Vestor in beängstigtem Masse. Von dem treuen und loyalen Krieger blieb kaum etwas übrig! Von da an treiben ihn Gier und Hass voran! Er will sich seine Macht sichern, dafür braucht er verlässliche Diener, Gesellen und vor allem loyale Krieger.

Ein „Opfer" hat er bereits gefunden, Tismis, sie soll seinen wichtigsten Schatz hüten, das Pulver, das die Fremden vernichtete. Von dem er sonst niemandem erzählte! Sollten die Fremden je wieder erscheinen, wäre das Pulver von größtem Wert, aber einfach so bei sich behalten will er es nicht, er muss es verstecken! Deshalb braucht er ein weiteres „Opfer", einen Zauberer! Der Zauberer soll Tismis Wunsch nach Reichtum erfüllen, damit hätte er zwei Fliegen mit einer Klappe geschlagen!

Vestor reitet Endan und Nadne damit er schnellst möglichst zurück nach Drachenfels dem Sitz der Imperatoren kommt, denn er war gerade in Banaan bei Tismis, um ihren Wunsch zu hören. Die rechte Hand von Kabul, Vestor, weiß genau wen er mit diesem Wunsch behelligen kann. Er braucht einen Magier der mächtig und dumm genug ist, den Lehrling von Hongar, Sgongon ist sein Name! Sgongon ist ein junger, aber sehr mächtiger Maldaaner, schon früh merkte Hongar welche Macht in diesem Jungen steckt, deshalb nahm er ihn rasch unter seine Fittiche.

267

Doch auch in diesen Endanen hat Sgongon seine Magie noch nicht vollständig im Griff. Deshalb schickte Hongar ihn noch nicht in eine der Magieschulen. Zuweilen ist Hongar ein wenig eitel, er denkt, seine Schützlinge sollen gut gebildet in die Schule, damit auch er hervorragend dasteht. Nicht umsonst ist er der Hofmagier des Imperators!

Ohne dem Imperator, Humungus oder anderen wichtigen Persönlichkeiten auf Drachenfels zu begegnen, geht Vestor zur Kammer von Sgongon. Was Anklopfen heißt hat Vestor zwischenzeitlich ebenfalls vergessen. Hastig geht er in die Kammer des Zauberlehrlings, dieser erschrickt und springt aus dem Bett. Vor lauter Schrecken lässt Sgongon kleine leuchtende, magische Blitze aufsprühen.

„Ihr habt mich erschreckt Vestor, hat die Türe kein Holz mehr um anzuklopfen?"

„Die Eile zwang mich einfach hereinzukommen! Ich brauche deine Magie."

Überrascht streift sich Sgongon seine weiten Kleider über den Körper.

„Ihr braucht meine Magie? Weiß Hongar davon, denn ich darf nur mit seiner Erlaubnis zaubern!"

Vestor versucht es mit Schmeicheleien.

„Hongar braucht nichts zu wissen, schließlich bist du ein mächtigerer Magier als er, diesen Geheimauftrag kannst nur du erfüllen!"

Neugierig blickt sich Sgongon um, dann kommt er näher zu Vestor heran.

„Einen Geheimauftrag? Was für einen Geheimauftrag?"

Nun hat Vestor sein „Opfer", wo er es haben will! Die rechte Hand von Kabul kennt die Neugier von Sgongon ganz genau.
„Ach, ich weiß nicht, vielleicht bist du ja doch nicht der Richtige?"
Der junge Magier zittert vor Aufregung, er will es wissen.
„Nein, ich meine doch, doch, ich bin genau der Richtige! Was soll ich tun?"
Trügerisch spinnt Vestor seine Fäden.
„So soll es sein, ich brauche einen magischen Ort, voller Reichtum und Schönheit, eine Frau soll darin ewig leben und etwas verstecken können. Hm..."
Da fällt Vestor noch etwas anderes ein.
„Sie soll aber nicht mehr hinaus können! Ich weiß, noch besser, jeder darf nur einmal hinein, geht er vom magischen Ort weg, dann findet er ihn nicht mehr. Nur ich muss immer ein und aus gehen können!"
Begeistert klatscht der kahlköpfige Sgongon in die Hände.
„Ja, fabelhaft, das ist eine Aufgabe für mich! Ich kenne auch schon den passenden Ort dafür, Wolga! Mein Meister sagt, in Wolga liege die Wiege der Magie, es gibt keinen passenderen Ort dafür! Vielleicht lässt er mich dann in eine der Magieschulen, damit ich meine Ausbildung beenden kann."
Mit straffem Blick mustert Vestor den Magier.
„Sagte ich dir nicht, es wäre ein Geheimauftrag? Also darf auch Hongar nichts davon erfahren. Wo auch immer dieser Ort Wolga ist, wie schnell kannst du dort einen magischen Platz erschaffen?"

„Das geht schnell, in ein paar Endanen?"
Vestor ist zufrieden, ein warmes Gefühl durchfließt seinen Körper.
„In ein paar Tagen...sehr gut! Wo liegt Wolga?"
„Am Rande der Krankkk Wüste, ihr könnt es nicht verfehlen."
„Gut, du wirst hingehen und den Ort erschaffen, und mir einen Schlüssel machen, damit ich immer hineingehen kann, wenn es mir passt!"
Der Magierlehrling von Hongar ist total aufgeregt, er kann es kaum abwarten, bis er loslegen darf.
„Wie ihr wünscht, dann warte ich dort, bis ihr kommt!"
„Äh, nein, du wartest im Wald der Elfen, schließlich soll es keine Zeugen geben! Und das Geheimnis muss gewahrt sein!"
Um ein solches Projekt zu zaubern, ist Sgongon alles recht, er wartet schon lange auf große Taten, die er vollbringen darf.
„Ich werde im verhexten Wald warten..."
Vorwurfsvoll sieht Vestor zu Sgongon.
„Worauf wartest du noch, zieh von dannen und behalte alles für dich!"
Noch am gleichen Endan bricht Sgongon auf, seinem Lehrmeister Hongar erzählt er etwas von Kräutern suchen. Schon jetzt ist Sgongon geschickt darin, seine Gedanken zu verbergen.
Vestor hingegen will wieder nach Banaan reiten, doch vor der Burg passt ich ihn seine neue Geliebte ab, Drisarxis.

Sie ist jung, hat schwarze Haare und ist ebenfalls eine bildhübsche Frau, nicht so schön wie Tismis, aber dafür ist Drisarxis ein wenig rassiger.

„Ich weiß, was du vor hast! Ich sah es mit einer Zukunftsvision! Willst du noch mehr wissen?"

Er steigt vom Pferd und nimmt sie leidenschaftlich in die Arme, ebenso leidenschaftlich küsst er sie mit seiner Zunge und allem was dazu gehört.

„Sag's mir...meine kleine Hexe."

„Du kommst am Wald der Elfen vorbei, Theodorana lebt dort, sie hat etwas mit dem Verschwinden von Kabuls Tochter zu tun! Sie weiß auch, wo ein mächtiges Objekt versteckt ist, dass dich zum Imperator machen kann, und mich zur Imperatorin!"

„So, weiß sie das? Und wer sagt dir, dass ich dich als Frau nehme?"

„Willst du ein Bauerntölpel als Frau? Oder eine ausgekochte Hexe, die dich auf den Thron bringt?"

Er küsst sie nochmals, aber dafür länger.

„Du kennst die Antwort! Wenn ich erfahren würde, wo die verschwundene Tochter von Kabul ist, dann könnte mich niemand mehr aus der Gunst des Imperators verdrängen, kein Humungus und kein Hongar! Das wäre von größtem Vorteil!"

„Vergiss das Objekt nicht, es soll eine gefährliche, magische Waffe sein!"

Vestor horcht auf.

„Eine Waffe? Warum sagst du das nicht gleich? Was ist das für eine Waffe?"

271

„Gerüchte sagen, die Fremden kamen um sie zurück zu holen. Sie soll einem gefallenen Stern gleichen!"

„Ein mächtiger Stern? Ich werde die törichte Tismis in ihr neues Gefängnis begleiten, aber zwischendurch werde ich wohl einen Abstecher in einen Wald unternehmen!"

Sie holt etwas aus ihrem ledernen Sack.

„Hier hast du ein Pulver das die Elfen lähmt und dann habe ich noch etwas, einen Kristallsplitter! Angeblich soll er von dieser Waffe stammen, wen du mit diesem Splitter in die Nähe von Theodorana gehst, entzieht ihr der Splitter die Macht! Sie ist dann verwundbar...nur weiß ich nicht, was mit der Macht danach geschieht!"

Er sieht sich das kleine Stück Kristall an.

„Bist du sicher, dass der Splitter solche Macht besitzt? Theodorana ist sehr mächtig, sonst nehme ich lieber eine kleine Armee mit!"

Sie schüttelt ihren Kopf.

„Lieber nicht, es soll nicht jeder erfahren, was wir vorhaben!"

Wenn Drisarxis ihre Intrigen spinnt, weiß Vestor immer wieder aufs neue, warum er sie so sehr liebt. Doch diese Liebe ist nicht groß genug, damit die Hexe ihn auf den Thron begleiten darf. Heimlich hat Vestor schon Pläne geschmiedet, für die Zeit nach Kabul, falls er, Vestor, Imperator wird. In diesen Plänen kommt Drisarxis nicht vor, aber so lange sie von Nutzen ist, wird er sie dulden!

Drisarxis hingegen möchte einen mächtigen Mann an ihrer Seite wissen, dann hätte sie nämlich ebensoviel Macht, würde im Reichtum schwimmen und müsste nie wieder auf andere achten. Dafür nimmt sie auch die Untreue von Vestor in Kauf, sie weiß ganz genau, dass er noch weitere Konkubinen trifft. Leider kann sie ihr eigenes Schicksal nicht genau erkennen und so hofft sie auf Vestors Interesse an ihr. Ohne das Interesse von Vestor an ihr, würde er sie sofort fallen lassen.

Die Veränderungen in Vestor sind überdeutlich, auch Hongar bemerkte sie, mehr noch, er sieht in Vestor eine große Gefahr. Da die Zukunft wandelbar ist, weiß der Hofmagier von Kabul, nicht genau was Vestor vor hat. Eines jedoch sah er, Theodorana ist in Gefahr. Zu gleichen Had, wie Vestor bricht auch der Hofmagier von Kabul auf. Hongars Bart schwebt, wenn er auf dem Pferd sitzt, nur kurz über dem Boden. In seinen Augenwinkel sieht er Drisarxis verschwinden, er kennt die Hexe und weiß wie gefährlich sie ist. Der Magier ist zwar verwundert, dass sie in der Nähe von Drachenfels ist, aber dafür hat er jetzt keine Zeit. Hongar hat das schnellste Pferd von Drachenfels unter seinem Hinterteil, mit dem edlen Reittier kommt er schnell zum verhexten Wald der Elfen.
Der verhexte Wald der Elfen sieht von außen gefährlich aus, doch innen wird sein Anblick lieblich schön.

Die Elfen flohen vor langer Zeit in diesen Wald, weil sie der letzte Herrscher des Pulma Reiches verfolgen ließ. Theodorana ist Hexenmeisterin und Herrin der Elfen, sie besteht nur aus Lebensenergie, ihre langen, blonden Haare reichen bis zum Boden. Stets hat sie weiße Kleidung an, ihre zarte Haut gibt ihr eine übernatürliche Schönheit!

In Ihrem unterirdischen Schloss lebt sie mit einem menschlichen Diener der sich Hector nennt. Hector hat bestimmt schon vierzig Salmanen auf dem Buckel, er ist ihr treu ergeben und würde jeder Zeit für seine Herrin sterben.

Hongar lässt sein Pferd oberhalb des Eingangs stehen, die Elfen wachen über das Ross. Rasch steigt er die lange Treppe nach unten, so schnell es sein langer Bart zulässt, dort empfängt ihn Hector.

„Ich wünsche ihnen einen magischen Endan, Hongar. Ist ihr Bart schon wieder länger geworden?"

Der Magier übergibt dem Diener seinen Umhängemantel.

„Dir wünsche ich einen friedlichen, mein guter, alter Hector. Ja, das verflixte Ding, eines Endans schneide ich ihn ab!"

Hector faltet den Umhang des Magiers über seinen rechten Unterarm.

„Ach, die Arbeit tut mir gut, und ruhen kann ich auch in der Schattenwelt. Das sie ihren Bart schneiden, sagen sie bereits seit wie vielen Salmanen?"

Hongar lächelt, zu gerne hätte er auch einen solchen braven und treuen Diener wie Hector.

„Seit viel zu vielen! Solltest du einmal genug von meiner Freundin Theodorana haben, dann weißt du ja, wo ich bin!"

„Euer Angebot ehrt mich, aber mein Leben wird wohl in dieser Burg enden, außer meine Herrin zieht um. Ihr habe ich mein Leben gewidmet, würde sie es in die Schattenwelt wünschen, würde ich für sie freiwillig den Weg antreten!"

In diesem Augenblick erscheint die liebliche Theodorana. Sie gleicht einem Engel, ihre Schritte sind zauberhaft.

„Willst du mir schon wieder meinen guten Hector abwerben?"

Lachend mahnt sie ihren Freund mit dem Zeigefinger, doch Hongar lacht nur zurück.

„Du weißt ja nicht, was du an ihm hast! Mein Lehrling ist nicht halb so fleißig, wie dein Diener. Momentan weiß ich nicht einmal wo er ist!"

„Ha, dafür ist Sgongon schon jetzt eines der mächtigsten Wesen auf dem Planeten! Er wird eines Endans noch mehr Macht als wir beide besitzen!"

„Das mag sein, doch seine Weisheit liegt unter viel Naivität begraben!"

„Wie ich dich kenne, bist du nicht wegen deinem Schützling gekommen!"

Über seinen Bart stolpernd geht er näher zu Theodorana.

„Verflixt, eines Endans schneide ich ihn ab!"

Die Hexenmeisterin und Herrin der Elfen lächelt.

„Machst du ja doch nicht!"

Beide gehen in den Empfangsaal und setzen sich auf weiche Sessel, Hector tischt ihnen ein gekochtes Getränk aus Blättern auf.

„Nein, wahrlich, ich bin nicht wegen meinem Lehrling zu dir gereist. Und auch nicht wegen dem äußerst köstlichen Tees. Schlimme Visionen plagen mich, Vestor hat etwas mit dir vor!"

„Vestor? Die rechte Hand von Kabul? Das ist doch so ein netter Junge. Ist er nicht in eine Bauerntochter verliebt?"

„Jung ist er nicht mehr und nett schon gar nicht! Ich glaube, selbst die Liebe und ihre Bedeutung hat er vergessen! Sein Wesen ist verändert, ich fühle viel Böses in ihm. Ich vermute, er hat erfahren das du in die Entführung von Kabuls Tochter verwickelt bist."

„Und wenn schon, was will mir ein normaler Krieger anhaben? Meine Magie ist stärker als die härteste Klinge! Soll er kommen, meine Elfen werden ihn gebührend empfangen! Kein Metall kann mich ohne Magie durchdringen, nicht hier im verhexten Wald der Elfen. Zuviel Magie der Elfen strömt durch den Wald, als dass er mich nur schon in seinen Träumen töten könnte."

„Sei nicht so erhaben, Vestor ist klug und böse zugleich, wenn er kommt, dann hat er bestimmt eine Strategie! Seine Gedanken verraten ihn, er träumt bereits vom Thron!"

„Ein Schlachtplan nützt ihm nichts gegen meine Magie. Auch Tausend Krieger könnten meine Elfen in diesem Wald nicht besiegen! Dafür sorgte ich in der Vergangenheit, nie wieder soll es ein Massaker an meinem Volk geben. Unser Wald besteht aus reiner Elfenmagie, nur andere magische Wesen hätten Möglichkeiten...aber er ist nur ein Krieger, was sage ich da?"

Hongar schlürft das heiße Blättergetränk aus einem hohen, schön verzierten gläsernen Kelch.

„Sollte er es wagen und herkommen, dann wird er alleine sein, so sagt es meine Vision..."

„Willst du mir Angst machen? Dann hast du es nicht geschafft! Begreife doch, Vestor ist keine Gefahr für mich! Doch, es ist merkwürdig, die Zukunft ist um ihn herum getrübt, ich kann nichts erkennen. Ach was, lass uns lieber über schöne Dinge sprechen...manchmal sind Visionen nur Alpträume unseres Unterbewusstseins!"

Noch lange verweilen die zwei auf großen, flauschigen Sesseln und schlürfen gekochtes Blätterwasser. Theodorana schlägt alle Warnungen in den Wind, sie verlässt sich vollkommen auf ihre Macht!

Der teuflisch, intrigante Vestor hat sich auf dem Weg nach Banaan noch ein Pferd besorgt. Natürlich hat er es nicht bezahlt, sondern dem Besitzer, einem fahrenden Händler, den Kopf abgeschlagen. Kein Funken an guten Gedanken ist in Vestor mehr zu finden, das erkennt auch seine Exgeliebte Tismis!

Doch das ist ihr egal, sie will ihren Traum verwirklicht haben. Der Alptraum aus Armut, Hunger und Tod hat sie genug lang erlebt, es reicht ihr, nie wieder will sie nach Banaan zurückkehren.

Als Vestor in ihr Dorf kommt, steigt sie sofort auf das mitgebrachte Pferd. Der angehende Tyrann zieht eine Augenbraue hoch.

„Kein Gepäck?"

So kühl wie er sie begrüßt, grüsst sie zurück.

„Keine Begrüßung? Nein, was sollte ich mitnehmen, ich besitze nicht einmal mehr Schuhe!"

Mehr schlecht als recht lässt sich Vestor das rüde Benehmen von Tismis gefallen, seine einstige Liebe lässt ihn ein wenig sanftmütig werden.

Aber sein Hass gegen alles und jeden kann immer und zu jeder Zeit wie ein Vulkan ausbrechen!

Tismis spornt ihr Pferd an, sie will so schnell wie möglich in ihrem neuen Heim sein. Vestor will natürlich nicht langsamer sein, das würde seine Ehre nicht zu lassen. So hetzen die Beiden über Felder, Wiesen und Wälder.

„Ich muss noch einen Abstecher zum Wald der Elfen machen. Du kannst in der Zwischenzeit weiter reiten!"

Konstaniert sieht sie zum dunkel gewordenen Krieger.

„Wo muss ich hin?"

„Zum östlichen Ende der Wüste Krankkk, reite ein wenig in die Wüste und kehre um.

Dann siehst du dein Reich, aber bleib dort! Wenn du wieder hinaus reitest, findest du dein Zauberreich nie wieder! Du kannst deinen Reichtum und deine ewige Jugend nur dort genießen!"

„So hatten wir das aber nicht abgemacht!"
Knurrend vor Zorn will er sie ankeifen, aber noch einmal hält er sich zurück.

„Sei froh, dass ich dir überhaupt einen Wunsch erfülle!"

Tismis weicht, im Sattel, ein wenig eingeschüchtert zurück, sie will es sich mit ihrem Exgeliebten nicht noch im letzten Moment verderben. Jetzt da sie für immer und ewig im Reichtum leben kann, darf sie keine Fehler machen. Vestor ist unberechenbar geworden, sei's drum, sie will eh nie mehr nach Banaan zurückkehren. Da kann sie gerade so gut für immer in ihrem neuen zu Hause bleiben.

„Gut, ich werde in meinem neuen Reich bleiben..."

Als Tismis ihm zustimmt, beruhigt sich Vestor wieder, nun reitet er nach Süden, Tismis hingegen reitet weiter nach Westen, um einen kleinen Schlenker nach Süden zu machen.

Vor dem verhexten Wald der Elfen wartet bereits Sgongon. Der Zauberlehrling von Hongar besitzt sehr viel Macht, er hat das Schloss für Tismis an einem Endan erschaffen. Kein anderer Magier kann solch ein Werk in so kurzer Zeit erbauen!

Hinter einem dicken Baum wartet der Magielehrling, Vestor steigt direkt vor Sgongon von seinem Pferd.

Der Lehrling selbst hat kein Pferd dabei, kein sichtbares auf jeden Fall.

„Ich dachte du wartest im Wald, damit uns niemand sieht?"

Ängstlich blickt sich Sgongon um.

„Ich sah meinen Meister, er kam von Theodorana, sie sind gute Freunde. Hätte er mich gesehen, wäre er wütend geworden. Und die Elfen sind nicht gerade meine Freunde..."

Das alles interessiert Vestor nicht.

„Hast du das Reich geschaffen und für mich einen Schlüssel gemacht?"

Der Lehrling nickt mit seinem Kopf. Sgongon ist sich seiner Macht nicht wirklich bewusst, sonst trüge er nicht so viel Angst in sich.

Beiläufig fragt Vestor seinen kleinen Magier.

„Du hast wirklich nur einen Schlüssel gemacht?"

Sgongon zuckt zusammen, er reicht Vestor ein dreieckiges Stück Metall mit zahlreichen Löchern. Dem Lehrling kommt nun ungelegen, dass er nicht lügen kann.

„Ja, nein, nicht wirklich, ich meine..."

Vestor nimmt einen dünnen, ledernen Riemen und macht den Schlüssel daran fest, das ganze bindet er sich um den Hals.

„Sag schon, hast du noch mehr gemacht?"

„Ja ich dachte, ihre Frau brauche auch einen, aber ich habe den zweiten Schlüssel im Schloss versteckt, man findet ihn in hundert Salmanen nicht!"

„Und wenn niemand davon weiß, sucht auch keiner danach...na gut."

Vestor zieht unbarmherzig und kalt einen Dolch aus seinem Gürtel. Ohne Regung sticht er die Klinge ein dutzend Mal in den Magen von Sgongon. Das geschieht so schnell, dass der Lehrling gar nicht reagieren kann! Tot fällt der Lehrling von Hongar zu Boden.

Sein Leben ist ausgelöscht, bevor er der mächtigste Magier der Welt werden konnte. Keiner wird je erfahren, was mit dem Magielehrling geschehen ist, denn Vestor verbuddelt ihn vor dem verhexten Wald der Elfen! Ein namenloses Grab ist die letzte Ruhestätte von Sgongon. So viel hatte sich der Magielehrling noch vorgenommen, doch er hörte nicht auf seinen Meister und ließ sich von der dunklen Seite locken.

Nachdem Vestor die Leiche versteckt hat, reitet das menschliche Böse in den Wald der Elfen, natürlich lässt sich Vestor vom abscheulichen Äußeren des Waldes nicht abschrecken. Nach ein paar Fuß beginnt bereits die Schönheit der elfischen Magie zu sprießen, rasch erkennen die kleinen, fliegenden Wesen den Eindringling. Surrend greifen sie Vestor an, dieser öffnet die Flasche mit dem Pulver von Drisarxis, augenblicklich schwebt das Pulver in die Luft und verteilt sich im gesamten magischen Wald.

Die Elfen bleiben in der Luft stehen, sie husten und fallen zu Boden! Die magischen Wesen sind nicht tot, nein, nur gelähmt! Jede Elfe im Wald ist starr und bewegungsunfähig, für diese Magie musste Drisarxis viel von sich hergeben, da mächtige Magie sehr viel „kostet"!

Magie kostet zwar kein herkömmliches Hoggs, dennoch zahlt jeder einen Preis, der Magie anwendet. Desto stärker die Magie ist, desto höher wird der Preis dafür sein!

Lachend reitet Vestor weiter zum Schloss der Hexenmeisterin und Herrin der Elfen, Theodorana, dabei zertrampt sein Pferd unachtsam mehrere Elfen die bewusstlos am Boden liegen. Jedes Mal wenn die Hufen eine Elfe trifft knackt es fürchterlich! Zudem kann ein genauer Beobachter ein ganz kleines Lächeln an Vestor erkennen, wenn eine Elfe zerdrückt wird.

Beim Eingang zum unterirdischen Schloss angekommen, steigt der unmenschliche Krieger von seinem Pferd. Höhnisch blickt er zu den Hufen des Vierbeiners, darunter erkennt er, wie diverse Elfen am Metall des Hufeisens kleben. Jede Elfe die der Häscher des Bösen auf dem Boden liegen sieht, zerdrückt er ebenfalls mit seinen langen Stiefeln, dabei lacht er höhnisch in die Welt hinaus. So sterben hundert Elfen einen grausamen Tod! Sie können sich nicht einmal wehren, manche müssen das Unausweichliche mit offenen Augen erdulden, sie erkennen und wissen, dass sie mit dem nächsten Fußtritt in die Schattenwelt übertreten. Welch eine Angst muss in einer solchen Elfe vorherrschen? Mit vollem Bewusstsein lebendig erdrückt zu werden ist alles andere als schön.

Seine großen, teuflischen Schritte hallen von den Wänden der Treppe, Vestor geht die Stufen zu Theodorana hinunter, bereits mit einer Vorfreude im Gesicht.

Am Ende der Treppe erkennt Hector das Verhängnis, doch Vestor schlägt auf den Diener ein, bis der ohnmächtig zu Boden geht. Da erscheint, vom Lärm aufgeschreckt, Theodorana selbst, sie spürt das Leid der Elfen. Ein unbehagliches Gefühl durchfährt den Körper der Herrin der Elfen, sie fühlt sich schwach und ausgelaugt.

Vestor will mit seinem Schwert gerade Hector erstechen, doch die gute Hexe hält ihn zurück.

„Was tust du da, lass ab, oder du gräbst dir selbst dein Verderben!"

Sie hält ihre Hände gegen Vestor, dieser lacht nur.

„Dann zeige mir deine, ach so große Magie..."

Trotzig steckt er sein Schwert in die Scheide zurück. Von einem Wandteppich reißt er mehrere Kordeln ab und bindet damit Hector zusammen.

Theodorana kann es nicht glauben, dieser Wicht will ihr trotzen. Sie konzentriert sich mit jeder Faser ihres Körpers und...und es geschieht nichts!

Lauthals lacht Vestor noch hässlicher als zuvor.

„Wo ist denn deine Magie geblieben? Ich dachte du wolltest mich strafen?"

Ängstlich versucht sie nochmals Magie sprießen zu lassen, aber ihre Macht ist scheinbar versiegt.

„Das kann nicht sein...weh mir...hätte ich auf Hongar gehört...verschwinde, oder ich melde es Kabul!"

Vestor knirscht mit seinen Zähnen, er denkt, wie schön wäre es, wenn Theodorana vor ihm am Boden läge. So wie er es dachte, so geschieht es auch! Eine unsichtbare Macht drückt die widerstrebende Hexe zu Boden. Vestor hat Magie in sich! Der Splitter nimmt Magie von der Hexe und gibt sie ihm!

„Das ist ja fantastisch, was nur ein Splitter dieses Sterns bewirken kann! Wenn ich die gesamte Waffe habe...ha! Ich bin der neue Herrscher des Imperiums!"

Auf dem Boden kriechend versucht sie zu entkommen, doch Vestor beugt sich über sie. Er hält ihre Hände fest, dreht sie auf den Rücken, damit sie ihm in die Augen sehen muss. Mit seinem Körper drückt er sie ganz fest nach unten.

„Sage mir ein paar Sachen!"

„Nie!"

„Sei nicht so hochnäsig, sonst ergeht es dir schlecht!"

„Wenn Kabul das erst erfährt, bist du Geschichte..."

„Wenn du es Kabul sagst, komme ich zu dir zurück, wenn es sein muss jeden verfluchten Endan! Doch dann werde ich nicht nur dich bestrafen, sondern auch deine Elfen! Meine Stiefel werden nur so von ihrem Blut tropfen! Aber etwas anderes, sage mir wo die Waffe, dieser Stern der Macht, ist. Und wer die Tochter von Kabul hat!"

„Nein..."

Wütend schlägt Vestor der lieblichen Frau ins Gesicht, doch dabei belässt er's nicht.

Er zieht ihr Kleid hoch und seine Hose aus, grausam und barbarisch vergeht er sich an ihr! Wie kann ein Wesen nur so grausam sein, die gute, arme Hexe kann sich nicht wehren. Immer wieder erniedrigt sie der Unhold von teuflischen Gnaden.

Seine Gier nach dem Geschrei der Hexe ist unauslöschlich, Hector ist geknebelt, er kann ihr nicht helfen, aus seinen Augen winden sich die Tränen. Die Elfen sind starr, auch sie sind machtlos, so ist die Hexenmeisterin vollkommen der Gnade von Vestor ausgeliefert. Durch die Magie des Waldes, hören die Elfen aber telepathisch die Pein von Theodorana, kaum einer Elfe rinnen nicht unzählige Tränen aus den Augen.

Nie zuvor erlebte die Herrin der Elfen solche Pein und Schmerzen, wie soll ihre Seele das nur verkraften. In den wenigen Fiden, in denen Vestor von ihr ab lässt, bringt sie ihrem Diener ein wenig zu Essen. Sie will ihn nicht losmachen, denn sie hat Angst, Vestor würde den treuen Diener töten. Überhaupt hat Theodorana unglaubliche Angst, bei jedem Wort des Tyrannen zuckt sie zusammen, für jeden Schritt den sie macht, fragt sie zuvor Vestor, ob sie dürfe. Sie ist nur noch ein Schatten von ihrer einstigen Blüte. Der höllische Hund von einem Bastard freut sich an jedem Zucken der armen Frau! Er fragt sie nicht einmal mehr nach der Waffe, denn lieber will er die liebe Hexe nötigen!

Einen Andran lang peinigt er die gute Hexe der Elfen, dann plötzlich wird es ihm zu langweilig, er hat schon alles mehrfach mit ihr gemacht und so ergibt sich nichts Neues. Mit seiner flachen Hand schlägt er die Hexe zu Boden.

„Mir ist langweilig, du wirst langsam uninteressant, auch pflegst du dich kaum mehr...mir kommt das Würgen im Hals hoch. Deswegen frage ich dich nur einmal und wenn du mir nicht die richtige Antwort gibst, zerstöre ich dein gesamtes Reich, töte deine Elfen und den von dir heimlich gefütterten Diener!"

Tief verletzt blickt sie auf das Holz der Bodenplatten und nickt.

„Wo ist der Stern der Macht? Wer hat Kabuls Tochter entführt?"

Sie stottert, bringt kaum Worte über ihre gepeinigten Lippen, seit einem Andran hat sie kaum mehr gesprochen.

„Drachenfe...der Stern liegt unter Drachenfels! Kabul hat ihn in einem Raum darunter versteckt! Wer die Tochter hat weiß ich nicht!"

Vestor sieht sie eindringlich an und glaubt ihr! Wie kann er ahnen, dass sie nur beim Stern die Wahrheit spricht. Niemals könnte sie einem anderen Wesen das Gleiche zumuten, was ihr bis jetzt durch Vestor widerfuhr!

„Gut, warum nicht gleich so? Du wirst mich und mein bestes Stück bestimmt vermissen, aber leider muss ich dich verlassen. Solltest du unser Geheimnis ausplaudern, dann komme ich wieder! Und du weißt ja, deine Macht wirkt bei mir nicht!"

Mit einem höllischen Lachen verschwindet Vestor aus dem Reich der Elfen. Nur langsam kann sich Theodorana erholen, müde und abgekämpft befreit sie zuerst Hector, dieser weint bitterlich beim Anblick seiner Herrin. Wäre er nur ein Krieger, dann könnte er Vestor zur Rechenschaft ziehen! Des Dieners Herz zerbricht, nie hätte er es für möglich gehalten, seine Herrin in einem solchen Zustand zu sehen. Mit ihrer letzten Kraft versucht sie noch einmal ihre Macht zu benutzen, wie früher kann sie wieder zaubern, so löst sie die Starre der Elfen.

Schwach und gebrechlich will sie von Hector zu ihrem Gemach geführt werden.

„Nie darfst du oder die Elfen darüber berichten, sonst kommt er wieder..."

Hector und die Elfen werden darüber schweigen, so will es die Hexenmeisterin und Herrin der Elfen Theodorana und so geschieht es!

Ende

Die Zeit der Helden und Magier

- Scars Fluch

Dragon Fantasy Verlag
8200 Schaffhausen
Autor Stefan Daniel Pfund
© Autor Oktober 2006
© Verlag ab 2006

Der Endan ist schön, die Natur zeigt sich von ihrer besten Seite. Wie so oft in diesen schweren Zeiten, geht der junge Scar in den nahen Gulgo Wald jagen. Scar stammt aus einer wohlhabenden Familie, die mit Handel und allerlei anderem reich geworden ist. Die gesamte Familie, einschließlich seiner Frau und seinen beiden Kindern leben in einem großen Haus in der Großstadt Drak. Drak ist die stattlichste Stadt der Dripakken, aber auch die Einwohnerstärkste, was viele soziale Probleme mit sich bringt. Um dem ein wenig zu entgehen, reitet Scar oft hinaus in die freie Natur. Dort jagt er mit Pfeil und Bogen, manchmal auch mit dem Speer nach Karkus Wildschweinen. Diese Wildschweine werden mehr und mehr zu einer Plage, denn es gibt in Gulgo kaum mehr Raubtiere.

Für Drak werden Unmengen von Holz gebraucht, viele Holzfäller gehen Endan ein Endan aus in den Wald um Bäume zu fällen. Um nicht von Raubtieren angegriffen zu werden, wurden alle gefährlichen Tiere ausgerottet, so konnte sich das Karkus Wildschwein rasant vermehren. Das Schwein vermehrt sich so gut, dass die Dripakken der Plage nicht mehr Herr werden, sie haben einfach zu wenig Jäger, um die Schweinepopulation niedrig zu halten. Übrigens ist Karkus Fleisch kaum mehr etwas wert, weil es ständig auf dem Speisezettel von Draks Bewohner steht und es in so großen Mengen geschlachtet wird, dass viel davon den Hunden gratis vorgeworfen wird.

Doch deswegen gibt es auch hunderte von streunenden Hunden in Drak!

Seit dem Umsturz im Imperatorenreich ist das Land Dripak beinahe isoliert, ebenso Allamun das Reich der Amazonen. Bald zwanzig Salmanen ist es her, seit Vestor sich gegen den Imperator Kabul auflehnte und ihn von Maldaan verjagte. Bis vor neun Salmanen wusste keiner, was mit Kabul geschah, doch dann hörte man selbst im Reich der Dripakken, dass der einstige Herrscher in Astonien unterkam und Vestor ihn töten ließ. Anscheinend hatte sich Kabul als König Mangus in Astonien versteckt...

Bislang traute sich die schwarze Armee von Vestor nicht weiter nach Osten vor, denn im Kernreich gibt es genügend Probleme.

Viele Völker lehnen die Herrschaft des Tyrannen ab, an vielen Orten begannen Kleinkriege gegen die schwarzen Truppen des Höllensohnes. Nur einige Spitzel von Vestor wagen es gelegentlich ins Land der Dripakken zu reisen, angeblich suchen sie Teile einer mächtigen Waffe. Aber das sind nur Gerüchte, und so können die Dripakken relativ ruhig leben, auch wenn der Handel momentan beinahe still steht. Das gibt Scar wenigstens die Zeit, um sich mit der Jagd zu vergnügen. Ohne Probleme kann Scar durch den lichten Wald reiten. Sobald die Karkuse Huftritte hören rennen sie davon. Ein einzelner Jäger muss sich dementsprechend mehr bemühen als Treibjäger, denn mehrere Jäger können die Schweine zusammentreiben und ganz leicht erlegen.

Der edel geborene Scar will es gar nicht leicht haben, erstens hat er genügend Zeit, um der Jagd zu frönen und zweitens macht es ihm mehr Spaß, wenn er hinter einem schweren „Brocken" her reiten kann. Scar liebt das Einfache, deswegen lässt er seinen Titel, Ses, fast immer beiseite, wenn er sich jemandem vorstellt. Er nennt sich schlichtweg nur Scar, nicht Scar Ses! An diesem Endan ist es wie verhext, kein Karkus will sich zeigen. Die Spuren auf dem Boden deuten dabei auf zahlreiche Schweine hin, sie müssen alle wie wild davongelaufen sein. Aber eine Treibjagd oder ein anderer Jäger ist nicht auszumachen. Es hat nur Schweinespuren auf dem Boden, als wären sie panisch vor etwas davongelaufen. Aber was könnte das sein?

Das Verschwinden der Schweine gibt Scar ein Rätsel auf, noch nie hat er so etwas erlebt. Normalerweise muss er nur in den Wald reiten und hat nach ein paar Fiden bereits ein Schwein erlegt. Suchend reitet er durch den gesamten Wald, es will sich aber kein Schwein zeigen, die vielen Spuren sind auch nicht hilfreich, denn so kann er kein einzelnes Karkus richtig ausmachen und verfolgen. Nach ein paar Haden reitet Scar aus dem Wald, schon will er über die Wiese Richtung Drak reiten, da erkennt er von weitem ein schnell rennendes Karkus Schwein, ganz offensichtlich ein weibliches!

Rasch wendet er sein Pferd und reitet dem Schwein nach! Das fliehende Tier will in den Wald flüchten, die Geschwindigkeit des Schweins ist außergewöhnlich hoch.

Geschickt holt Scar, während dem Reiten, seinen Bogen vom Rücken, nimmt einen Pfeil aus dem Köcher, der am Sattel hängt.

Wegen dem wilden Ritt über die Wiese, muss sich Scar mit seinen Beinen fester in den Sattel drücken, nun zieht er den Pfeil an der Sehne vom Bogen auf. Die Zügel hat er zuvor am Sattel befestigt, sein Pferd weiß instinktiv was es tun muss, es sprintet dem Schwein hinterher. Jetzt lässt Scar die Sehne des Bogens los, der Pfeil schießt sofort durch die Luft auf das Schwein zu. Scar ist ein zu guter Schütze, als das er nicht treffen würde. Die Wucht des Pfeils durchbohrt den Körper des Karkuses und fliegt noch einige Fuß weiter. Das Schwein hingegen wird zu Boden geworfen, blutend bleibt es im Gras liegen, plötzlich taucht ein anderes, viel größeres weibliches Schwein auf. Es rennt zum getroffenen Karkus, dort verwandeln sich beide Schweine in weibliche Menschen, genauer in zwei Amazonen!

Da schießt es Scar durch den Kopf: Hexen! Er hat gerade eine Frau getötet! Der Dripakke hält sein Pferd an, steigt aus dem Sattel und geht zu den zwei Frauen.

Die ältere Amazone giftet ihn an.

„Du hast meine geliebte Ipririe getötet, warum hast du das nur getan?"

Scar ist nicht nur Sohn eines Händlers, er wurde auch von den besten Kriegern zu einem sehr guten Kämpfer ausgebildet, aber eine Frau so zu töten, passt nicht in sein Idealbild eines Kriegers.

„Ich...ich dachte, sie wäre ein Karkus Wildschwein, wie sollte ich ahnen, dass ihr Amazonen Hexen seid?"

„Das ist ganz alleine deine Schuld, versuche dich nicht herauszureden! Sie sollte die Verwandlung üben, und dann hast du sie getötet..."

„Jetzt weiß ich auch, vor was die Schweine geflohen sind, sie spürten eure böse Magie!"

Die Frau steht auf.

„Böse?! Du sprichst von böse! Du bist der Böse, du hast meine junge, wehrlose Tochter getötet! Sie war alles was ich je geliebt habe, sie war meine helle Seite und du hast sie mir genommen! Aber meine Rache wird fürchterlich sein, ich werde dir auch alles nehmen, was dir lieb und teuer ist!"

Der Dripakke will das nicht akzeptieren, schließlich fühlt er sich nur bedingt schuldig, wäre sie nicht als Karkus herumgerannt, sondern hätte sich als Amazone zu erkennen gegeben, wäre das Unglück nicht geschehen.

„Ich gestehe, dass ich sie als Karkus Schwein getötet habe, aber es war völliger Leichtsinn in dieser Gegend als Karkus herumzulaufen! Somit trägt deine Schuld wohl schwerer..."

Böse blickt die Hexe zum Dripakken.

„Nein, so leicht werde ich dich nicht aus der Schuld lassen! Ich werde dich verfluchen, mein Fluch wird nicht nur dich treffen...du sollst auf ewig jeden töten den du liebst! So lange ich lebe, wirst du mit meinem Fluch leben!

Dafür werde ich sorgen! Darauf kannst du dich verlassen...meine Rache wird dich noch in deinem Schlaf verfolgen!"

Scar wird es plötzlich anders, sein Körper zwingt ihn Dinge zu tun, die seine Seele nicht ausführen will.

„Nein, das ist nicht gerecht, ich...was hast du getan, meine Liebe - sie leitet mich! Sie will das ich töte...nein...zuerst werde ich dich töten..."

Mit ganzer Kraft versucht er seinen Körper zur Amazonen Hexe zu dirigieren, seine Kraft ist jedoch viel zu schwach für diesen starken Fluch.

Die Hexe beginnt, wie eine Irre, lauthals zu lachen.

„Ha ha ha, bevor du den Fluch nicht erfüllst, kannst du nichts anderes tun, deine Liebe wird dich zu deinen Opfern führen. Keiner den du liebst wird überleben, denn du sollst so lange in diesem Zustand bleiben, bis ich etwas anderes will."

„Nein, das darf nicht sein..."

Der Fluch wirkt bereits, Scar kann sich nicht wehren, automatisch steigt sein Körper auf sein Pferd und reitet nach Drak. Selbst sein sonst starker Willen kann seinen Körper nicht mehr lenken, Scar ist nicht mehr Herr seines Leibes.

Der Endan neigt sich dem Ende zu, die Mutter Sonne will aber noch nicht untergehen, denn sie weiß von dem Fluch über Scar.

Mit ihren Strahlen krault sie über den Körper des Dripakken, aber auch ihre wärmenden Strahlen können den Fluch nicht brechen!

Sein edles Pferd trägt Scar rasch nach Drak, ohne etwas zu sagen oder sich zu rühren, reitet er zu seinem Herrschaftshaus in Mitten der Großstadt. Freunde, Bekannte oder Verwandte, die ihn sehen und grüssen beachtet er gar nicht. Nur seine Liebe leitet ihn, doch die Liebe kann trügerisch sein, denn Scars Fluch verwandelt seine Liebe in etwas Scheußliches.

Vor dem stattlichen Herrschaftshaus wartet bereits Scars Familie, sein Sohn hat ihn von weitem gesehen und alle hergerufen. Seine schöne Frau, ihre gemeinsame Tochter und der Sohn strahlen ihre Freude heraus. Die prächtigen Kinder erwarten ein Geschenk und die Frau ist glücklich ihren Mann unversehrt zurück zu haben.

Scars Verstand ist zwar klar und bei Sinnen, aber sein Handeln wird vom Fluch geleitet, was jetzt geschieht ist das Werk der bösen Hexe. Der Dripakke zieht sein Schwert, das er an der Hüfte führt, er versucht dem Fluch nicht zu folgen, seine Hand gehorcht ihm aber nicht. Seine Familie kann das Handeln des Vaters und Ehemannes nicht verstehen. Sie fragen sich, warum er sein Schwert ziehen möge?

Da schwingt Scar sein Schwert mit leichtem Schwung hin und her. Die Köpfe seiner Kinder fallen auf den Steinboden der Stadt.

Seine wunderschöne Frau schreit kurz auf, da durchsticht die Klinge von Scar bereits ihren makellosen Körper. Ohne Zögern zieht Scar das Schwert aus dem leblosen Körper, dann geht er ins Haus. Von außen hört man zwei Schreie, die Eltern von Scar sind nicht mehr. Nach dem Tod von seinen Eltern kann sich Scar wieder regen, sein Körper gehorcht ihm wieder! Tränen kullern aus seinen Augen. Er blickt zu seinem, von oben bis unten, aufgeschlitzten Vater und seiner Mutter, die mit aufgeschnittener Kehle vor ihm liegt.

„Neeeiiin, was habe ich getan? Was hat mir diese Hexe angetan? Das wird sie mir büssen! Ich werde sie jagen wie ein Karkus Schwein. Das hat meine Familie nicht verdient, sie hätte mich alleine bestrafen können. Liebend gerne wäre ich für sie gestorben, aber diese Tat, diesen Fluch wird sie bezahlen..."

Weinend geht Scar auf die Knie.

In Drak geht das Gerücht über den Tod von Scars Familie rasch umher. Die Richtermagier urteilen über Scars Verhalten, sie erkennen den Fluch von Anakirie und befreien Scar von jeglicher Schuld. Sie weisen ihn aber an, sich, solange die Hexe lebt, nicht mehr zu verlieben! Zugleich wird die Hexe für schuldig befunden, den Fluch ausgesprochen zu haben, somit ist sie in Dripakk eine gesuchte Mörderin. Anakirie erfährt von dem Steckbrief und setzt ihrerseits eine Belohnung aus, für die Ergreifung von Scar.

Wobei die Amazonenhexe kaum Hoggs besitzt und somit fast niemand Interesse zeigt, einen solch exzellenten Krieger herauszufordern!

Scar dagegen verlässt Drak, er versiegelt sein geerbtes Herrscherhaus und geht bei Casandra, Oberpriesterin der göttlichen Sonnenschwestern, in die Lehre, um mehr über Magie zu erfahren. Ein guter Krieger weiß nämlich, nur wer viel über seinen Gegner weiß, kann ihn wirklich besiegen. Nach drei Salmanen bei Casandra beginnt Scar systematisch nach Anakirie zu suchen...

Ende

Die Zeit der Helden und Magier

- Die andere Rasse

Dragon Fantasy Verlag
8200 Schaffhausen
Autor Stefan Daniel Pfund
© Autor 19.04.2009
© Verlag ab 2009

Südwestlich von Tupadan in der Nähe des Ys Flusses gibt es einen ganz speziellen Wald, kaum ein Wesen, außer Tieren, versucht durch oder in diesen Wald zu gehen! Denn die Bäume dieses Waldes sind nicht wie andere Bäume, diese denken und leben wie Häuser bauende Wesen! Die Bäume, sie nennen sich Boods, sehen imposant aus, fast alle haben schwarzes Holz, einige braune Flecken, und weiße Blätter. Durch das Schwarz saugen sie die Wärme der Sonne auf, damit sie nicht überhitzen, weisen die weißen Blätter die Wärme wieder ab und geben Kühlung. Mittels ihren Blättern und Ästen können sie auch sprechen, es klingt zwar wie ein zischendes Schweben, dennoch sprechen sie die menschliche Sprache!

Ihre Legende besagt: einst wurden ihre Samen von anderen Wesen hierher verstreut, aus diesen wuchsen sie heran. Sie müssen also, wie viele andere Wesen auch, von einem anderen Reich stammen! Seit vielen Salminen leben sie hier, immer wieder müssen sie Krieg gegen andere Wesen führen, die ihr Holz stehlen möchten. Die Boods sind nicht harmlos, im Gegenteil, sie sind schwer bewaffnet, als ganzer Wald kaum zu besiegen! Jeder Baum produziert unterarmlange Stacheln die sie mit enormer Wucht von sich weg schießen können. Von diesen Stacheln kann ein Baum mehrere Dutzend auf einmal tragen, zudem wachsen die „Waffen" innert Kürze wieder nach. Diese Stacheln sind verhärtet, sie durchschlagen selbst sehr gute Rüstungen.

In der Mitte des Boods Waldes gibt es aber noch andere Bäume die nur einen Stachel wachsen lassen, dafür sind die enorm lang und schwer. Wird jemand von so einem enormen Stachel getroffen, bleibt kaum mehr etwas von ihm übrig!

Neun Salmanen sind seit dem großen Krieg gegen Vestor vergangen, selbst die Boods haben davon gehört. Immer wieder versuchten schwarze Krieger Bäume zu fällen die zum Wald der Boods gehörten, denn Holz war damals kriegswichtig. Somit kämpften die Boods ebenso im Krieg wie die meisten anderen Wesen.

Südwestlich ihres Waldes liegt eine Trollstadt, Trohloh, auch wenn deren Häuser aus Stein gebaut sind, brauchen sie Unmengen an Holz.

Leider gibt es kaum andere Hölzer als das der Boods, was immer wieder zum Krieg zwischen Trolle und Boods führt.

Doch die Boods sind auch untereinander zerstritten, es gibt fünf Bäume die gleich alt sind, diese Fünf sind die ältesten unter ihnen, zumindest haben sie als einzige, aus ihrem Salmingang, bis jetzt überlebt. Der jeweils älteste Baum regiert die Boods, doch der Streit zwischen diesen Fünfen lässt die Boods Regierung entgleiten. Die Bäume keifen sich gegenseitig an, niemand hört auf irgendjemanden, womit die Boods ziemlich verletzlich sind. Noch eine Schwierigkeit kommt dazu, denn die Boods besitzen keine Namen, und so können die Bäume eigentlich nicht genau sagen, für welchen alten Baum sie als Anführer sind.

Momentan stehen die fünf Ältesten direkt nebeneinander im Kreis, sie brauchten eine lange Zeit, bis sie sich an diesen Platz geangelt haben, denn durch ihre Wurzeln können die Boods sich an einen anderen Platz ziehen. Kaum ein Boods versteht noch, was die Streithähne von sich geben, denn sie schlagen sich ihre Baumkronen gegenseitig aneinander, so wird die Sprache vernuschelt.

Da niemand wirklich die Boods regiert, machen die anderen Bäume was sie wollen, so haben sich ein knappes Dutzend einen Platz außerhalb des Waldes gesucht. Sie wollen einen eigenen Wald gründen! Den Ältesten ist das nicht aufgefallen, sie haben genug mit Streiten zu tun. Außerhalb des Waldes sind Bäume Freiwild, nur durch den Schutz der Gemeinschaft können die Boods überleben.

Schon schlürfen an die dreißig haarige Trolle an die freistehenden Boods heran. Ihre großen Augen und die nach außen stehenden Zähne geben den Trollen ein dämonisches Aussehen, was ihnen allerdings nicht gerecht wird, da sie sich fast endanlich waschen. Die Trolle haben mächtige Äxte dabei, schon vor einem Endan hat einer der ihren die freistehenden Bäume entdeckt.

Die freistehenden Boods rücken näher zusammen, da greifen die Trolle bereits an! Sie hacken und stechen auf die Boods ein, diese spicken ihre Stacheln gegen die Angreifer.

Ein paar der Trolle werden getroffen, ihre Körper schleudern durch die Wucht des Aufpralles nach hinten, kaum einer der Getroffenen überlebt so einen Stachel! Mit viel Fleiß schlagen die Trolle auf die Bäume ein, bereits haben sie vier gefällt, zischendes Schreien aus den Baumkronen ist zu vernehmen. Nun haben die allein stehenden Boods kaum mehr eine Überlebenschance, denn alle angreifenden Trolle stehen unmittelbar neben den Bäumen, so können die nur noch mit den Ästen und den Wurzeln kämpfen! Ihre wichtigste Waffe die Dornen sind nutzlos, da sie so nahe nicht einsetzbar sind. Der Kampf ist entsetzlich, ein Baum nach dem anderen fällt, auch ein, zwei Trolle werden von Ästen aufgespießt.

Endlich driftet der Kampfeslärm an die Bäume des eigentlichen Boods Waldes, entsetzt blicken sie zum Gemetzel, selbst die Alten beenden ihren Streit. Ein lautes Aufschreien durchhallt den Wald, denn alle Bäume der äußeren Kolonie sind gefällt. Zufrieden beginnen die Trolle mit dem Entasten.

Für einmal sprechen die fünf Ältesten mit einer Stimme.

„Schleudert ihnen unsere Stacheln entgegen..."

Alle Bäume mit den kleineren Stacheln beugen sich weit nach hinten, dann lassen sie sich wieder nach vorne spicken, dabei, als die Stacheln schräg zum Himmel zeigen, lassen sie je einen Stachel fliegen.

Plötzlich verdunkelt sich der Himmel, Millionen Stacheln fliegen auf die Trolle zu. Sie können nicht mehr fliehen, sie sehen nur noch eine schwarze Wand auf sich zu rasen. Dann geschieht es, die Stacheln treffen auf die Körper der Trolle, sofort werden die Körper auseinander gerissen, kaum faustgroße Stücke bleiben aneinander. Der Boden ist übersät mit Stacheln und kleinen Trollstücken! Die Boods wissen was das bedeutet, es wird schon wieder Krieg geben, denn die Trolle werden das sicher nicht auf sich beruhen lassen.

Einer der ältesten spricht gedrückt zu den anderen.

„Wir müssen unseren Streit beilegen, denn sonst vernichten uns die Zweibeiner!"

„Recht hast du..."

Meint ein anderer der fünf Ältesten.

Alle sehen es ein, da fällt einem dritten eine Idee ein.

„Wir müssen uns verteilen, einer geht in die Mitte, die anderen nach außen, bis wir ein Rechteck bilden, jeder kommandiert die Bäume um sich herum! Dann hat jeder ein Kommando und alle Boods eine Führung."

Ist die Gefahr am größten, wird auch der Zusammenhalt enger, die Ältesten sind einverstanden, vier ziehen sich an die äußeren Enden, einer zur Mitte, die anderen Bäume helfen ihnen. Fast zwei Endanen brauchen sie, um sich an ihre Plätze zu hieven. Die Vier im äußeren Wald begeben sich nicht zu weit an den Rand, denn sonst geraten sie in Gefahr gefällt zu werden.

Jetzt, da die Ältesten an ihren Plätzen sind, rücken alle Boods so nah wie möglich zusammen, damit sie wie eine Festung wirken. Sie sind so nah beieinander, dass sie gerade noch ihre Dornen werfen können. Natürlich haben die Trolle Späher ausgeschickt, als die Holzfäller nicht zurückkamen, die entdecken das Feld mit den vielen Dornen, den gefällten Bäumen und den zahlreichen Fleisch- und Knochenstücken der vermissten Trolle.

Aus dem Wald ist nur noch Grollen zu hören, die Tiere sind bereits geflohen, da sie die Kriege der Boods kennen! Zu zahlreich waren die Schlachten, denn die Trolle griffen in der Vergangenheit immer wieder an. Noch zwei weitere Endanen vergehen, da steht das Trollheer am Rand des Feldes auf dem die Holzfäller Trolle umkamen. Von überall her haben die Trolle Krieger kommen lassen, nicht nur aus Trohloh, so haben sich einige Tausend Männer und Frauen aus dem Volk der Trolle zusammengefunden. Viele haben Rüstungen an, alle tragen Äxte und Schilde, drei, vier Katapulte sind aufgefahren. Mit den Schleudern wollen sie Feuerbälle werfen! Noch sind sich die Trolle nicht sicher, was sie tun sollen, sie brauchen Holz, wahrlich, aber vor ihnen stehen Millionen von wehrhaften Bäumen, und sie sind nur einige Tausend Zweibeiner!

Die Katapulte werden angezogen, einige Trolle platzieren runde Bälle, aus einem Gemisch von Stroh und allerlei brennbarem, auf den Schleudern.

Keiner der Trolle hat ein gutes Gefühl,
vielen ist mulmig zu mute, da passiert es,
einer kommt an den Hebel für den
Katapultstart. Ein nicht angezündetes
Geschoss fliegt gegen den Wald! Man hört
einige Äste knicken, doch größeren Schaden
richtet das Geschoss nicht an. Dafür
schürt es die Wut der Boods, sie grummeln
laut, ohne Befehl neigen sie sich alle
zusammen nach hinten. Die in der Mitte
neigen sich zwar auch, doch sie behalten
noch ihre großen Dornen! Die anderen
schießen je einen kleinen Dorn gegen die
Trolle! Die wärmende Sonne verschwindet,
der Endan wird zur Nadne! Jeder Troll
greift sich sein Schild und versteckt sich
dahinter. Donnergrollen gleich treffen die
Geschosse der Boods gegen die Trolle,
viele Schilde werden halb, andere ganz
durchbohrt. Ein paar Hundert Trolle
bleiben liegen, mehr als die Hälfte davon
tot.
Der Älteste in der Mitte spricht zu den
Boods mit den langen Dornen.
„Zerstört die Maschinen, sonst werden sie
uns verbrennen - trefft genau, werft aber
nur ein paar Dutzend..."
Der Älteste hat kaum zu Ende geraschelt,
da spicken die langen und dicken Dornen in
die Luft. Sie erzeugen ein eigenartiges
Zischen, die Trolle kennen es bereits, es
kommt Panik auf, alle wollen fliehen. Sie
rennen was ihre Beine hergeben, bis sie
aus der Reichweite der großen Dornen sind.

In der Eile müssen sie die Katapulte
stehen lassen, was deren Ende bedeutet,
jede wird von mindestens drei langen
Dornen getroffen. Das Holz der Katapulte
kracht auseinander, die Maschinen sind
nicht mehr zu gebrauchen. Jubel und Freude
ist aus dem Wald zu hören, auf der anderen
Seite jedoch weicht die Angst der Wut!
Viele Trolle liegen auf dem Feld, sie sind
nicht mehr zu retten, Holz konnten sie
auch keines erobern! Die Wut lässt böse
Ideen gedeihen.

„Zünden wir den Wald an, wenn wir schon
kein Holz bekommen, dann brauchen wir den
Wald auch nicht mehr zu dulden! Weg mit
ihm und der Krieg ist zu Ende!"

Einheitlich schreien die Trolle ein Ja
heraus, man kommt überein, dass man ein
enormes Feuer entfachen will, es soll
gegen den Wald ziehen! Somit müssen die
Trolle selbst nicht mehr kämpfen.

Plötzlich erscheint ein menschlicher Mann
mit braunen Haaren, er hat große breite
Schultern, er wirkt bedächtig und
weltgewandt.

„Ihr führt Krieg?"

Die Trolle sind missgelaunt und möchten
keinen Fremden auf ihrem Land sehen.

„Wen interessiert das?"

„Na ja, ist ja eure Sache, aber habt ihr
mal daran gedacht, was passiert, wenn der
Wind sich dreht?"

„Woher weißt du, was wir machen wollen?"

„Ist das so schwer zu erraten? Wohl kaum!
Ihr habt gegen die Boods verloren, nun
wollt ihr den ganzen Wald anzünden!

Ihr Trolle, ohne beleidigend zu wirken, kommt nur auf einfache Taktiken!"

„Und woher kommt unser schlauer Mensch?"

„Aus dem Land der Drippaken..."

„Du kannst gut reden, ihr habt Bäume im Überfluss, zudem kämpfen sie bei euch nicht."

„Wahrlich, unser Land hat viele Sorten Bäume, doch keine wie die Boods, denn die sind nicht nur Bäume, sondern eine intelligente, denkende Rasse!"

„Meinst du das wissen wir nicht? Wir brauchen Holz um zu überleben, mit Steinen können wir kein Feuer brennen lassen, so viele Dinge entstehen aus Holz...und weit und breit ist kein anderer Wald!"

„Das stimmt sicherlich, doch warum pflanzt ihr den keine normalen Bäume an?"

„Wie meinst du das?"

„Holt aus einem Wald Samen für normale Pflanzenbäume, die zu keiner fühlenden Rasse gehören!"

„Wir kennen uns aber bei Bäumen nicht aus, wie sollen wir sie pflanzen und..."

Der Drippake lässt den Troll nicht aussprechen.

„Die Boods wissen alles über Bäume, warum handelt ihr nicht mit ihnen. Sie sollen die Bäume für euch groß ziehen, dafür lasst ihr die Boods in Ruhe!"

„Da machen die Schwarzweißen bestimmt nicht mit..."

„Ich gehe sie fragen..."

Der Menschenmann läuft zum Boodswald hin, die Bäume lassen ihn gewähren, denn es ist ja kein Troll, auch hat der Mann keine Axt bei sich.

Bei den Boods angekommen sieht der Mann hoch hinauf.

„Ich habe eine Frage!"

Der vorderste Baum beginnt zu Rascheln.

„Sprich Mensch!"

„Ihr führt Krieg gegen die Trolle, das geht mich zwar nichts an, aber vielleicht könnte ich euren beiden Rassen helfen."

„Wie?"

„Nun, die Trolle brauchen Holz und ihr wisst alles über Bäume...sie würden euch Samen von Pflanzenbäumen bringen, die ihr groß ziehen könntet, die von den Trollen gefällt werden dürfen. Wäret ihr für diesen Handel zu gewinnen? Oder wollt ihr ewig Krieg führen?"

Die Bäume beginnen zu Tuscheln, durch den ganzen Wald geht ein Zischen und Rascheln, da spricht der vordere Baum wieder zum Mann.

„Wir kennen dich Scar, du bist ein Mann von Ehre, dein Wort zählt viel. Sie würden unser Holz verschonen, wenn wir normale Bäume wachsen ließen?"

„Ja, ich bin erstaunt, ihr wisst mehr als die Trolle, auch wenn ihr euren Wald kaum verlasst!"

„Dann machen wir es so, der Krieg soll enden, die Trolle bringen uns Samen von Pflanzenbäumen, wir werden sie züchten damit die Zweibeiner immer genügend Holz haben. Doch niemals wieder dürfen sie einen der unseren fällen!"

Für die Boods ist dies ein guter Handel, denn sie lassen es normalerweise nicht zu, dass normale Bäume unter ihnen wachsen.

So aber können die Boods ungehindert frei leben, da sie auf einigen Feldern normale Bäume pflanzen werden, die sie betreuen ohne von Zweibeinern gefällt zu werden. Die Trolle werden ihr Holz erhalten und müssen kaum die Bäume pflegen, somit ist jedem gedient.

Scar ist zufrieden.

„Ich werde es den Trollen melden, gehabt euch wohl..."

Der Drippake läuft zu den wartenden Trollen zurück, gespannt möchten sie die Entscheidung der Boods hören.

„Was sagten die Schwarzweißen?"

„Sie sind einverstanden! Ihr bringt ihnen Samen von Pflanzenbäumen, sie werden sie auf den Feldern um den Boods Wald groß ziehen. Dafür dürft ihr keinen Boods mehr fällen, auch nicht in der Zeit, in der die normalen Bäume wachsen!"

Ein jeder Troll ist einverstanden, denn der Krieg hat schon zu viel Leben gekostet. Von nun an soll Frieden zwischen Trollen und Boods herrschen.

Noch am gleichen Endan besorgen die Trolle Samen von Pflanzenbäumen, vorsichtig bringen sie diese zu den Boods, die ihrerseits mit der Zucht beginnen. Scar hat eine Symbiose erschaffen die beiden Rassen dient. Als die Trolle ihm danken wollen, ist der Drippake bereits wieder verschwunden, andere Taten locken ihn!

Krieg ist eine Lösung, aber bedenkt, vielleicht gibt es immer mehr als eine Lösung...

Ende

Die Zeit der Helden und Magier

- Das dunkle Kapitel

Dragon Fantasy Verlag
8200 Schaffhausen
Autor Stefan Daniel Pfund
© Autor Mai 2008
© Verlag ab 2008

Ein neues Zeitalter beginnt, die große Schlacht, um den Imperatorentitel, in Maldaan ist blutig zu Ende gegangen. Yabar hat auf der Anhöhe, dort stand er auch als er die Schlacht befehligte, eine Zeltstadt errichten lassen. Denn eines weiß der frischgebackene Imperator genau, in der schwarzen Burg von Vestor will er zu keiner Zeit leben, geschweige denn regieren!

Das Böse durchdringt diese Festung, auch Endanen nach dem Sieg über Vestor. Fast alle Helden sind nach Hause gezogen, Totem wurde von seinen Kriegern auf einer mächtigen Barre nach Gradkrosz geflogen. Rarie zerrte Mansuro mit sich, wohin auch immer, einerseits kann man ihn beneiden, andererseits, Amazonen sind nicht für ihre Zimperlichkeit bekannt, zudem wäre ihnen Heirat verboten!

Die Ecks Carock, Tonek und Kirgenck sind nach ihrer Befreiung auch einfach Verschwunden, der mächtige Führer Zures ging ebenfalls in sein Reich zurück. So ist kaum ein vertrautes Gesicht in Yabars neuem Herrschersitz, Maldaan, geblieben, außer seine liebliche und schwangere Gabrielle. Seit zwei Endanen liegt sie im großen Zelt, um sich restlos von Vestors Folter zu erholen. Aber noch einer blieb in Maldaan - Schamandraan!

Er ließ seine Elses holen, damit sie sich um die Imperatorin Gabrielle kümmern kann.

Der weise Schamandraan leitet den Abbau der schwarzen Burg, für den altgedienten Krieger ist das eine willkommene Abwechslung, er wollte sich schon immer als Architekt versuchen.

Yabar hingegen muss sich zuerst an das „Imperatorsein" gewöhnen. Wie sooft steht er auf dem Hügel und blickt zur Burg. Sein alter Lehrmeister steht neben ihm.

„Mein Jung...mein Imperator, die Arbeiten gehen voran, aber es wird seine Zeit dauern, da wir nicht genügend Handwerker unter Sold haben!"

Verwirrt blickt Yabar zu Schamandraan.

„Die Schatzkammern waren voller Hoggs, mit dem wird sich doch Arbeiter finden lassen?"

„Momentan haben noch viele vor der Burg Angst! Das Pech muss ausgeschöpft werden, Magier müssen die Seelen befreien und der Boden muss mit Leben angereichert werden! Und unterschätze zu keiner Zeit die vielen Gefallenen, viel Leben wurde für die Freiheit der Völker geopfert! Ich lasse auch nur den oberen Teil der Burg umbauen oder abreißen. An die unteren Katakomben traue ich mich gar nicht erst heran. Immer wieder wurde die Herrscherburg um- oder neu gebaut."

„Du machst das schon. Die vielen Gefallenen machen mich so unsagbar nachdenklich! Sie gingen alle wegen mir in die Schlacht und sie starben auch wegen mir und meinen Ambitionen!"

Der weise Meister schüttelt ein wenig seinen Kopf.

„Nimmst du dich da nicht ein wenig zu wichtig? Sicher hast du sie angeführt, doch sie gingen für das Recht der Gerechten in die Schlacht. Die Krieger und Kriegerinnen die ihr Leben gaben, hofften auf ein besseres Leben für ihre Familien und Freunde! Du als Imperator bist nur der oberste Führer, doch das eigentliche Reich sind sie und das Volk! Du darfst dich bloß Anführer nennen, eigentlich bist du nur ein Verwalter des Imperiums!"

Schamandraan zeigt auf die Arbeiter, die gerade die Burg schleifen. Damit meint er, sie seien das Volk.

Langsam beginnt Yabar zu verstehen.

„Dann bin ich nur der Hüter und sie die Herde...so leicht und doch so schwer ist es Imperator zu sein!"

„Mein junger Imperator, nichts ist wirklich leicht!"

Das Reich hat so viel Leid gesehen. Durch die schwarzen Krieger von Vestor sind unzählige getötet worden, keiner vermag die Opfer zu zählen.

Auch wenn sehr viele schwarze Krieger, nach der großen Schlacht, am Leben blieben, die Völker richteten sie nicht hin, denn ein jeder meinte, es wurde bereits genug Blut vergossen! Einzig für Malzala hat Yabar einen Suchbefehl herausgegeben, aber der einstige General vom Tyrannen ist zu klug, um sich einfach so gefangen nehmen zu lassen, zudem nahm er sich viel Gold aus der Schatzkammer!

Vestor ist zwar nicht mehr an der Macht, auch seine Krieger sind fast überall verschwunden, und doch spürt man noch immer das Elend der Völker. Viele Bauern konnten ihre Felder nicht bewirtschaften, auch das Handwerk hat schwer gelitten, ganz zu schweigen vom Handel. Deswegen beherrscht noch an manchen Orten der Hunger den Allendan der Wesen. Es sind auch noch nicht viele Endanen vergangen, seit Vestor gestürzt wurde, somit darf man auch noch nicht zuviel erwarten.

Um all den Opfern ein Gedenken zu setzen, gab Yabar noch einen Bau in Auftrag, das Mausoleum der großen Schlacht! Der Imperator wollte für die vielen Toten kein Massengrab ausheben lassen, stattdessen befahl er, den Hügel gegenüber der Burg aushöhlen zu lassen. Im Hügel entsteht nun ein schlichtes Mausoleum mit vielen Gängen und Räumen, denn zahlreich waren die Opfer der Schlacht! Feind wie Freund, Herrscher wie Krieger werden, ohne auf Ränge oder dergleichen zu achten, in Nischen aufgebahrt. So bekommt jedes tote Wesen eine eigene Nische! Da die Toten zu zahlreich sind, wird das Mausoleum selbst kaum ausgeschmückt, im Gegenteil, alles wird sehr grob behauen und in größter Eile ausgebaut.

Yabar verbringt viel Zeit bei seiner schwangeren Gabrielle, sie musste einiges durchmachen, als sie im Kerker von Vestor gefangen war. Langsam aber sicher erholt sie sich wieder, doch die Zauberer befahlen ihr strikte Bettruhe.

317

Ihre Gedanken schweifen durch die Zeit, es sind kaum Endanen vergangen, als Yabar sie befreite und noch auf dem Hügel, als noch alle Krieger und Führer in Maldaan waren, ein Magier ihnen den Segen der Heirat gab! Schamandraan drängte Yabar und Gabrielle dazu, Gabrielle wollte den Segen zwar „bombastisch" kreieren, mit viel Glanz und Gloria, aber Schamandraan meinte, es sei ein gutes Zeichen, wenn der Segen vor allen Beteiligten der Schlacht ausgesprochen würde. So nehmen alle etwas schönes in ihre Heimat mit. Das überzeugte auch Gabrielle, die es als sehr romantisch empfand, den Segen auf solche Art bekommen zu haben.

Wie immer sitzt Yabar neben ihr am schlichten Holzbett im Krankenzelt, das extra für sie aufgebaut wurde. Liebevoll hält er ihre Hand, beide sehen sich verträumt an, da kommt Schamandraan ins Zelt.

„Mein junger Imperator, du musst mit mir kommen..."

Gabrielle richtet sich auf.

„Stimmt etwas nicht?"

Der weise, alte Meister wiegelt ab.

„Alles in Ordnung, ruh dich nur gut aus, ich muss ihm etwas bestimmtes zeigen."

Der Imperator lächelt seiner Frau zu.

„Das dauert bestimmt nicht lange, bin bald wieder bei dir, meine Liebe."

Die beiden gehen aus dem Zelt, Yabar läuft seinem ehemaligen Meister hinterher, bis sie an den Rand des Hügels angekommen sind. Von diesem Standpunkt aus können sie das gesamte Gebiet übersehen.

„Und nun, was ist so wichtig?"
Der Meister zeigt hinunter zum Feld links neben der Burg.
„Siehst du es nicht?"
„Wenn du mir erklärst was du meinst, werde ich es bestimmt erkennen!"
Besorgt blickt der alte Meister hinunter.
„Tausende von Wesen sind hierher geflüchtet!"
„Wie meinst du das mit geflüchtet?"
Der erst vor kurzem inthronisierte Imperator versteht die Welt nicht mehr, Vestor wurde besiegt, wieso sollten diese Wesen nun flüchten? Schamandraan hat bereits mit einigen Flüchtlingen gesprochen und weiß mehr über die Lage.
„Sie wurden vertrieben, verschiedene Rassen, Religionen, Wesen...bunt gemischt errichten sie ein Flüchtlingslager in der Nähe der Burg."
Verwirrt blickt Yabar zu den Flüchtlingen.
„Hat man sie schon gefragt, was ihnen passierte?"
„Natürlich habe ich sie gefragt...anscheinend hat eine fanatische Glaubensgemeinschaft den Fall von Vestor ausgenützt. Sie nennen sich die Kinder von Jumoschri, Außenstehende nennen sie nur Jumoschri! Wie ich hörte, glauben sie an einen einzigen Gott und der heißt Jumoschri! Und so wie es aussieht, versprechen sie den Gläubigen das Paradies, wenn sie an ihren Gott glauben! Scheinbar haben sie eine bunte Palette von Geboten und Verboten aufgestellt, so dürfen sich die einzelnen Rassen nicht vermischen.

Alkohol ist tabu, die Zahl drei ist ihnen heilig, sie haben eigene Feierendanen und religiöse Gesetze eingeführt. Die männlichen Mitglieder lassen sich ihr Zeichen, das wie ein Pfeil mit einem Querbalken aussieht, auf die Brust tätowieren! Auch glauben sie, das ein Sohn ihres Gottes sie in ein so genanntes Paradies führen wird! Wo oder was das auch immer sein mag. Ihr oberstes Gebot ist aber Bekehrung, wer nicht an ihren Gott glaubt, sich nicht bekehren lassen will, wird getötet, die meisten verbrannt!"

„Mein alter Freund Schamandraan, du selbst sagtest, lass die Wesen an das glauben, was sie wollen...so habe ich die Glaubensfreiheit für mein Reich beschlossen!"

„Mein junger Imperator, du hast meinen Satz nicht zu Ende zitiert! Lass die Wesen an das glauben, was sie wollen, solange sie nicht fanatisch sind und andere zu nichts zwingen oder wegen ihrem Glauben Krieg führen! Diese Fanatiker bekehren jeden und jede die ihnen begegnen, oder sie töten sie!"

Betrübt sieht Yabar zu Boden, denn eigentlich weiß er was Schamandraan sagen will.

„Der lange Krieg ist erst seit ein paar Endanen vorbei, die imperialen Truppen kaum organisiert. Mein Führungsstab, der mir in der großen Schlacht diente, ist komplett aufgelöst, alle sind zu ihren Familien zurückgekehrt.

Die jeweiligen regionalen Herrscher haben ihre Krieger und Soldaten mitgenommen, wenn wir noch dreihundert Bewaffnete in Maldaan haben ist es viel! Und du willst, dass ich in den Krieg gegen einen unbekannten Feind ziehe?"

Schamandraan legt seine Hand auf die Schulter seines Schützlings.

„Niemand sagte, Imperator sein sei etwas leichtes! Du bist der Hüter des Gesetzes, das oberste Glied deines Reiches! Du musst das Volk in deinem Reich beschützen, deshalb kämpften all die Wesen gegen Vestor, damit du Imperator werden kannst!"

Yabar schüttelt heftig seinen Kopf.

„Ich werde dem nicht gerecht, es gibt so viele Probleme die einer Lösung bedürfen! Vestor hatte alle Errungenschaften von Kabul zerstört, eigentlich muss ich von ganz vorne beginnen. Und ich kann momentan nur an meine Frau und unser ungeborenes Kind denken!"

„Auch du bist nur ein Wesen wie alle anderen auch! Das ist wesentlich, um zu herrschen darf man kein Gott ähnliches Wesen sein! Denn dann würdest du das Volk nie und nimmer verstehen. Trotzdem, ich vertraue dir, du wirst deine Pflicht erfüllen!"

„Aber woher soll ich die Truppen nehmen? Ich kann sie nicht herzaubern."

Kurz blickt Schamandraan zur schwarzen Burg, die langsam aber stetig geschliffen wird. Nachdenklich krault er sich sein Kinn.

„Ich habe einen verwegenen Vorschlag...aber er birgt Risiken!"

„Spann mich nicht auf die Folter...erzähle mir deine Idee, mein alter Lehrmeister!"
Man sieht es Schamandraan hinsichtlich an, dass er seine Idee nicht gerne zum Besten gibt.
„Wir haben Tausende von Gefangenen, hole dir Freiwillige von ihnen und mache daraus deine neue Armee! Kampferfahrung haben sie ja alle, so musst du sie nicht einmal ausbilden!"
Der Imperator verschluckt sich, hustet ein wenig.
„Du willst, das ich die Krieger von Vestor als imperiale Gefolgsleute einstelle? Und wie rüsten wir sie in so kurzer Zeit aus?"
„Auch wenn sie momentan die Burg schleifen müssen, ihre Ausrüstung ist immer noch vorhanden!"
Der Imperator reißt seine Augen weit auf.
„Ich will deiner Vorstellung Worte geben; ich reite an der Spitze von Vestors ehemaliger schwarzen Armee!? Wenn es sonst nichts ist! Die Völker haben so viele Salmanen gegen diese Truppen gekämpft, das wäre ein Affront gegen alles, was wir erreicht haben!"
„Wirklich? Kaum einer von Vestors Armee war ihm ideologisch ergeben, die meisten wollten in der schwarzen Armee ihr Brot für die Familie verdienen. Unter Vestors Herrschaft gab es ja sonst kaum Möglichkeiten etwas Hoggs zu erarbeiten!"
Bedächtig senkt Yabar sein Haupt.
„Und ihre Gräueltaten vergessen wir einfach?"

„Nichts wird vergessen, doch gestehe dir ein, ein Krieger wird immer wieder töten, solange er sein Handwerk ausübt! Vestor war damals allmächtig, seine Truppen taten das was er wollte, dennoch entschuldigt dies nicht eine oder alle Gräueltaten! Im Gegenteil, Krieger die sich mit Massakern schuldig machten werden wir aussortieren, dann hast du eine schlagkräftige Armee, die dir für Hoggs folgt!"

„Wie Söldner..."

„Sind wir Krieger nicht alle irgendwie ein kleines bisschen Söldner? Wir müssen unser Hoggs ebenfalls verdienen, damit wir und unsere Familien überleben können. Fanatiker gibt es zwar überall, doch für die meisten ist der Krieg nur ein Job!"

„Ich hoffe, wenn ich halb so alt bin wie du, dass ich dann auch ein klein wenig weise werde!"

„Die Weisheit kommt vom Wissen und wer zuhört und lernt, weiß mehr als der Schwätzer!"

Yabar verzieht seinen Mund.

„Heute gibst du es mir ja richtig fett! Ich glaube es nicht, ich werde mit schwarzen Kriegern in die Schlacht ziehen..."

Eher bedrückt reitet Yabar mit seinem alten Lehrmeister hinunter zur Burg. Viele der schwarzgekleideten Krieger ergaben sich nach der Schlacht, sie hofften auf die Gnade von Yabar, der sie „nur" zu Zwangsarbeit an der Burg verpflichtete. Die wenigen loyalen Truppen die Yabar in seinem Dienst führt, müssen momentan die Bewachung der Gefangenen übernehmen.

An der ganzen Burg wird gleichzeitig gehämmert und abgebaut, die Steine werden auf immer höher werdende Haufen geworfen, da man sie für die neue Burg wieder verwenden will. Auf der Baustelle herrscht ein heilloser Lärm, man hört kaum sein eigenes Wort, vor lauter Hämmern, Klopfen, Schlagen und Klimpern, dazu schwafeln auch noch die Gefangenen. An der Baustelle steigt Yabar von seinem Pferd, dann klettert er eine Leiter hoch und postiert sich auf einer Zinne, so dass ihn viele Gefangene sehen können. Kurz blickt er zu Schamandraan, er zeigt ihm damit, er solle nach oben kommen, doch der winkt ab. Heimlich denkt der alte Lehrmeister; das soll er ruhig alleine machen! Denn insgeheim hat auch Schamandraan ein ungutes Gefühl bei der ganzen Sache.

Seufzend bleibt Yabar auf der Zinne stehen, dann ruft er nach unten zu den, noch immer in Vestors Rüstungen gekleideten, Kriegern.

„Haltet ein, hört für den Moment auf zu Werken!"

Nach einer Weile wird es ganz still, die Gefangenen erwarten bereits das Schlimmste, von Vestor waren sie ja nichts anderes gewohnt!

„Hört mich an! Das Reich braucht euch, ein neuer Feind ist aufgetaucht! Ihr seid alles erfahrene Krieger, deswegen frage ich frei heraus, wollt ihr für mich kämpfen? Jeder der keine Gräueltaten beging kann seine Freiheit an meiner Seite erarbeiten!

Jeder der seine Pflicht erfüllt, darf nach dem Sieg über die Muschigi, Muraschi...wie auch immer, heim zu seiner Familie!"

Unter den Gefangenen bricht ein mittellautes Getuschel aus, sie diskutieren und beraten, was sie machen sollen.

Plötzlich tritt ein älterer Krieger aus der Gefangenenschar heraus, man sieht dem Mann seine langen Salmanen als Soldat an. Er muss schon so manche Schlacht gesehen haben!

„Mein Name ist Melchior, oh mein Imperator! Die Kameraden haben mich als Sprecher gewählt, da meine Familie seit Generationen dem Kriegshandwerk frönt. Ich kenne nichts anderes als Krieger sein, mit dem verdiene ich mein Brot und deswegen ließ ich mich damals von Vestors Hauptleuten rekrutieren. Dein Angebot ehrt uns, schließlich haben wir den Krieg verloren und sind nun deine Gefangenen! Du hättest uns alle töten lassen können, Vestor hätte dies bestimmt veranlasst! Doch wenn wir für dich kämpfen sollen, dann nach traditioneller Krieger Art, für Heuer und Sold! Zudem soll jeder, auch wenn er Schuld auf sich geladen hat, deinem Angebot folgen dürfen. Das ist unser Angebot! Vergiss eines nicht, jeder sieht Taten anders, somit hat jedes Wesen in irgendeiner Schlacht oder an einem Endan Gräuel begangen!"

Yabar reibt sich seine Augen, die Mutter Sonne brennt und blendet ihn, währenddem sehen die zahllosen Gefangenen nach oben zum Imperator.

Der stellt sich in seinen Gedanken vor, wie er mit diesen Truppen in eine Schlacht zieht. Wahrlich, nicht gerade ein berauschender Gedanke. Das Schlimmste dabei ist, Yabar kann in so kurzer Zeit keine neuen Rüstungen herstellen lassen, also müssen die Gefangenen in den schwarzen Kampfanzügen, die Vestor verteilen ließ, in die Schlacht. Was werden die Völker denken, wenn sie eine solche Armee sehen?

„Melchior, du sprichst frei und ehrlich, na gut, ich muss die Bedingung wohl annehmen, denn viele gute Wesen leiden bereits unter der neuen Bedrohung! Gemäß euren Bedingungen wird es geschehen, dafür erwarte ich absolute Loyalität! Und ich verspreche euch, wer für mich kämpft ist nachher frei! Ich will euch noch warnen, eure Bewacher werden mit uns ziehen! Ungehorsam wird hart bestraft!"

Melchior lächelt, dabei wirft er seinen Hammer weg.

„Ich bin zwar ein Redrukaneher und wir sind nicht bekannt für ein gutes Verhältnis zu den Imperatoren in Maldaan. Aber Scheiße, wenn es Sold gibt kämpfe ich für jeden! Und habe ich erst einen Vertrag geschlossen, ist meine Loyalität Ehrensache...so werden es hier alle halten, sonst werden sie mich kennen lernen!"

„Na gut, wenn du mit deiner Ehre bürgst, ist mir das recht! Deswegen sollst du Hauptmann dieser Söldner Truppen sein!"

Der altgediente Krieger nimmt das Kommando gerne an, denn so bekommt er noch mehr Sold!

Vestor steigt von seinem Podest herunter zu Schamandraan.

„In der kurzen Zeit, in der wir, auf der Flucht vor Vestor, miteinander durch das Land zogen, hat mir Kora einige Magiewörter beigebracht...sie würde dazu wohl Tamnartiin Datorda sagen. Soweit musste es kommen!"

Fragend blickt Schamandraan zu seinem ehemaligen Lehrling.

„Ich bin mir sicher, deine verstorbene Schwester wäre Stolz auf dich! Mit der Magiesprache bin ich nicht so vertraut, was bedeuten die Worte?"

Yabar sieht den ehemaligen schwarzen Kriegern Vestors zu, wie sie die Werkzeuge fallen lassen und sich ihre Waffen holen.

„Verdammte Krieger..."

Tatsächlich ist es ein merkwürdiges Bild, so wenige Endanen nach der Schlacht werden die Krieger von Vestor wieder bewaffnet. Keiner von Yabars Gefolgsleuten hat dabei ein gutes Gefühl und doch, es bleibt keine andere Wahl, da viele Wesen die Hilfe vom rechtmäßigen Imperator benötigen!

Auf dem Hügel, in der Zeltstadt, verabschiedet sich Yabar von seiner geliebten und schwangeren Gabrielle, danach tritt er in voller Rüstung vor das Zelt. Dort wartet bereits Schamandraan auf ihn.

„Tja, noch mehr Probleme, mein junger Imperator! Wir haben kaum Reittiere für eine anständige Kavallerie. Es sind zwar Kamele, Pferde, Bantas und sogar einige Sulsacks im Stall, aber damit kannst du keine einheitliche Kavallerie bilden, oder mehrere Kavallerieabteilungen. Ich glaube, ich habe sogar einen Atris Stier gesehen, woher der auch immer kommt!"

Probleme über Probleme, Yabar ist bald soweit, dass er seinen geerbten Herrschertitel verflucht.

„In so kurzer Zeit können wir keine weiteren Reittiere besorgen, auf jeden Fall nicht von der gleichen Sorte...was wäre wenn wir sie mischen? Eine andere Wahl hätten wir sowieso nicht!"

Der Lehrmeister sieht seinen ehemaligen Schüler mit weit geöffneten Augen an.

„Es ist schon peinlich genug, dass wir eine Armee mit Vestors Ausrüstung in die Schlacht führen, aber dann auch noch eine Kavallerie mit x verschiedenen Reittieren? Der Feind würde höchstens vor Lachen umkommen, als durch unser Schwert! Dann führen wir lieber eine schwer bewaffnete Infanterie!"

„Du hast wohl recht..."

Die Krieger in den schwarzen Rüstungen sind bereits vor der Burg versammelt, ebenso zweihundert Yabar treue Krieger mit des Imperators Ausrüstung, rot mit weißem Herz!

Nur Schamandraan, Melchior und Yabar reiten auf Pferden, die zahlreichen Versorgungs- und Mannschaftswagen werden mit Bantas gezogen.

Der Imperator lässt seine Armee aus ehemaligen Kriegsgefangenen nach Südosten marschieren, die vielen Flüchtlinge, die unterwegs nach Pax sind, sehen der Armee mit gemischten Gefühlen entgegen. Einige starren die schwarz gekleideten Krieger sogar regelrecht ängstlich an, für sie ist es unfassbar, dass die Armee von Vestor wieder reitet! Vor allem nach so einem verbissen geführten Kampf, der jedem Wesen viele Verluste bescherte.

Da jedes Wesen schon einmal einen Krieger von Vestor gesehen hatte, wird Yabars Armee auch rasch missgedeutet und gefürchtet! Selbst dem Imperator und seinem Lehrmeister Schamandraan ist nicht wohl bei dem Gedanken, was sie anführen, zumal sie nun auch noch die verdatterten Gesichter der Flüchtlinge mit ansehen müssen.

Lange muss die Armee des Imperators nicht in die Lande ziehen, als sie den kleinen Araa Bach erreichen und an einer Furt überqueren, sehen sie bereits Rauch am Himmel.

Melchior zeigt in die Richtung des Rauches.

„Dort müsste Al Lema liegen, eine kleine Gurduns Siedlung!"

Yabar nickt, er möchte gar nicht aussprechen, was dort geschah.

„Ja, letztes Salman kam ich dort vorbei, die besitzen nicht einmal Waffen! Die Bewohner meinten damals, ihre mächtigste Waffe sei das Gebet."

Der Imperator lässt seine Armee rasten und reitet mit Schamandraan und Melchior weiter Richtung Dorf. Bevor sie nur in die Nähe kommen, entdecken sie rußbedeckte Gurduns Flüchtlinge. Sie konnten nicht einmal ihr Habe retten, höchstens das Gewand das sie tragen.

Die drei Reiter bleiben stehen, die Gurduns gehen zu ihnen.

„Helft uns, sie haben unser ganzes Dorf vernichtet..."

Yabar steigt von seinem rassigen, schwarzen Pferd, er will Vertrauen zu den Flüchtlingen schaffen.

„Sagt mir, wer hat das getan?"

Eine ältere Frau tritt weinend aus der Gruppe der Flüchtlinge hervor, ihr Gewand ist angekohlt.

„Jumoschris...sie kamen und sagten, wir sollen nur ihren Gott anbeten! Als wir ihnen anboten, wir nähmen ihren Gott in unsere Götterliste auf...sagten sie, es gäbe nur ihren Gott! Wir können doch nicht alle unsere Götter verleugnen! Deshalb lehnten wir ab..."

Ihre Tränen werden heftiger.

„Dann überrannten sie unser Dorf Al Lema, sie töteten alle die nicht fliehen konnten, selbst Babys, Frauen und Alte...solch Grausames hat nicht einmal Vestor auf dem Gewissen! Der wollte wenigstens nur unser Hoggs und Gefolgschaft."

Traurig blickt Yabar die alte Frau in ihrem langen, schmutzigen, zerschlissenen Gewand an, er weiß nicht, was er ihr sagen soll...

„Geht nach Pax, dort wird man sich um euch kümmern, wir versuchen euer Dorf zu befreien..."

Die Frau nimmt Yabars Hand und küsst sie.

„Danke, aber wir möchten gerne wieder nach Hause, denn die Heimat ist uns heilig. Und ein Pax kennen wir nicht."

Yabar klärt die alte Frau auf.

„Wir bauen die Teufelsburg um, sie wird danach Pax heißen. Unter meinem Vater hieß sie noch Drachenfels."

„Dein Angebot ehrt uns, jedoch müssen wir unsere Heimat ehren. Wir können sie nicht einfach im Stich lassen, das Land braucht uns, so sagen es die Götter. Und wenn ich ehrlich bin, mein Junge, in Vestors Teufelsburg möchte ich keine Nadne verbringen. Dort halfen einem nicht einmal die Götter, weil die Burg gottlos war!"

Mit langsamen Schritten gesellt sich die Frau wieder zu den ihren. Danach ziehen die geschockten Flüchtlinge an den Kriegern vorbei, selbst den Altgedienten wird es wehmütig ums Herz, wenn sie die geschundenen Gesichter der Gurduns sehen. Rasch sitzt Yabar wieder auf sein Pferd, mit seinen zwei Begleitern galoppiert er gen dunklen Rauch. Von weitem sehen sie bereits helle Flammen zum Himmel aufsteigen. Zahlreiche Schatten rennen in Al Lema herum, überall stecken merkwürdige Zeichen, jeweils ein Pfeil mit einem Querbalken, in der Erde oder sie wurden an noch stehende Wände gemalt!

Am Dorfrand entdecken die drei Reiter viele tote Gurduns, tatsächlich schonten diese Jumoschri nicht einmal die Jüngsten von diesem Volk. Eine Mutter hält noch im Tod schützend die Hand über ihr erstochenes Baby.

Liebend gerne würde Yabar seine Armee losschicken und diese mordenden Barbaren niederstrecken lassen, aber er ist Imperator und nicht nur ein einfacher Kriegsherr!

Immer gibt es zwei Seiten die zu hören sind, das ist des Imperators Pflicht, davor sollte er sich keine Meinung bilden.

Es vergehen keine zwei Fiden und die Reiter werden von den Jumoschri entdeckt. Eine hochgeschlossene menschliche Frau mit strengen Gesichtszügen und heraufgebundenen Haaren reitet Yabar und seinen Freunden entgegen. Im Gefolge hat die Frau natürlich einige ihrer Anhänger. Vor den, für sie fremden, Reitern bleibt die Frau stehen.

„Ich bin Pettrina Tochter von Aattrina und Führerin der Kinder von Jumoschri! Seid ihr gekommen um mit uns zu beten?"

Melchior lächelt, Schamandraan ist immer noch wegen der Gräueltaten entsetzt, Yabar hingegen versteht die Welt nicht mehr.

„Beten? Ihr verursacht solch eine Gräueltat und wollt dann zu einem Gott beten? Ist das nicht ein wenig vermessen?"

Die Frau blickt regelrecht von oben herab, für sie sind Andersgläubige nur „Unkraut".

„Ihr seid also Ungläubige! Das ist nun unser Land, ihr habt hier nichts zu suchen, außer ihr anerkennt unseren Gott Jumoschri!"

Schamandraan hatte ihm als Kind unzählige Geschichten erzählt, aber das reale Leben scheint weitaus gespenstiger zu sein, als jede Geschichte des alten Lehrmeisters. Yabar ist entsetzt über diese Kaltblütigkeit, dennoch versucht er Würde zu bewahren.

„Ich bin Imperator Yabar Sohn von Kabul! Ich weise euch darauf hin, dass ihr Landfriedensbruch begangen habt! Die Gurduns sind friedliebende Wesen, ihr habt sie angegriffen und töteten selbst die Kleinsten von ihnen..."

Mit harten Worten greift die Frau den Imperator an.

„Ungläubige müssen wir ausrotten, so wie es unser Gott befohlen hat! Meiner Mutter Aattrina ist Jumoschri als erster erschienen, ihr gab er seine Gebote ab und nun handeln wir danach! Der Krieg den ihr führtet war unser Zeichen! Wir zogen los und bekehrten die Gläubigen oder vernichteten die anderen!"

Angewidert möchte Yabar am liebsten auf die Frau spucken, sein Anstand hält ihn aber zurück.

„Du und deine Anhänger nutzten nur Chaos aus, mehr nicht. Die Krieger waren alle weg und ihr konntet euch nehmen was ihr wolltet! Das nenne ich nicht einen göttlichen Auftrag ausführen! Das nenne ich stehlen und morden!!"

„Sieh wie viele wir schon sind, sie glauben alle an Jumoschri und sind bereit für ihn ihren letzten Blutstropfen zu geben!"

Immer wieder schaut sich Yabar die vielen Leichen an, einige sind halb verbrannt. So gerne würde er diese Sekte in den Boden stampfen.

„Da ich Imperator bin, muss ich euch die Möglichkeit geben, einen weisen Entschluss zu fassen. Deswegen biete ich euch Frieden, ich werde dieses Angebot aber nur einmal aussprechen, denn es widert mich zutiefst an! Denkt an eure Kinder und wählt den Frieden! Mein Imperium ist groß und weitläufig, siedelt auf Land auf dem keine anderen Wesen leben. Ihr dürft euren Glauben leben, solange ihr keine anderen Wesen damit schadet, denn ich propagandiere die Glaubensfreiheit! Ich bitte euch, nehmt mein Angebot an und das Geschehene soll vergessen sein!"

Die Frau gleicht einer kleinen Furie.

„Wer glaubst du das du bist? Unser Gott Jumoschri befiehlt die Bekehrung und ein Barbar wie du hält uns nicht auf! Wir hören auf unser Gott, kein anderer kann uns Befehle erteilen. Ist es sein Wille, werden wir für ihn sterben!"

Tief atmet Yabar ein, er möchte so gerne losschreien, doch als Herrscher muss er sich zusammenreißen.

„Sind alle deiner Anhänger dieser Meinung?"

„Noch einmal, es sind nicht meine Anhänger, wir glauben an Jumoschri! Er ist unser Führer, unser Gott, unsere Errettung, ihm ist unser Leben gewidmet! Er gab es uns und kann es auch wieder nehmen! Du willst sie testen? Na gut, frage sie, keiner wird dein Angebot annehmen!"

Ein jeder und jede aus der Sekte hat sich währenddem Gespräch hinter ihrer Führerin versammelt, immer mehr erscheinen, Männer, Frauen und auch Kinder aus allen Rassen dieses Reiches.

Yabar wendet sich ihnen zu.

„Hört mich an! Ich bin Imperator Yabar Sohn von Kabul, wenn ihr euch friedlich irgendwo ansiedelt und den Frieden wahrt und lebt, ohne andere mit Gewalt zu bekehren, dann werde ich euch verschonen. Geht weg von hier, wir werden euch freies, gutes Land zuteilen und keinem wird ein Leid zugefügt."

Still bleiben die Kinder von Jumoschri stehen, keiner will das Angebot annehmen. Einer schreit dem Imperator zu.

„Jumoschri ist mächtiger als du, er wird uns ewiges Leben schenken - das Paradies ist uns schon jetzt sicher! Geh du, bevor wir dich töten - Ungläubiger!"

Über alles erhaben lacht Pettrina den Imperator aus.

„Siehst du, keiner will einem falschen Gott glauben oder folgen! Sie kennen die Wahrheit der Schöpfung! Deswegen will ich dir nun ein Angebot machen!

Rette deine Untertanen und glaubt an Jumoschri, dann könnt ihr nach eurem Tod ins Paradies, sonst seit ihr für immer verloren! Verfüge mit einem Dekret, das Jumoschri zur Imperiumsreligion erklärt wird. Nehmt den wahren Glauben an, bekehre deine Untertanen...sonst müssen wir es für dich tun!"

Ungläubig schüttelt Yabar den Kopf, mit dieser verblendeten, uneinsichtigen Frau kann er nicht vernünftig sprechen. Er wendet sein Pferd und reitet los, Melchior und Schamandraan folgen ihm. Der einstige schwarze Krieger reitet auf gleicher Höhe wie sein neuer Dienstherr.

„Oh mein Imperator, das sind Fanatiker! Ich erlebte schon in meiner Vergangenheit solche verblendeten Narren, aber die übertreffen alles! Die sind blind vor Glauben, unbelehrbar und gefährlich, du wirst sie alle vollständig vernichten müssen, wenn die Gefahr für immer beseitigt werden soll!"

Erschreckt reißt Yabar an den Zügeln, sein Pferd bleibt ruckartig stehen, die beiden Anderen tun es ihm gleich.

„Ausrottung? Weißt du was du da verlangst?"

Der alte Lehrmeister nickt und ist Melchiors Meinung.

„Oh mein junger Imperator, dein Hauptmann hat recht! Sie werden sich nicht belehren lassen, du wirst eine harte Entscheidung treffen müssen!"

„Das könnt ihr nicht im Ernst meinen, wir sollen alle töten? Ein neu entstandenes Volk ausrotten?"

Melchior reitet ganz nah zum Imperator.

„Wir kamen einst in ein Dorf, ein Kamerad von mir hatte immer Mitleid mit allen und jedem. Vestor verlangte damals jeder solle Steuern zahlen. Nun, mein Kamerad ging in ein Haus, dort lebte ein Vater mit seiner Frau und vier kleinen Kindern. Sicher, wir nahmen dem Vater einige wertvollen Sachen, deswegen wehrte sich der Mann, mein Kamerad hätte ihn töten können, doch er sah die kleinen Kinder und verschonte ihn! Als mein Kamerad bereits wieder draußen auf seinem Pferd saß und dem Haus den Rücken kehrte, kam der Mann heraus und erstach ihn mit einem Speer. Danach starb auch der Vater! Du fragst dich bestimmt, was ich damit sagen will, Mitleid ist eine gute Sache, aber nur im richtigen Moment!"

Dies mag bestimmt nicht die beste Geschichte sein, die Yabar umstimmen könnte, denn schließlich raubten die schwarzen Krieger im Namen Vestors alle aus!

Yabars Truppen sind nicht weit weg, sie brauchen nur ein paar Finden, bis die drei Reiter bei ihnen angelangt sind.

Der Imperator kriegt kaum einen klaren Kopf, er macht sich Gedanken um die Frage, was soll er mit den Jumoschri tun! Soll er auf den Rat seiner Männer hören, oder gebietet es der Anstand Gnade vor Recht ergehen zu lassen?

„Was meinst du Schamandraan, was ist die beste Taktik?"

Der alte Lehrmeister überlegt nicht lange.

„Das sind Fanatiker, die wissen nun, dass wir nicht an ihren Gott glauben, jetzt kommen sie von ganz alleine..."

Gedanklich ist Yabar auch bei seiner geliebten Gabrielle und dem gemeinsamen ungeborenen Kind.

„Äh, ja, dann wird es ihre Entscheidung sein und wir wehren uns nur! Melchior, ich habe eure Truppen schon eine Mauer-Taktik anwenden sehen, habt ihr die Intus?"

„Aus Schildern eine Mauer machen und die Speere nach vorne gerichtet?"

„Genau diese Taktik!"

„Die kennen die Männer in und auswendig! Sie wurde ständig trainiert!"

Noch einmal blickt Yabar zum brennenden Dorf, er hofft die Jumoschri seien abgezogen. Weit gefehlt, sie denken nicht einmal im Traum daran, bereits lässt Pettrina alle ihre Anhänger in Kampfposition gehen, sie stehen in mehreren Reihen hintereinander.

Es hilft nichts, Yabar muss sich entscheiden, wobei ihm die größte Entscheidung Pettrina abgenommen hat, sie will angreifen! Somit muss er keinen mit seinen Truppen jagen.

„Gut, holt alle Speere aus dem Versorgungswagen, jeder Krieger soll mindestens drei erhalten. Stapelt sie in der Mitte und gebt sie dann von innen nach Außen weiter. Wir werden eine Burg aus Menschen und Schilden bilden, kein Feind darf durchkommen, sonst sind wir verloren! Die Jumoschri haben nun die Wahl, wir werden nur ausführen, zu was sie sich entschieden haben."

Während Yabar seinen Titel als Imperator momentan verflucht und traurig zu den sich aufstellenden Jumoschri blickt, nicken Schamandraan und Melchior der Entscheidung zu! Die altgedienten Krieger wissen was sie tun müssen und instruieren die Krieger. Die Wagen und Tiere werden in die Mitte gestellt, außen herum formieren sich die Krieger, Yabar, Schamandraan und Melchior bleiben ebenfalls in der Mitte. Noch sieht das Ganze nur wie eine runde Anordnung von Menschen aus, doch Pettrina wartet keine Edo mehr ab. Mit entsetzlichem Geschrei rennen die Jumoschri in die Richtung der imperialen Truppen, die aus altgedienten schwarzen Kriegern Vestors besteht.

Yabar steht auf einem Wagen, er sieht die Feinde näher rücken.

„Schilde und Speere - jetzt!"

Es erhallt ein einziger metallischer Knall und die vordersten Krieger richten die Schilde nach vorne aus. Alle die hinter ihnen stehen, richten die Schilde nach oben aus. Wie bei einem Igel halten die Krieger nun ihre Speere nach vorne, somit bilden die Schilde einen Panzer und die Speere eine tödliche Abwehrphalanx. Ohne Kriegsgeräte ist diese Formation mehr als tödlich!

Die Jumoschri kümmert das wenig, ihr Glauben befiehlt ihnen in den Tod zu rennen, dafür wurde ihnen das Paradies versprochen! Pettrina impft ihnen ein, das Jumoschri es befiehlt, er sie nicht sterben lässt und der Sieg ihrer ist!

Nochmals erklingt ein dumpfer Knall, die ersten Leiber der Jumoschri stoßen auf die spitzige Schildmauer, die von den imperialen Truppen gehalten wird. Die Schilde halten, nun stoßen die Krieger hinter den Schilden mit ihren Speeren nach vorne, alles was mal vor den Schilden lebte wird rasch erstochen. Da immer mehr Jumoschri von hinten nach vorne drücken, kann keiner vorne ausweichen.

Yabar sieht dem Gemetzel auf dem Wagen zu, die Jumoschri haben keine Pfeilbogentruppen, die ihm gefährlich werden könnten. Auch führt jeder Jumoschri eine andere Waffe mit sich, manche sind bloß Ackerwerkzeuge oder Knüppel! Ein Jumoschri nach dem anderen bleibt erstochen auf dem Feld liegen, der Leichenberg wächst und wächst.

Ein Krieger an vorderster Front schreit auf.

„Welch Wahnsinn, ich habe...habe eine Frau erstochen die mit ihrem Baby auf dem Arm angriff...was für eine Barbarei machen wir hier? Selbst unter Vestor musste ich kein...nein, welch Wahnsinn!"

Der Kamerad neben ihm sieht die tote Frau mit ihrem toten Baby auf dem Arm, er stößt den Krieger neben sich nach hinten.

„Geh nach hinten und verteile Speere..."

Völlig niedergeschlagen geht der Krieger nach hinten, sofort übernimmt ein anderer seinen Platz. Wie in Trance läuft der Krieger nun zum Versorgungswagen, er ist kaum mehr im Stande ein Schwert zu halten. Viele Schandtaten hatte er unter Vestor gesehen, doch so etwas sah er nie zuvor!

Melchior läuft zu Yabar.

„Oh mein Imperator, das ist wahrlich ein Gemetzel, die lassen sich nicht einmal gefangen nehmen, sie kämpfen einfach weiter, selbst die kleinsten Kinder! Sie greifen an und wieder und wieder...nicht einmal Vestor hätte...ich, es ist grausam! Vergiss meinen Rat von zuvor...vergiss alles, dies muss ein Alptraum sein!"

„Nein, es ist real! Die Jumoschri haben sich entschieden, somit wird uns die Wahl genommen, wenn sie bis zum Tod kämpfen möchten, dann nehmt niemanden gefangen, wer kämpft kann sterben...so lautet des Kriegers erstes Gesetz!"

Bestürzt hört Melchior dem Gemetzel kurz schweigend zu. Er vernimmt die Schreie, das dumpfe Ploppen, wenn Leiber erstochen oder aufgeschlitzt werden.

„Mein Imperator, das habe ich bereits befohlen...ich...die sind verrückt...sie haben keine Ahnung von Krieg! Kein einziger ausgebildeter Krieger ist unter ihnen und trotzdem greifen sie immer noch an...sie lassen sich sinnlos niedermetzeln!"

Selbst der alte Haudegen Melchior ist über diesen Fanatismus entsetzt.

„Ich weiß, Melchior! Für einmal bin ich froh Imperator zu sein, so muss ich nicht da vorne stehen...! Noch eines, erwähnt Vestor nicht ständig, ich möchte keine Vergleiche mehr hören. Schlimm genug was momentan geschieht, mit ehemaligen Truppen von Vestor! Schlimm genug..."

Eine ganze Had lang geht die Schlacht weiter, viele Wesen schreien auf, beten zu ihrem Gott Jumoschri, ständig hört man das Erstechen und Aufschlitzen von Leibern. Der Boden ist getränkt von Blut, manches davon ist auch andersfarbig, da viele Wesen der Sekte beigetreten sind. Allmählich versiegt der Schlachtenlärm, der andrängende Mob aus Sektierern wird weniger. Frauen, Kinder, Männer, aus verschiedenen Rassen, ob alt oder jung liegen tot vor der imperialen Schildmauer. Da keiner mehr gegen die Schilde läuft löst sich die Mauer auf, nun sehen die Krieger gegen was sie kämpfen mussten. Viele sind furchtbar entsetzt, denn kaum einer der ihren hat auch nur eine Wunde davon getragen. Auch Yabar geht durch die Reihen der Toten, er versteht diese gläubigen Wesen nicht. Fragt sich, warum sie das taten? Vor allem aber, welcher Gott kann solch ein Gemetzel befehlen? Wütend zeigt Schamandraan auf Pettrina.

„Sieh mein junger Imperator, die Anführerin der Jumoschri wurde wohl von ihrem Gott verlassen..."

Schluckend bringt Yabar nur leise Worte heraus.

„Nicht nur sie, auch über Hunderttausend Wesen!"

„Du trägst keine Schuld, sie haben gemordet und du gabst ihnen die Wahl!"

Der Hauptmann Melchior stört die Unterhaltung zwischen Lehrmeister und Schüler.

„Oh Mein Imperator, wir haben noch ein Problem!"

„Noch mehr Fanatiker?"

Der Imperator kann es kaum mehr hören, das Gemetzel soll endlich enden, doch der Hauptmann bringt ihm andere Kunde.

„Im gewissen Sinne...einige Männer brachten es nicht übers Herz Kinder zu töten, sie schlugen sie einfach in Ohnmacht. Jetzt haben wir ungefähr Tausend gefangene Kinder! Ich ließ sie vorsichtshalber knebeln und fesseln!"

Betrübt sieht Schamandraan zu Melchior.

„Du weißt, was zu tun ist..."

Entsetzt starrt Yabar zu den beiden, er weiß genau, was der alte Lehrmeister meint.

„Nein, wir töten keine wehrlosen Kinder! Damit will ich mein Imperium nicht aufbauen. Der Tod so vieler Kinderseelen soll nicht auf meinem und das des Imperiums Gewissen lasten."

Sein Lehrmeister will ihn überzeugen.

„Wenn sie erst alt genug sind, werden sie wieder angreifen! Sie sind völlig fanatisiert! Und bedenke, wir haben ihre Eltern getötet, sie sahen dabei zu! In einigen Salmanen wird alles von neuem beginnen!"

„Nein, meine Frau gebärt bald unser erstes eigenes Kind! Meint ihr, dann lasse ich andere Kinder einfach so töten?"

„Glaube mir, mein Junge, sie sind bereits vollständig fanatisiert, man kann sie nicht vom Gegenteil überzeugen! Du hast selbst gesehen, wie Mütter mit ihren Babys gegen die Speere rannten! Einige warfen ihre eigenen Kinder auf den Schildwall, in der Hoffnung ihn so zu durchbrechen!

Ihre eigenen Kinder! Dabei starben ihre Kinder, ihr eigen Fleisch und Blut! Und diese Fanatiker sahen auch noch zu! Meinst du, die gefangenen Kinder werden dein Mitleid zu schätzen wissen? Du bist zwar nicht von meinem Blut, aber ich hätte dich als Kind niemals einer solchen Gefahr ausgesetzt, denn ich liebe dich wie einen eigenen Sohn!"

„Mein alter Lehrmeister, ich liebe dich wie meinen eigenen Vater, aber ich weiß nicht, ich weiß nur, wir töten keine Kinder!"

Der Hauptmann fährt dem Imperator wieder einmal ins Wort.

„Was soll dann mit ihnen geschehen?"

Fragend blickt Yabar zum Dorf Al Lema, er erinnert sich an all die Opfer und wie gläubig die Gurduns sind.

„Bringt sie nach Amalem, die Gurduns sind gute Lehrer, sie wissen viel und wollen keinem ihren Glauben aufzwingen. Wenn es jemand schafft die Kinder zu retten, dann die Gurduns! Vielleicht können Gläubige andere Gläubige besser verstehen."

„Es geschieht wie du befiehlst, oh mein Imperator und Soldgeber!"

Melchior weiß genau, die Kinder sind eine zukünftige Gefahr, im Prinzip sieht das Yabar ebenso, doch der Skrupel sitzt zu tief. Deshalb lässt Melchior die Kinder mit ein paar Dutzend Kriegern nach Amalem bringen. Der Hauptmann war und ist ein guter Söldner, für Hoggs führt er fast jeden Befehl aus!

Yabar hingegen reitet mit Schamandraan in gebückter Haltung nach Pax zurück.

Die Hälfte seiner Truppen lässt er in Al Lema, sie sollen den Jumoschri ein anständiges Grab bescheren. Natürlich soll auch das Gemetzel so aus der Sicht genommen werden.

Schamandraan will sich ein wenig ablenken und sucht deshalb das Gespräch mit seinem ehemaligen Schüler.

„Oh mein junger Imperator, mir kam eine Idee! Viele Flüchtlinge sind in Pax, ich könnte doch um die Burg eine Stadt bauen, damit alle Rassen und Wesen sich dort treffen könnten. So müsste keiner mehr nach Hause der nicht will und deine Burg könnte sie beschützen! Eine Stadt des Friedens, des Wissens und vor allem der Begegnung. Dort könnten sich alle Völker und Rassen in Frieden treffen."

Mit leiser Stimme bejaht Yabar, er kann kaum an etwas anderes denken, als an den Leichenberg der Jumoschris.

„Ja, gute Idee, nimm Hoggs aus den Schatzkammern und baue diese Stadt. Du wirst schon das Richtige tun."

Zwar flimmern auch Schamandraan die Bilder der toten Jumoschris im Kopf herum, dennoch will er seinem ehemaligen Schüler ein Vorbild sein. Er versucht das Geschehene zu überspielen.

„Sehr schön, ich werde sie Talsan nennen..."

„Warum Talsan?"

„Ich hatte einmal eine Schwester die Talia hieß...aber das ist lange her!"

„Wie üblich erzählst du nichts über deine Familie, selbst von deinem Sohn hast du mir nie erzählt."

„Du weißt von Schimandraa?"

„Deine Diener tuschelten darüber..."

„Als wenn sie nicht Arbeit genug hätten..."

Beide schweigen sich an, die Ablenkung hat nicht funktioniert, nun denken sie noch mehr an das Gemetzel von vorhin!

Währenddem laufen die Jumoschri Kinder nach Amalem. Die schwarzen Krieger hatten Mitleid und öffneten die Seile der Fesseln, sie glaubten, die kleinen Kinder können ihnen bestimmt nichts tun. Plötzlich springen die Kinder alle gleichzeitig auf die Krieger, sie beißen, schlagen und treten, stets mehrere Dutzend auf einen Krieger!

Rasch können die Kinder Waffen von den Kriegern übernehmen und zustechen, keiner der imperialen Krieger bleibt verschont. Im Gegenteil, als die Kinder merken sie gewinnen, beginnen sie mit den Kriegern zu spielen, sadistisch schlitzen sie ihnen tiefe Wunden in die Körper oder brechen ihnen Glider, damit sie ganz langsam sterben. Einigen werden die Fersen oder die Kehle aufgeschnitten, andere einfach nur gefoltert. Fanatisch handeln sie im Namen ihres Gottes, einem der Krieger werden die Füße abgeschnitten, danach beten die Kinder um ihn herum, jedes Kind schneidet ihm ein Stück Fleisch ab, dass es dann ins Feuer wirft. Elendig wird der Krieger lebendig Stück um Stück geschlachtet!

Einem anderen ziehen sie die Haut lebendig ab, dieser wird verbrannt, anderen geben sie Fleisch oder Glider ihrer Kameraden zu fressen. Die Gräuel sind barbarisch und nicht von dieser Welt!

Der älteste Knabe der Kinder steht auf einen Baumstumpf.

„Ich bin Andranmoschi Sohn von Pettrina und Jumoschri! Ihr wisst, meine Mutter sah Jumoschri und wurde von ihm schwanger! Kein anderer Mann berührte sie je und auch Jumoschri musste sie nicht berühren - jungfräulich gebar sie mich! Ich bin der Sohn von Jumoschri! Wir werden uns rächen, der heilige Krieg hat begonnen, alle Ungläubigen werden die Hölle kennen lernen! Doch zuvor müssen wir erstarken und kämpfen lernen! Wir werden uns verstecken und den richtigen Zeitpunkt abwarten, dann führen wir den heiligen Krieg gegen die Ungläubigen weiter! So hätte es meine Mutter Pettrina gewollt, denn sie war das Sprachrohr von Jumoschri. Er befiehlt den heiligen Krieg gegen die Ungläubigen!"

Nun wandern die Kinder nicht mehr nach Amalem, ihre Bewacher lassen sie tot und geschunden zurück! Alsbald sind die jungen Jumoschri verschwunden, keiner kann sagen wohin!

Viele der schwarzen Truppen bleiben im Dienst des Imperators, auch Melchior, nur erhalten sie neue Rüstungen mit den Zeichen des Imperators.

Yabar hingegen versucht das Geschehene zu vergessen, er erzählt niemandem darüber ein Wort, auch Gabrielle nicht. Selbst mit Schamandraan spricht er nie wieder über das Gemetzel in Al Rahma, dem Land der Gurduns.

Irgendwie kann es Yabar zwar verdrängen, vergessen wird er es nie, deshalb versucht er zwar, wo es geht, Frieden zu stiften, aber wirkliche Neuerungen vollbringt er keine in seinem gigantischen Reich!

Zu sehr ist er in ein Tief gefallen, er denkt stets, das mach ich am nächsten Endan.

Oft müssen Herrscher Entscheidungen treffen, die ihnen nicht genehm oder sogar zuwider sind, aber niemand hat je behauptet, zu Führen sei leicht!

Ende

Die Zeit der Helden und Magier

- Melchior

Dragon Fantasy Verlag
8200 Schaffhausen
Autor Stefan Daniel Pfund
© Autor 12.09.2008
© Verlag ab 2008

Krieger sind meistens hart im Nehmen, sie können vieles verdauen und haben einiges gesehen, noch viel mehr erlebt, aber manchmal gibt es Dinge die kann ein Krieger nicht mehr vergessen!

Kaum nach der großen Schlacht in Maldaan, wurde Yabars Reich wieder bedroht, eine Sekte die sich Kinder des Jumoschri nennen griff alle Andersdenkenden an, um sie entweder zu bekehren oder abzuschlachten. Dem jungen Imperator blieb nichts anderes übrig, als noch einmal in den Krieg zu ziehen. So begnadete Yabar die ehemaligen Krieger von Vestor und zog mit ihnen gegen die Jumoschri. Sicher, keiner kann Yabar vorwerfen, er wäre nicht menschlich zu den Jumoschri gewesen. Er hatte ihnen ein friedliches Angebot gemacht, doch sie wollten nur bekehren oder töten. Das darauf folgende Gemetzel war beispiellos!
Einige Truppen ließ Yabar am Ort des Geschehens zurück, um den Gefallenen ein würdiges Grab zu geben, ein paar schickte er mit gefangenen Kindern nach Amalem. Mit den restlichen Kriegern ist er nun auf dem Heimweg nach Maldaan. Sein alter Lehrmeister Schamandraan lenkt sich ab, indem er sich eine Stadt in Gedanken aufbaut, die er um die neue Burg in Maldaan bauen will. Yabar selbst verdrängt das Erlebte, was ihm mehr schlecht wie recht gelingt.
Einer aus der Truppe jedoch, von dem man es am wenigsten erwartet, kann die Bilder nicht vergessen, der Hauptmann Melchior!

Er stand während der Schlacht zwar meistens in der Mitte der Phalanx, doch ab und zu ging er nach vorne, um seine Männer anzufeuern. Dabei musste er ebenfalls mehrere Frauen und Jugendliche töten, die ihn angriffen! Immer wieder tauchen die Gesichter der Frauen vor seinen Augen auf, er möchte sie wegwischen, doch sie bleiben haften! In Vestors Diensten hatte er einige Schlachten geschlagen, bestimmt war vieles nicht ehrenhaft, doch diese Schlacht, möge sie auch noch so gerecht gewesen sein, diese Schlacht war eine zuviel!

Es dauert nicht lange und die imperiale Armee ist wieder in Maldaan. Melchior weist die Männer an, was sie zu tun haben, teilt Wachen ein, lässt andere üben, Routinearbeiten für einen Krieger! Yabar kümmert sich liebevoll um seine schwangere Gabrielle, der er kein Wort vom Geschehenen erzählt und Schamandraan baut bereits an seiner zukünftigen Großstadt Talsan!

Auch die einfachen Krieger die an der Schlacht beteiligt waren, versuchen sich irgendwie abzulenken.

Melchior hingegen wird immer verschlossener, er zieht sich von allem, das nicht Pflicht ist, zurück. Lachen kann er nicht mehr, Freude empfindet er sowieso keine, still und heimlich trinkt er Eiqon oder Met, um seinen Schmerz zu vergessen. Nach einigen Endanen wird es ihm jedoch zu viel, er geht zu Yabar.

„Oh mein Imperator, ich bin gerne dein Hauptmann, aber es geht nicht mehr...“

Verwundert blickt Yabar seinen Krieger an.
„Wieso, weil du einst für Vestor kämpftest?"
„Nein, die Schlacht...ich gebe es ungern zu, aber ich werde die Bilder nicht mehr los...es nagt an meinen Nerven, ich...sehe die Frauen, sie greifen mich an und ich...mit Babys in den Händen...!"
Der Imperator fährt ihm ins Wort, auch ihm fallen diese Erinnerungen nicht leicht.
„Du musst nicht weiter sprechen, ich weiß, was du meinst! Auch ich verdränge das Erlebte..."
Beschämt sieht Melchior auf den Boden der Zeltstadt. Die neue Burg ist noch lange nicht soweit aufgebaut, dass sie bezugsbereit wäre.
„Ich möchte nach Hause, zu meiner Frau und zu meinem Kind!"
Yabar nickt zustimmend.
„Ja, vielleicht kannst du dich bei ihnen erholen! Gabrielle ist mein Licht in der Dunkelheit, möge deine Familie das Gleiche für dich tun. Ich werde Schamandraan anweisen, deiner Familie eine Rente zu zahlen...es ist wohl das mindeste, was ich tun kann!"
„Ich danke dir...und lebe wohl!"
„Lebe wohl..."
Mehr Worte will Yabar nicht mehr verlieren, ansonsten steigt in ihm ein mulmiges Gefühl hoch, auch ihn könnte das Erlebte überkommen! Das wäre fatal, denn er kann sich nicht davonstehlen, es gibt noch keinen imperialen Nachfolger!

Melchior hingegen reitet von dannen, er will Maldaan rasch möglichst verlassen, um seine Familie wieder zu sehen.

Lange muss er nicht reiten, da seine Familie in Ondraa, einem kleinen Redrukaneher Dorf südlich von Drandaa, wohnt. Seine Frau und sein Sohn bewirtschaften den kleinen Bauernhof der eigentlich genügend Lebensmittel abwirft. Der Hof reicht gerade zum Überleben, für Anschaffungen werfen die Ernten zu wenig ab, schon alleine deshalb ging Melchior als Söldner in die Welt hinaus.

Seine Frau Salina und sein Sohn Mandrior sehen ihren Mann/Vater von weitem zum Hof reiten, erwartungsvoll stehen sie vor der Türe um ihn zu begrüßen. Melchior steigt von seinem Pferd, Salina umarmt ihn sogleich, sein Sohn umarmt beide! Doch des Söldners Arme bleiben regungslos hängen, vielleicht denkt er, er habe ihre Liebe nicht verdient!

„Mein geliebter Mann, endlich bist du wieder zu Hause, nach so vielen Jahren! Ich dachte schon, als wir hörten das Vestor verlor, dass du auch gefallen seiest!"

Betrübt gibt er seiner Frau Antwort.

„So schnell vergeht Unkraut nicht...ich bin müde, lass uns an einem anderen Endan darüber sprechen."

„Du bist so anders, seit wann benutzt du Endan statt Tag? Ist etwas passiert?"

Erschrocken sieht Melchior zu seiner Frau, er fühlt sich ertappt.

„Wieso, nein, nichts ist geschehen, darf ich nicht müde sein? Ich ritt ohne

Unterbruch zu euch, damit ich schneller hier bin! Und für kurze Zeit war ich im Dienst des Imperators, in Maldaan wird die Drachen Zeitrechnung benutzt!"

Sie beginnt zu lächeln.

„Dann bist du seit Jahren der erste Redrukaneher im Dienst des Imperators! Ich bin so Stolz auf dich! Gut, komm rein, ich mache dir eine feine Suppe...die wird dich nicht nur stärken, sie wird dich auch aufbauen."

„Mag momentan keine Suppe, ist Met im Haus?"

„Ja...schon, willst du nicht lieber etwas essen?"

Der Junge möchte auch etwas sagen, doch bevor er dazu kommt, ist Melchior bereits im Haus verschwunden. Enttäuscht blickt Mandrior seinem Vater nach, denn viele Salmanen hat er ihn nicht gesehen. Er möchte ihn so gerne fragen, was in all dieser Zeit geschah, welche Abenteuer er erlebte.

Im Haus holt sich Melchior ein Met und trinkt es in raschem Schluck leer. Nur kurz blickt er zu seiner Frau und zu seinem Sohn, sofort kommen Bilder in ihm hoch, Jumoschri Frauen und Kinder die ständig angreifen und durch seine Hand sterben! Diesen Anblick erträgt er nicht, eine solche Schwäche kann er aber vor seiner Familie auch nicht zugeben! Ein Dilemma sonders gleichen!

Die Endanen vergehen, Melchior geht fast nur noch ins Dorf, um Met und Eiqon zu kaufen, ständig ist er betrunken, seine Frau weiß nicht mehr ein noch aus!

Sie erkennt ihren Mann nicht wieder, früher war er ein beinahe perfekter Ehemann, nun ist er nur noch ein Wrack!

Wieder einmal sitzt der Söldner auf der Veranda und trinkt, da kommt Salina zu ihm.

„Warum trinkst du so viel? Ist etwas geschehen? Der Boden müsste bestellt und das Vieh versorgt werden, auf unserem Hof mangelt es nicht an Arbeit!"

Wütend fährt er ihr ins Wort.

„Hast du nicht genügend Hoggs? Willst du das ich wieder gehe?"

Sie versucht zu beschwichtigen.

„Nein, aber sieh dich an, seit Tagen bist du nur am Trinken!"

Er steht auf, sieht mit verschwommenem Blick zu seiner Frau.

„Hast in meiner Abwesenheit einen anderen gehabt, was? Einer der nicht trinkt! Ich bin halt nicht perfekt! Ich bin nur ein Söldner der für Hoggs tötet!"

„Früher hast du auch nicht so viel getrunken, was ist nur geschehen?"

„Was ist geschehen, was ist geschehen...immer die gleiche Scheiß Frage! Lass mich endlich in Ruhe! Du gehst mir auf die Nerven!"

Sie versteht ihn nicht mehr, was für ein Mann kam da zu ihr nach Hause zurück? Ihrer ist es auf keinen Fall, es ist ihr, als wäre ein böser Zwilling nach Hause gekommen!

„Du bist mein Mann...darf ich mir nicht Sorgen machen? Willst du uns, mich und deinen Sohn, nicht mehr? Bin ich dir nicht mehr schön genug?

Jeden Tag harte Arbeit auf dem Hof hinterlassen halt Spuren auf meinem Körper!"

„Was will ich mit deinem Körper, ich will Eiqon, begreifst du das den nicht, lass mich in Ruhe!"

In ihrer Not will sie ihrem Mann die Flasche wegnehmen, doch der packt sie und wirft sie von der Veranda auf den Boden! Hart schlägt sie auf, sie beginnt leise zu weinen, denn er war noch nie gewalttätig zu ihr. Er selbst bleibt erschrocken stehen, ist schlagartig nüchtern.

„Das...das wollte ich nicht...ich kann nicht so leben..."

Ohne ein weiteres Wort zu sagen holt er seine Waffen, Rüstung, einige andere Dinge und ein wenig Hoggs. Rasch sattelt er sein Pferd und steigt auf, währenddem erholt sich Salina von ihrem Sturz, dabei sitzt sie auf der Veranda.

Melchior reitet in ihre Nähe, lässt sein Pferd kurz halten.

„Der Imperator schickt euch eine Rente, damit könnt ihr ohne Sorgen leben...ich werde gehen, denn wenn ich bleibe, dann verletze ich euch nur! Leb wohl!"

Salina sieht zu ihrem wegreitenden Mann, ruft ihm hinterher.

„Bleib, so bleib doch, ich bin dir nicht böse, ich liebe dich doch! Was soll ich ohne dich machen? Bleib...es ist doch gar nichts geschehen, schließlich war es meine Schuld...Dein Sohn und ich werden dir helfen!"

Melchior hört zwar ihre Stimme, sie wird aber immer leiser, desto weiter er sich von ihr entfernt. Zum Glück war der Junge auf dem Feld, so musste er sich von ihm nicht verabschieden!

Mit großen Gewissensbissen reitet Melchior von dannen, nie wollte er seine Frau verletzen! Er denkt sich, bevor schlimmeres passiert reitet er weg, weit weg! Er hält in jedem Dorf und trinkt sich durch alle Kaschemmen, bis er zum Dorf der Verbannten gelangt, dort lässt er sich nieder. Mit Gelegenheitsjobs hält er sich über Wasser, er arbeitet aber nur so viel, dass es für den endanlichen Alkohol reicht!

Melchior ist einer von vielen, die mit ihrem Gewissen nicht mehr im reinen sind. Dabei ist es paradox, erst als er für das Gute kämpfte, in einer Schlacht die für das Gute stand den Sieg erstritt, erst dann wurde sein Gewissen zu schwer belastet.

Auch große Krieger können an Taten zerbrechen die der Gerechtigkeit dienen.

Böses und Gutes - immer stehen sie nahe beieinander!

Ende

Die Zeit der Helden und Magier

- König von Sul

Dragon Fantasy Verlag
8200 Schaffhausen
Autor Stefan Daniel Pfund
© Autor 08. August 2006
© Verlag ab 2005

Krirm, der selbsternannte neue Anführer der Truppen von Radmarsamkorunor, dessen rechte Hand Gujigimesa, viele „rote" Krieger und vier Piratenschiffe konnten sich aus dem Getümmel, der sinnlosen Schlacht auf dem Meer, retten. Viele Piraten fanden den Tod, als der Loooors Nak mit zwei Gima Schiffen die Flotte von Oberpirat Kambochek angriff.

Der gewitzte Krirm sah rasch, dass alle Hoffnung verloren ist und drehte mit dem Piratenschiff Brirrrg ab. Drei weitere Schiffe folgten ihm, nun sind die Schiffe unterwegs nach Sul, sie wollen sich in den vermeintlich sicheren Hafen retten. Die Kapitäne der Piratenschiffe sind rasend wütend auf ihren Exchef Kambochek! Er führte sie in diese Falle, durch ihn verloren hunderte „gute" Piraten ihr Leben, zudem gingen sechzehn Schiffe unter. Ein harter Preis für gar nichts, das Gima Schiff konnten sie nicht erobern, und einen Schatz gab es ebenfalls keinen zu stehlen.

Bereits legen die Schiffe im Piratenhafen von Iju an. Die Piratenstadt besitzt einen der größten Hafen auf dem Meer. Der Hafen ist, wie die Insel, sichelförmig angelegt. Vom Meer aus gesehen liegt rechts, weit nach der Stadt, ein großer Hügel. Von dem aus kann man das Meer überblicken. Auf der linken Seite steht, ebenfalls auf einem kleineren Hügel, das Kastell in dem Kambochek regierte. Eine Hauptstrasse führt durch die Stadt zur Festung.

Nach den letzten Häusern braucht man immer noch drei bis fünf Fiden, bis das Eisengittertor der Festung erreicht ist. Die Besatzung des Kastells hat den besten Überblick auf den Hafen. Kein Schiff entgeht den Wachen auf der Festung.

Die ganze Fahrt nach Iju über, dachte Krirm nach, wie er die Situation für sich nutzen könnte. Neugierig späht er den Hafen aus, bereits liegen wieder fast vierzig Schiffe vertaut im Sichelhafen. Viele der Piraten aus Iju stehen am Hafen und sehen zur Brirrrg, dem ehemaligen Hauptschiff von Kambochek. Niemand weiß nun genau, was geschehen soll. Doch Krirm der schlaue Waldas hat sich alles genau überlegt. Er stellt sich auf die Reling und ruft zu den Piraten hinunter. Somit wirkt er größer, als er in Wirklichkeit ist.

„Piraten von Sul...Kambochek ist in einem glorreichen Kampf gefallen!"

Maulend und johlend äußern sich die Piraten, alle reden durcheinander, doch Krirm mahnt zur Ruhe.

„Seid still! Ich weiß, Kambochek ist schwer zu ersetzen, aber niemand ist unersetzlich! Nehmt mich als euren neuen Hauptpiraten und ihr werdet unermesslich reich!"

Lachend verwerfen die Piraten ihre Hände, einer ruft vom Quai nach oben.

„Warum sollten wie einem Waldas wie dir folgen, du bist ja nicht einmal ein Pirat!"

„Dafür war ich der Diener vom Lord der Lords! Radmarsamkorunor war mein Herr, nur ich alleine weiß wo sein Schatz versteckt ist und glaubt mir, ihr könnt euch gar nicht so viel vorstellen, wie der Lord besaß! So viele Völker, Schiffe und vieles mehr ließ er durch seine roten Truppen plündern!"

„Warum holst du dir dann den Schatz nicht selbst?"

„Was nützt mir ein Schatz, wenn ich ihn nicht ausgeben kann? Von nun an sind die Loooors Schiffe hinter uns her! Auch euch werden sie jagen, denn sie sind auf den Geschmack gekommen. Bald werden sie Iju angreifen, da kenne ich mich aus! Zu lange war ich beim Lord, als das ich das nicht voraussehen könnte! Gegen drei Gimas habt ihr ohne einen richtigen Führer keine Chance! Macht mich zum König von Sul, dann werde ich den Schatz des Lords mit euch teilen und euch vor den Loooors retten!"

Schweigend sehen sich die Piraten an, mehrere Edonen hört man nur das Plätschern des Meeres und das Knarren der Holzplanken, doch dann ruft einer.

„Es lebe König Krirm! Wie es die Tradition der Piraten vorschreibt! Gib uns Beute, dann folgen wir dir!"

Plötzlich rufen alle diesen Satz: „es lebe König Krirm" und so ist der Waldas als Herrscher von Sul gewählt. Niemand kann wissen, ob Krirm wirklich den Weg zum Schatz vom Lord kennt. Aber eines wissen die Piraten, gegen die Loooors müssen sie gewappnet sein, sonst wird Iju und damit ganz Sul untergehen.

Die Stadt ist zwar nicht wirklich schön, archetektonisch ist sie ein Gewirr von verschiedenen Stilen, da viele Rassen in der Stadt leben. Keines der Häuser prächtig gebaut, im Gegenteil, alles ist dreckig, eng und vergilbt. Piraten legen zumeist kaum Wert auf ein schöneres Aussehen, wobei Ausnahmen die Regel widersprechen.

Sofort macht sich Krirm an die Arbeit, er lässt die Schiffe aus dem Hafen fahren, den rechten Hügel mit eigenartigen Konstruktionen bebauen und die Strasse vom Rand der Stadt bis zum Kastell wird ebenfalls ein wenig abgeändert.

Auch an den äußeren Enden des Sichelhafens wird gebaut, der Waldas will nichts dem Zufall überlassen. Wahrscheinlich arbeiteten die Piraten noch nie so schnell wie jetzt. Die Angst vor den Gima Schiffen ist groß, die Überlebenden von der Schlacht berichteten vom Grauen das sie erlebten. Wie die Gima Schiffe einfach über ihre normalen Schiffe fuhren und sie in Stücke rissen!

Da Piraten im Allgemeinen ein wenig abergläubisch sind, ist dies ein ungemeiner Ansporn.

Krirm und seine rechte Hand Gujigimesa machen es sich derweil im Kastell gemütlich, sie übernehmen das ehemalige Arbeitszimmer von Kambochek. Der Hayiy schenkt sich und seinem Herrn Eiqon Schnaps in Horngefäße ein. Gujigimesa reicht Krirm ein volles Horn.

„Darf ich dich etwas fragen?"

„Natürlich..."

Krirm setzt das Horn zum Trinken an, während der Hayiy seine Frage stellt.

„Kennst du wirklich den Weg zum Schatz des Lords?"

Überrascht verschluckt sich Krirm und hustet deswegen ein wenig.

„Äh, selbstverständlich, oder meinst du ich lüge?"

„Dann verrate mir, wie der Schatz aussieht."

„Äh, groß..."

„Ich habe es mir gedacht, du weißt nicht wo der Schatz versteckt ist. Eigentlich bin ich nicht einmal überrascht, ich ahnte es von Anfang an. Aber als deine rechte Hand habe ich es besser als je zuvor. Lieber lebe ich kurze Zeit gut, als lange schlecht!"

Der Waldas nimmt einen tiefen Schluck vom Schnaps.

„Ich will ehrlich zu dir sein, ich war noch nie in der Schatzkammer des Lords, das ließ er nie zu. Aber ich weiß, wie er dahin gelangte, doch wie ich meinen ehemaligen Herrn kenne, wird er alles mit tödlichen Fallen ausgestattet haben. Somit ist der Schatz fast unerreichbar! Doch wenn wir es auf Sul richtig anstellen, dann werden wir trotzdem unermesslich reich! Wer weiß, vielleicht besitzen wir bald drei mächtige Kriegsschiffe!

Dann kann uns niemand mehr aufhalten und du kannst dir aussuchen, welches Land du regieren willst!"

Dreckig lachen die beiden, während sie aus ihren Hörnern trinken.

Krirm hat viel vom Lord gelernt, zu oft
hatte der Lord andere Wesen ins Verderben
rennen lassen. Diese Lehrsalmanen macht
sich der Waldas nun zu nutze...

Ende

Die Zeit der Helden und Magier

- Gross, klein – am Leben sein

Dragon Fantasy Verlag
8200 Schaffhausen
Autor Stefan Daniel Pfund
© Autor 18.02.2008
© Verlag ab 2008

Hinter jedem Ecken könnte etwas Unbekanntes lauern. Niemals kann man alles wissen, oder sich auf alles vorbereiten, dennoch sollte man für alles offen sein!

Weit unten im Südwesten an der Küste vom großen Meer leben die stolzen und starken Karlika, sie besitzen jeweils vier Arme, vier Augen sind kräftig gebaut und haben alle weiße Haut und braune Haare. Ihre Behausungen sind jämmerliche, schiefe Holzhütten, selbst der König lebt in solch einer winddurchlässigen Hütte. Denn die Karlika verbrauchen ihre sämtlichen Ressourcen um ihre Armee aufzubauen! Jedes Stück Metall, Holz oder was auch immer wird zu Waffen und Kriegsgerät verbaut. Selbst die Landwirtschaft leidet unter diesem Aufrüsten, so verspüren viele der Karlika Hunger, aber irgendwie leiden sie für ihr Ziel sehr gerne. Von kleinster Kindheit an werden sie nämlich darauf trainiert Karlika zu sein!
Seit Salmanen rüsten die Karlika auf, selbst der große Krieg gegen Vestor haben sie verschlafen - sie wussten nicht einmal, dass es einen solchen Krieg gab und keiner interessierte sich für sie!
Die Karlika interessieren sich sowieso nur für ihre Waffen und Feinde die Marlikas.
Vor dem großen Platz, um den alle schiefen Hütten gebaut sind, versammeln sich sämtliche Karlikas mit ihren verschlissenen Kleidern, denn ihr König steht auf einem kleinen hölzernen, ebenfalls schiefen, Podest.

Der dickbäuchliche König schreit sich förmlich seine zwei Lungen heraus.

„Mein Volk, meine Karlikas - endlich ist es soweit! Seit über zwanzig Salmanen rüsten wir unsere Armee auf, wir haben uns alles vom Munde abgespart...ihr wisst das wohl am besten! Nichts gönnten wir uns, selbst unsere Kinder litten Not - aber das ändert sich nun! Wir sind soweit, unsere Armee ist jetzt groß genug! Nun können wir unsere erbärmlichen Feinde die Marlikas vernichten! Niemand soll je wieder schwarze Haare und bläuliche Haut haben, das ist obszön! Wir sind das Ideal, weiße Haut und braune Haare, wir sind die Krone der Schöpfung, das Endprodukt!

Die Marlikas müssen vernichtet werden, denn sie widersprechen dem Gott der Schöpfung und somit unserem Glauben! Auf das unsere Rasse ewig lebe und die Marlikas von uns vollständig ausgerottet werden!"

All die Bewohner von Karlikan jubeln und jauchzen, auf diesen Endan sind sie vorbereitet worden und das seit sich ihre Rasse einst von den, ein wenig anders aussehenden Marlikas, getrennt hat.

So wisse: Einst waren die Marlikas und die Karlika ein einziges Volk, sie unterschieden sich nur durch ihre Haut und den Haaren, alles andere war und ist gleich. Nur eines hatten die Marlikas, was die Karlika nicht einsahen, Interesse an neuem Wissen!

Die Karlika hängen bis heute an ihrem Glauben fest, die Marlikas hingegen wollen immer mehr wissen und forschen auf allen Gebieten! So konnten sich die Marlikas natürlich weiter entwickeln als die Karlika, was deren Neid heraufbeschwor! Als es Unruhen gab, verließen die Marlikas das Land und zogen weiter an die Küste. Dort bauten sie sich eine mächtige Stadt direkt in die Klippen, oberhalb aller an die Steine schlagenden Wellen.

Seit diesen Endanen wollen die Karlika die Marlikas vernichten, keiner weiß mehr, wie lange das her ist, denn die Karlika besitzen keine Chronik!

Eine Chronik würden die Marlikas zwar besitzen, doch sie entschieden sich damals, nie mit den Karlika verwandt gewesen zu sein. Denn durch ihre Wissenschaft sahen sie so viele Dinge, schlussendlich schämten sie sich für ihre rückständigen Verwandten und vergaßen deshalb die Blutslinie!

Immer wieder gab es in der Vergangenheit Streitereien zwischen den Karlika und den Marlikas. Doch stets waren es kleine Scharmützel, die meistens zu Gunsten der wissenschaftsorientierten Marlikas aus- gingen. Sie hatten einfach die besseren Waffen als die Karlika, doch das soll sich nun ändern!

Massenhaft produzierten die Karlika Waffen und Kriegsgerät, vieles schauten sie sich von den Marlikas ab! Eine Prozession sondergleichen durchschreitet Karlikan, es gibt eine große, breite Strasse durch die ganze erbärmliche Stadt.

An deren Seiten stehen die Kriegsgeräte, ob es nun Schleudern, Wagen, Rammböcke oder was auch immer sind. Alle Geräte sind mit Rädern ausgerüstet und vorne sind Bankians eingespannt, die sehen aus wie große, schwarze Käfer. Durch ihre rundlichen Flügeln auf dem Rücken, könnten sie auch kleine gepanzerte Wagen sein. Auch wenn sie Flügel besitzen, Fliegen können sie nicht!

Zehntausende Karlika marschieren gen Südwesten, zu den Klippen von Marlikan, um endlich ihr tödliches Werk zu vollbringen. Wahrlich, die Karawane der Armee ist gewaltig und monströs, alle Krieger starren vor Waffengewalt ein jeder wurde auf diesen Endan eingeschworen! Keiner würde kneifen, niemand zurückbleiben, denn ihr Glaube will die Vernichtung ihrer Brüder!

Die Stadt Karlikan hat die Armee weit hinter sich gelassen, von weitem kann man bereits Marlikan erkennen, selbst die Brandung des Meeres ist zu hören. Doch plötzlich fängt die Erde an zu beben, das Beben wird immer heftiger. Angst umfängt die Karlika, der König mahnt zur Ruhe.

„Wir sind mit Gottes Segen in den Krieg gezogen, uns kann nichts geschehen, wir können nicht verlieren!"

Tja, manchmal können Wesen schwer getäuscht werden, so auch die Karlika! Es verirren sich nicht viele fremde Wesen an diese Küstenregion, wo die Karlika und die Marlikas leben, seit Salmanen leben die Karlika ohne Kontakt zur Außenwelt.

Sie wissen gar nicht wie es außerhalb von ihrer Region aussieht. Im Gegensatz dazu haben die Marlikas stets Wissenschaftler ausgeschickt, um die Welt zu erforschen!
Und das wird den Karlikas jetzt zum Verhängnis!
„Mir nichts dir nichts" wandert ein heimatloser Grotaher an der Küstenregion entlang. Der dumpfe und schwere Grotaher stampft gedankenverloren durch die Gegend, denken ist sowieso nicht unbedingt ihre Stärke. Natürlich sieht der Hüne kaum auf den Boden und wenn, er würde wohl für ihn nichts interessantes erkennen.
So stampft und stampft der Grotaher einen kleinen Pfad entlang, auf dem Rücken trägt er einen kleinen Sack mit seinem Habe. Manchmal pickt es ihn an den Füssen, doch das Kitzeln vermag ihn ein wenig aufzuheitern und so geht er weiter seines Weges an den schönen Klippen entlang.

Das Beben verstummt, die Armee der Karlika ist nicht mehr, alles wurde vom Grotaher niedergetrampelt, viele Krieger sind zerquetscht, das Kriegsgerät erdrückt, die Bankians erschlagen. Was die Karlika nicht wissen konnten - sie sind für normal gewachsene Wesen höchstens Kieselstein groß!
Das haben die Marlikas schon vor langer Zeit herausgefunden, deshalb bauten sie ihre Häuser in die Klippen, damit sie niemand zertreten kann!
Einige wenige Krieger der Karlika rennen zurück nach Karlikan, aber dort steht ebenfalls nichts mehr!

Für den Grotaher waren das ein paar Schritte, für die Karlika ihre Welt! Trotzdem überlebten einige der Karlika, sie flüchten in die Wälder und verstecken sich dort vor den Riesen, die außerhalb ihrer Welt wohnen. So versteifen sie sich weiter in ihre Götterwelt, sie beten jeden Endan um Segen, doch keiner beachtet sie, nicht einmal ihre Verwandten die Marlikas. Diese merkten nicht einmal, dass die Karlika aus ihrer angestammten Heimat verschwunden sind, es interessierte sie schlichtweg nicht!

Was ist die Moral von der Geschicht, überschätze deine Größe nicht!

Ende

Die Zeit der Helden und Magier

- Mol und Otum gegen Puton

Dragon Fantasy Verlag
8200 Schaffhausen, Schweiz
Autor Stefan Daniel Pfund
© Autor 03.02.2016
© Verlag ab 2016

Eine kleine idyllische Stadt hat ihre Vorzüge, aber auch einige Nachteile, wenn man nicht immer mit der Masse mitschwimmen möchte. Die kleine Stadt Kahm hat alles, was man zum Leben braucht. Jeder kennt jeden, es gibt genügend Händler für die wichtigsten Güter, Zauberer für die Gesundheit sind fast zuviel ansässig, eigentlich könnten die Einwohner glücklich sein.

Die Stadt gehört zum Volk der dunkelhäutigen Hayiy, dieses Volk liebt zwar pompöse Kleidung, doch ihre Architektur ist schnörkellos. Alles ist irgendwie gradlinig und schlicht gebaut. Ihre Frauen sind immer zurechtgemacht, so schickt sich das bei den Hayiy.

Jede Frau hat einen Nasenring, der mit einer Kette zum Ohrring verbunden ist. Desto wertvoller dieser Schmuck, desto höher das Ansehen der Frau. Beide Geschlechter lieben pompöse Kleidung, es gibt Polster für die Schultern, weite Hosen und allerlei Schnickschnack den man an den Stoff näht. Es darf nicht genug blinkend sein, die Träger jeweiliger Kleidung wollen jeden anderen regelrecht blenden. Geschmäcker waren, sind es und werden es immer sein, verschieden!

Der ein Meter fünfundsechzig große Bürgermeister von Kahm, Puton, achtet stets auf alte erzkonservative Sitten, auch wenn seine Kleidung sehr bunt aussieht, verabscheut er alles was nicht den alten Regeln entspricht.

Vor allem zwei Einwohner haben es ihm angetan, am liebsten würde er sie in Stücke reißen lassen. Jedoch macht er sich nicht gerne die Hände selbst schmutzig. Doch auch wenn Puton ein klein wenig untersetzt ist, seine muskulösen Oberarme sind nicht zu unterschätzen. Zudem ist er ziemlich verschlagen, wenn es darum geht, ein Ziel zu erreichen.

Diese zwei Einwohner sind eigentlich herzensgut und würden keinem anderen etwas zu leide tun. Sie lieben beide den Nasen und Ohrschmuck der Frauen, tragen ihn selbst ziemlich Stolz durch die Gegend. Schon immer haben sie, wie alle anderen auch, gearbeitet, sich ins Gemeindeleben integriert und nie gegen das Gesetz verstoßen. Außer gegen das Gesetz der Sider, denn Mol und Otum sind Homosexuell, auf Draconisch Sider genannt.

Bei den Hayiy ist das verboten, da sie vor Urzeiten schlechte Erfahrungen mit Sidern machten.

Immer wieder versucht Puton die beiden zu diskreditieren, doch die Einwohner lieben sie zu sehr, als dass man auf den Bürgermeister hören würde. Deswegen ersinnt er einen perfiden Plan, er will die Störenfriede aus seiner Stadt haben, koste es was es wolle!

Puton kratzt sich seine dicke Nase und geht während der Dämmerung zur Schule, die ein wenig abgelegen von den normalen Häusern steht. Der Schulleiter, ein immer freundlicher, jüngerer Mann, wohnt im Gebäude, damit er stets für seine Schüler da sein kann.

Hinterhältig steigt Puton die Holztreppe zur Wohnung des Schulleiters hoch, die nie verschlossen ist. Ganz leise macht der Bürgermeister die Türe auf und schleicht in die Wohnung. Ohne etwas zu ahnen sitzt der Schulleiter an seinem klobigen Arbeitstisch und korrigiert Arbeiten der Schüler. Wie von Sinnen zieht Puton einen Dolch aus seinem Mantel und sticht wild auf den Schulleiter ein. Blut spritzt an die Wände und auf die Papyrusarbeiten der Schüler, langsam aber sicher bildet sich eine größere Blutlache auf dem Boden. Der Schulleiter kann sich nicht einmal wehren, zu hinterhältig ist die Attacke, nur ein kleines Röcheln entspringt dem einstigen Lehrer, der nun in der Schattenwelt Schule gibt.

Völlig gefühllos marschiert Puton, nach seiner Bluttat, wieder aus der Schule heraus und geht zum Haus von Mol und Otum. Dort sieht er kurz durchs Fenster, das einen kleinen Spaltbreit offen ist. Hinterhältig lässt er den Morddolch in die Wohnung hineingleiten, ohne dass es jemand bemerkt.

Am nächsten Endan rennt Puton durch die Strassen von Kahm, schreiend weckt er alle Einwohner.

„Der Schulleiter ist tot, der Schulleiter ist tot! Als ich ihn fand, hat er noch seine letzten Worte gesprochen...die Sider hätten ihn erstochen, da er ihnen keine Kinder geben wollte. Die Sider wollten unsere Kinder missbrauchen!

Heldenhaft wehrte sich unser Schulleiter für unsere Kinder! Holt die Sider aus ihrer Hütte, wir müssen sie bestrafen..."

Wenn es um ihre Kinder geht, kennen die Hayiy natürlich keine Gnade. In Massen stürmen die Bewohner von Kahm zum Haus der Sider, Mol und Otum werden brutal aus ihrem zu Hause gerissen.

Die beiden wissen gar nicht wie ihnen geschieht, denn schließlich wissen sie nicht, wieso das alles passiert.

Böse grinsend streicht sich Puton zufrieden über seine Halbglatze, jetzt hat er endlich erreicht, was er wollte. Sogar der ungeliebte Schulleiter ist er los geworden, denn der war ihm zu liberal, da er Toleranz befürwortete!

Schon wollen die Bewohner das Liebespaar aufknüpfen, da schreitet Puton ein, bereits denken Mol und Otum, er wolle ihnen helfen. Doch weit gefehlt.

„Halt, hängen wäre viel zu schnell! Sie sollen langsam aber sicher am Baum der verlorenen Seelen verdursten und verhungern. Vielleicht fressen sie sich dann gegenseitig, Unzucht treiben sie ja auch gegenseitig!"

Der Mob schleift die beiden hageren Männer, grob über den Boden bis zum Baum der Verlorenen Seelen, der weit von der Stadt entfernt liegt. Dort gibt es einen rostigen, alten Käfig, in dem bereits verbleichende Knochen von Delinquenten liegen. Keine Gerichtsverhandlung oder Rechtsprechung wird abgehalten.

Jeder glaubt dem Bürgermeister von Kahm, da er sich immer als Kumpel für das Volk ausgibt. So enden die beiden Sider im Käfig, der fest verschlossen wird. Danach verschwinden die Bewohner wieder und gehen ihren sonstigen Tätigkeiten nach, als sei nie etwas geschehen. Nur Puton bleibt kurz unter dem Käfig stehen.

„Endlich habt ihr das gekriegt, was ihr verdient habt. Ich hasse Sider, ihr betreibt Unzucht und seid unnatürlich! Ein jeder von euch sollte getötet werden!"

Otum blickt nach unten und schüttelt ein wenig seinen Kopf.

„Oh Bürgermeister, deinen Hass verzeihe ich dir, auch dass wir hier eingesperrt wurden. Doch mein Süßer, ob dein Karma es dir ebenfalls verzeiht, wage ich zu bezweifeln..."

Puton schiebt den Käfig fest an, so dass er hart hin und her schwingt.

„Was redest du da für einen Quatsch. Ich bin hier draußen und ihr seid bald in der Schattenwelt!"

Zufrieden geht Puton wieder nach Kahm zurück, er hat erreicht was er wollte. Dafür ging er sogar über Leichen.

Nicht immer ist die Welt gerecht, denn Mol und Otum wurden für etwas bestraft, das sie gar nicht begingen und für ihre Liebe dürfte man sie nicht bestrafen. Schließlich sind beide erwachsen und wissen was sie tun.

Viele Wesen verurteilen das was sie nicht
verstehen und so wird es noch viele
Unschuldige geben, die für etwas bestraft
werden, dass nie bestraft werden dürfte.
Jeder hat das Recht seine eigene Liebe
auszuleben, auch wenn es
gleichgeschlechtlich ist. So lange es
immer freiwillig geschieht.
Endanen lang bleiben Mol und Otum im Käfig
liegen, keiner erbarmt sich ihrer, niemand
befreit sie aus ihrer Pein. Viele Endanen
später sieht Otum etwas von weitem, einen
schlanken, jungen Eck...

Ende

Die Zeit der Helden und Magier

- Betrug am Betrüger

Dragon Fantasy Verlag
8200 Schaffhausen, Schweiz
Autor Stefan Daniel Pfund
© Autor 05.02.2016
© Verlag ab 2016

Wahrlich, dem Karma kann kaum einer entkommen, vor allem wenn man ein so schlechtes wie Puton dem Bürgermeister von Kahm hat. Er liebt Ruhm und Macht, dafür hasst er alles, was nicht seinen Maßstäben entspricht.

Vor ein paar Endanen ließ er zwei Sider bestrafen, nur weil er Sider hasst. Der kleine Hayiy Mensch kennt keine Skrupel, wenn er etwas erledigt haben möchte, legt er auch selbst Hand an, was ihm eigentlich zuwider ist. Nach außen, zum Volk, gibt er sich als Freund und Helfer, damit er jeden für seine Vorteile ausnutzen kann.

Eines Endans erscheint ein fremder Mann in der Stadt der Hayiy. Der Mann trägt eine graue Toga, hat Schlitzaugen und eine große krumme Nase, scheinbar muss er zu den Rassagadas Menschen gehören. Wie der Bürgermeister ist der Rassagadas ein wenig vollschlank um den Bauch herum, auf dem Kopf hat er eine Vollglatze.

Neugierig geht der Bürgermeister zum Fremden und stößt ihn von unten unsanft an, der Rassagadas ist sicher zwei Köpfe größer als der Hayiy.

„Wer sind sie und was machen sie ihn Kahm?"

Irgendwie scheint der Rassagadas den Bürgermeister zu durchschauen, denn in seinem Gesicht spiegelt sich dessen Überlegenheit.

„Ich heiße Eschambar und bin vom blauen Zirkel! Wer seid ihr, wenn ich fragen darf?"

Völlig überwältigt von dem hohen Besuch, verneigt sich Puton kurz.

„Ich bin Puton der Bürgermeister von Kahm.
Ich begrüße sie herzlich in unserer
bescheidenen Stadt. Was führt sie zu uns,
wenn die Frage erlaubt ist?"
Desinteressiert sieht sich der Rassagadas
ein wenig um.
„Der blaue Zirkel möchte eine Versammlung
abhalten, deswegen sind einige unserer
Mitglieder unterwegs, um das richtige
Ambiente zu finden."
Mit offenem Mund steht der Bürgermeister
vor Eschambar.
„Sie möchten ihre Versammlung bei uns
abhalten? Das wäre eine große Ehre für
unsere Stadt."
„Ja, das wäre es bestimmt, wenn wir hier
logieren würden. Doch zuerst muss ich mich
davon überzeugen, dass ihre Stadt auch
dafür geeignet ist."
Zu gerne würde der Bürgermeister den
blauen Zirkel in seiner Stadt sehen, denn
dieser Zirkel ist die bedeutendste
Organisation von magischen Wesen, die es
weit und breit gibt. Auch hätte er gerne
einige davon als Freunde, die Macht vom
blauen Zirkel ist unermesslich!
„Natürlich würden wir gerne alles für sie
arrangieren. Sie müssen nur sagen, was sie
gerne möchten."
Gelassen legt Eschambar seine Hand auf die
Schulter vom Bürgermeister.
„Das hört man gerne, als erstes wäre eine
Unterkunft und Verpflegung sehr schön."
„Es ist gerade ein Haus leer geworden, es
gehört ihnen."

Puton führt den Rassagadas zum Haus, das einst Mol und Otum gehörte, danach lässt er feine Leckereien zum Fremden bringen. Nur das Beste ist gut genug für den Bürgermeister.

Am nächsten Endan erkundigt sich Puton bei seinem Gast, ob er alles erhalten hat, was er benötigt. Eschambar liegt bequem auf einem gut gepolsterten Sofa und kaut genüsslich an süßlichen Früchten herum.

„Ah, Bürgermeister, das trifft sich gut, mit ihnen wollte ich noch sprechen. Legen sie sich doch auf das zweite Liegesofa."

Geehrt legt sich Puton hin und lauscht gebannt den Worten des angeblichen Magiers.

„Ihre Großzügigkeit ist wirklich beachtlich. Dennoch, ich weiß nicht, ob wir in ihrer Stadt wirklich eine Versammlung abhalten können."

Sofort möchte der Bürgermeister aufstehen und seinem Gegenüber noch mehr Wünsche erfüllen, doch Eschambar wedelt mit seiner Hand, damit sich der Bürgermeister zurück an seinen Platz legt.

„Wissen sie Bürgermeister, so eine Versammlung kostet viel Hoggs, nicht alle magische Wesen sind reich. Sicher, könnten wir selbst Gold herstellen, doch unser Zirkel hat es verboten! Sie verstehen, es verstößt gegen unsere Regeln..."

Mit großen Augen sieht Puton zu seinem Gegenüber, doch anstatt den Rassagadas sieht er nur noch Goldklumpen herumfliegen.

„Sie können Gold herstellen?"

Sein gesamter Mund ist wässrig, aus seinen Mundwinkeln läuft der Sabber heraus, nun hat der Rassagadas den Bürgermeister dort, wo er ihn haben wollte.

„Ja, ja, das wäre eine kleine Fingerübung, dafür brauchen wir nur normale Steine und kurze Zeit später sind sie aus purem Gold."

„Sie beherrschen das auch?"

„Fast jeder aus dem blauen Zirkel beherrscht diese Magie...wieso fragen sie?"

Ganz nervös kratzt sich der Bürgermeister an seiner Halbglatze. Er weiß nicht, wie er sein Anliegen formulieren soll.

„Ja dann...könnten sie..."

Der Rassagadas gibt sich bestürzt.

„Sie wollen doch nicht andeuten, ich solle Steine in Gold verwandeln? Das ist uns verboten, wie ich schon erwähnte...vielleicht...aber nein!"

Puton kann sich kaum auf der Liege halten, er muss sich aufsetzen.

„Vielleicht was? Sprechen sie, gäbe es eine Möglichkeit Gold herzustellen?"

Längere Zeit blickt der magische Mann zur Decke und zögert so seine Antwort hinaus, der Bürgermeister beginnt zu zittern, er wittert viel Hoggs für ihn.

„Sie wissen, es ist verboten für uns selbst Gold herzustellen. Aber wenn wir nun bei ihnen unsere Versammlung abhalten und die Kosten ein wenig vertauschen..."

Wieder kratzt sich Puton seine Halbglatze, durch sein übermäßiges Schwitzen beißt ihn die Haut.

„Ich verstehe nur karalonisches Paldalon, was möchten sie mir sagen? Ist es möglich?"

Auf dem Gesicht des Rassagadas zeichnen sich Denkfalten ab.

„Ja, wir könnten unsere Regeln ein wenig biegen. Wenn ich jetzt zum Beispiel Gold für sie verwandeln würde und sie mir dafür Hoggs gäben, damit ich die Versammlung bezahlen kann. Dann kann ich dem Zirkel berichten, dass sie unsere Versammlung bezahlt hätten. Und damit sie etwas davon haben, werde ich doppelt so viele Steine verwandeln, wie sie mir Hoggs geben. Doch das müssen meine Zirkelmitglieder ja nicht erfahren, sonst wären sie sicher nicht einverstanden."

Nun kratzt sich der Bürgermeister mit beiden Händen am Kopf herum.

„Ich verstehe sie richtig? Für alles Hoggs, dass ich ihnen gebe, geben sie mir den Wert doppelt als Gold?"

Der Rassagadas zischt ein wenig und hält sich den Zeigefinger vor den Mund.

„Nicht so laut, die Wände haben Ohren, mein Zirkel darf davon nichts erfahren. Ja so habe ich mir das vorgestellt. Die Versammlung wird sehr viel kosten, desto mehr Hoggs ich bekomme, desto besser für eine wahrhaftig glorreiche Versammlung. Und wenn unsere Versammlung ohne Probleme von statten geht, dann wird niemand danach fragen, wie sie finanziert wurde. Sie verstehen, Bürgermeister?"

Für Puton scheint es der Glücksendan schlechthin zu sein!

389

Selbst seine Hose wird stetig enger, er kann seine Erregung kaum verstecken. Doch dann überkommt es ihn, woher nimmt er all das Hoggs, damit er zum Superreichen aufsteigen kann? Seine Gedanken kreisen um sein eigenes Vermögen, dass er aber als zu wenig erachtet. Soll er noch bei einem Kreditgima Hoggs leihen? Oder soll er es wagen, die Stadtkasse anzutasten?

„Mein Vermögen ist nicht so groß, Magier, aber die Stadtkasse ist prall gefüllt. Wir wollten eine Mauer um die Stadt bauen, weil wir Meldung von Kriegen in den umliegenden Ländern erhalten haben. Aber ihr sagt ja, ihr verwandelt doppelt so viele Steine in Gold um! Dann könnte ich es nachher wieder in die Stadtkasse legen und keiner würde es merken."

Zustimmend nickt der Rassagadas mit seinem Kopf.

„Hervorragende Idee! Wir brauchen wirklich viel Hoggs, für diese äußerst wichtige Versammlung. Natürlich sollte niemand von unserer Vereinbarung erfahren. Deswegen wäre es gut, wenn sie mir das Hoggs auf einem Wagen mit Pferden vor das Haus stellen und auch die Steine diskret ins Haus liefern. Dann kann ich die Steine unbemerkt verwandeln, dabei darf aber niemand zusehen, es wäre gefährlich, wenn jemand die Magie selbst anwenden würde."

„Ich werde alles zu ihrer Zufriedenheit erledigen."

Sofort stürmt der Bürgermeister aus dem Haus, trotz seiner Leibesfülle kann Puton schnell sein, wenn er ein solches Vermögen vor Augen hat.

In den Stallungen besorgt er sich einen sehr langen Wagen mit einem sechser Pferdegespann. Danach sammelt er außerhalb der Stadt so viele Steine zusammen, wie er in den Wagen stopfen kann. In der Nadne fährt er wieder zum Haus und lädt sie überall hin, wo es Platz hat. Danach ist das ganze Haus mit Steinen übersät.

„Herr Magier, vielleicht sind es noch ein wenig Steine mehr, als die doppelte Menge wie ich Hoggs auftreiben kann..."

Beruhigend winkt Eschambar ab.

„Das macht doch nichts, wir sind ja jetzt Freunde, unter Freunden spielt Hoggs nicht so eine große Rolle. Wenn sie glücklich sind, bin ich es auch. Wir Magier brauchen kein Hoggs für unser Glück. Unsere Bescheidenheit ist unser wahres Glück."

Die Hände reibend stimmt Puton den Worten des Magiers zu.

„Sehr schön gesagt, dann werden wir sicher alle glücklich. Ich hole nun das Hoggs von mir und der Stadtkasse. In ein, zwei Haden bin ich wieder da."

Eiligst fährt der Bürgermeister zuerst zu sich und lädt sein Vermögen in einer Kiste auf den Wagen. Danach fährt er rasant zum Stadthaus und lädt eine Kiste nach der anderen ein. Dazu muss er viele Treppen laufen, denn die Stadtkasse ist im Keller, in einem relativ sicheren Raum. Den Schlüssel dafür hat nur der Bürgermeister. Nachdem er den leeren Raum wieder verschlossen hat, fährt er mit dem ganzen Hoggs zu Eschambar.

Sichtlich freut sich der Magier, dass es kaum eine Had gedauert hat, bis Puton wieder bei ihm ist.

„Ah, Bürgermeister, sehr schön, ich habe bereits die Magie eingesetzt. Die Steine sind sich am Wandeln, dies geht aber mindestens fünf Haden! Zuvor dürfen sie nicht berührt werden, sonst klappt die Magie nicht. Sie verstehen Bürgermeister?"

Beim Heruntersteigen vom Wagen, fällt Puton beinahe auf den Boden, so nervös ist er. Eschambar äugt unter die Plane des Wagens und sieht zahlreiche Kisten darin.

„Sehr schön, damit niemand etwas mitkriegt, werde ich den Wagen aus der Stadt fahren, danach komme ich wieder und wir organisieren die Versammlung in ihrer Stadt. Ist ihnen das recht Herr Bürgermeister?"

Puton ist kaum in der Lage ein Wort richtig auszusprechen, denn die Goldgier hat ihn gepackt.

„Alles was sie sagen, Eschambar. Ich werde zwischenzeitlich ins Haus gehen und den Steinen zusehen..."

Der Magier unterbricht ihn.

„Nein, davon würde ich abraten, denn die Wandlung ist, für Lebewesen, auch ein wenig gefährlich. Es könnte sie blenden! Gehen sie nach fünf Haden hinein und sie werden in Gold baden können."

„Na gut, dann warte ich halt..."

„Ja sehr schön, bis nachher, ich bin bald zurück..."

Langsam gibt Eschambar den Pferden das Kommando zum Lostraben.

Fast schon gemütlich fährt der Wagen aus der Stadt hinaus. Als Eschambar die Stadtgrenze passiert hat, gibt er den Pferden die „Sporen". Rasend schnell verschwindet der Wagen hinter dem nächsten Hügel.

Ungeduldig wartet der Bürgermeister währenddem vor dem Haus. Vor lauter Anstrengung ist er müde geworden, deswegen setzt er sich in einen Stuhl, der vor dem Haus steht. Übermüdet schläft Puton ein, bis ihn die Bürger am nächsten Endan wecken.

„Herr Bürgermeister, was machen sie denn vor dem Haus der Siders?"

Überrascht schreckt Puton auf, er stammelt vor sich her.

„Ich...ich, dachte...ich halte Wache, damit die Siders nicht zurückkommen."

Immer mehr Volk versammelt sich vor dem Bürgermeister.

Einer meint.

„Aber wir haben die Sider doch in einen Käfig gesperrt, die können nicht wiederkommen?!"

„Ihr wisst doch, wo ein Sider ist, zieht es auch andere an..."

Ein anderer Bürger hat am Vorendan einen Rassagadas gesehen.

„Haben sie gestern nicht einen Rassagadas in das Haus einquartiert?"

Schwitzend steht Puton vor seinem Volk, an seiner Halbglatze kratzend versucht er sich herauszureden.

„Ach ja, habe ich ganz vergessen, ähm, ich wollte mich versichern, dass er kein Sider ist..."

Nun werden auch die naivsten Bürger von Kahm stutzig, einer von ihnen öffnet die Tür zum Haus. Der Bürgermeister will ihn noch zurückhalten.

„Nein, nicht öffnen, das ist verboten!"
Selbstverständlich will Puton nicht, dass sein Volk das viele Gold sieht. Doch bevor Puton nur schon in der Nähe der Türe ist, hat sie der Bürger bereits geöffnet.
Staunend stehen die Bewohner von Kahm vor der Türe und sehen Unmengen von Steinen in allen Größen.

„Wer hat denn so viele Steine in das Haus gebracht?"
Als Puton die Steine sieht, erkennt er was geschehen ist, er ist einem Betrüger aufgesessen! Ihm kommt die leere Stadtkasse in den Sinn, heute müsste er die ersten Steinmetze bezahlen, damit der Bau für die Stadtmauer beginnen kann. Doch das Hoggs ist weg, wie soll er dass den Bürgern von Kahm erklären? Einen Dieb bezichtigen, aber die Türe zur Kasse ist fest verschlossen. Die Verwalter sind bereits im Stadthaus am Arbeiten, somit kommt er nicht unbemerkt zum Kassenraum, damit er diesen beschädigen könnte. Da nur er einen Schlüssel hat, wird allen klar sein, dass er auch das Hoggs genommen hat! Puton kommt aus dieser Sache nicht mehr ungeschoren heraus, wenn er heute nicht das Hoggs an die Steinmetze zahlt, wird der Raub entdeckt. Panisch läuft er zu sich nach Hause, dort greift er unbemerkt einige Sachen und schleicht sich zu Fuß aus der Stadt hinaus.

Zum Stall kann er nicht, denn dazu müsste er an vielen Bewohnern vorbei, die ganz genau wissen, Puton reitet nur selten, da er lieber im Haus sitzt.

So rasch wie er kann, verschwindet Puton aus der Gegend, er macht sich auf den Weg zum Dorf der Verbannten, dort wird ihm niemand dumme Fragen stellen, dort gehört er hin.

Noch lange verflucht er seine Gier nach Gold, auch verflucht er diesen Eschambar, aber ändern kann er nichts mehr an seiner Pein.

Nachdem der Bürgermeister verschwunden ist, werden die Bewohner von Kahm stutzig. Keiner kann sich das Verhalten ihres Bürgermeisters erklären, bald kommt der Verdacht auf, dass Puton bestimmt nicht einfach so verschwinden würde! Fast die ganze Stadt begibt sich zum Stadthaus, dort wird die Türe zur Stadtkasse aufgebrochen. Bestürzt erkennen die Bewohner von Kahm, dass die Kasse leer ist! Die Mauer kann nicht gebaut werden und somit liegt die Stadt schutzlos da!

Es ist so eine Sache mit dem Karma, wer viel Schuld auf sich lädt, den wird eines Endans die Rechnung dafür serviert. Wie wenn ein Glas überfüllt wird und es dann überläuft. Vielleicht kippt das Glas deswegen sogar um und zerbricht in unzählige Stücke.

Puton hat in seinem Leben sehr viel Schuld auf sich geladen, dies wurde ihm nun zum Verhängnis.

Nie wieder kann er sich in Kahm blicken lassen, die Bewohner würden ihn bestimmt ohne Verhandlung hängen. Ob er je wieder eine höhere Position in diesem Leben erhalten wird? Keiner kann dies sagen! Auf jeden Fall kann Puton äußerst kaltblütig sein, wenn es um Macht und Reichtum geht

Ende

Die Zeit der Helden und Magier

- Das Heldenlied von Maldaan

Dragon Fantasy Verlag
8200 Schaffhausen, Schweiz
Autor Stefan Daniel Pfund
© Autor 23.02.2016
© Verlag ab 2016

Nichts konnte sie halten,
selbst keine Naturgewalten.
Yabar kam als Krieger,
er stand aufrecht gegen das Böse,
er blieb als Sieger,
mit lautem Getöse.
Oh Vestors Toren,
Der Imperator ward geboren.

Den Tyrann zu stürzen,
seine Eingeweiden mit behaunem Metall zu
würzen.
Dazu waren sie nach Maldaan gekommen,
dafür durch den pechschwarzen Graben
geschwommen.

Nichts konnte sie halten,
selbst keine Naturgewalten.
Yabar kam als Krieger,
er stand aufrecht gegen das Böse,
er blieb als Sieger,
mit lautem Getöse.
Oh Vestors Toren,
Der Imperator ward geboren.

Der Tyrann wurde irr,
stand auf den schwarzen Zinnen völlig
wirr.
Der Stern der Macht strahlte,
die Schreie der Armen verhalte.
Blut veränderte das Gesicht der schwarzen
Wehr,
nur Leben war des Helden Begehr.

Nichts konnte sie halten,
selbst keine Naturgewalten.
Yabar kam als Krieger,
er stand aufrecht gegen das Böse,
er blieb als Sieger,
mit lautem Getöse.
Oh Vestors Toren,
Der Imperator ward geboren.

Die Helden litten unter Qualen,
sie mussten einen hohen Preis dafür
zahlen.
Soviel Tod sah das Schattenreich an diesem
Endan,
nur wegen Vestors Grössenwahn.

Nichts konnte sie halten,
selbst keine Naturgewalten.
Yabar kam als Krieger,
er stand aufrecht gegen das Böse,
er blieb als Sieger,
mit lautem Getöse.
Oh Vestors Toren,
Der Imperator ward geboren.

Das Horn des Trug verhalte klanglos,
dennoch war es famos.
Die Fabeln drangen in die Schlacht,
sie haben den endgültigen Sieg gebracht.
Gabrielle wurde befreit,
Yabars Samen gedeiht.

Nichts konnte sie halten,
selbst keine Naturgewalten.
Yabar kam als Krieger,
er stand aufrecht gegen das Böse,
er blieb als Sieger,
mit lautem Getöse.
Oh Vestors Toren,
Der Imperator ward geboren.

Der Tyrann verlor seinen Verstand,
ein unrühmliches Ende fand.
Die Teufelsburg wurde geschliffen,
nun hat es jeder begriffen.

Nichts konnte sie halten,
selbst keine Naturgewalten.
Yabar kam als Krieger,
er stand aufrecht gegen das Böse,
er blieb als Sieger,
mit lautem Getöse.
Oh Vestors Toren,
Der Imperator ward geboren.

Von einem unbekannten Barden

Ende

Die Zeit der Helden und Magier

- Die Treue eines weißen Löwen

Dragon Fantasy Verlag
8200 Schaffhausen, Schweiz
Autor Stefan Daniel Pfund
© Autor 05. 03. 2016
© Verlag ab 2016

Es ist dunkel im kleinen Stall, es stinkt und überall liegt Kot. Traurig blickt der weiße Löwe von Pados an die hölzerne Wand, ihm ist nicht klar, wieso er so lange auf seinen Herrn warten muss. Denn seit Endanen hat er den Zwergen nicht mehr gesehen, wurde nicht mehr von ihm gestreichelt, geschweige denn mit leckeren Köstlichkeiten verwöhnt. Gutes Futter bekommt der Löwe kaum und irgendwie hat er das Gefühl, die Besitzer des Stalls wollen ihm nichts gutes. Ständig kommen andere Wesen und verhandeln mit dem Besitzer, scheinbar will er ihn verkaufen, trotz das Pados für die Unterstellung bezahlte. Doch einen weißen Löwen können eigentlich nur Zwerge bändigen, sie alleine besitzen das Wissen darum. Viele andere Wesen haben es versucht, selbst Grotaher wollten es schon vollbringen, sie alle haben aber nicht mit der Unberechenbarkeit der Löwen gerechnet. Diese Löwen sind nicht viel kleiner als ein normales Pferd, dafür umso stärker und ihren Klauen sollte man stets aus dem Weg gehen!

Die Empathie des Tieres weiß das es fliehen muss, wenn es seinen Herrn je wieder sehen will. Als der Besitzer des Stalls, ein älterer Kobold, wieder nach dem Rechten sieht, will es der Löwe wissen. Zwar macht der Kobold die Türe zum Stallabteil, in dem der Löwe ist, nicht auf, zu gut weiß der Kobold, dass er gegen den Löwen keine Chance hat. Schließlich überragt der Löwe den Kobolden um einiges.

So steigt der Kobold auf eine Leiter und sieht von oben auf den Löwen herab, in vermeintlicher Sicherheit vor der Türe zum Stallabteil.

Die Türe ist zwar hoch, aber der Löwe kann gerade noch darüber sehen. Als der Stallbesitzer von oben herunter sieht, sieht auch der Löwe mit starrem Blick zu ihm hoch. Dem Kobold friert der Rücken ein, so durchfährt ihn einen Schauer der Angst. Plötzlich holt der Löwe mit seiner Pranke aus und schlägt mit voller Wucht gegen die Türe. Krachend zerspringt das eigentlich starke Holz in kleine Splitter. Die Leiter mit dem Kobold darauf fällt nach hinten. Völlig ruhig schreitet der Löwe hinaus, bleibt über dem Kobold stehen und sieht ihn böse an. Vor Angst uriniert der Kobold in seine speckige, lederne Hose.

„Ich wollte dich nicht verkaufen, ich schwöre es...na gut, ich wollte dich nur ein bisschen verkaufen...bitte friss mich nicht!"

Ans Fressen denkt der Löwe zwar, aber nicht an solch zähes Fleisch von einem Kobolden. Mit einem gewaltigen Satz rennt das weiße Reittier durch die Stalltüre, die der Kraft des Löwen nichts entgegen zu setzen hat. Mit seiner großen Nase schnüffelt er im ganzen Dorf der Verbannten nach seinem Herrn Pados. Der Geruch des Zwergen liegt zwar auf dem Boden, aber nicht frisch, sondern bereits einige Endanen alt. Niemand will sich dem Löwen in den Weg stellen, zu grimmig sind dessen Zähne.

Selbst ein Untier beginnt zu scheuen, als es den frei laufenden Löwen sieht. Am Quai vom großen Meer bleibt der Löwe stehen, er sieht die vielen Fischerboote, nur keinen Pados. Kurz stillt der Löwe seinen Durst am Süßwasser des großen Meeres. Es soll angeblich Planeten geben, auf denen sind große Meere voller Salz, doch in diesem Reich liefert nur das Blut des Ikimi genügend Salz für alle Wesen. Es soll zwar angeblich Salzadern in entfernten Bergen geben, aber niemand aus dem Imperium hat sie je gesehen.

Ein Hüne mit schwarzem Haar tritt an den Löwen heran.

„Na du, suchst wohl Pados?"

Mit offenen Händen signalisiert der Fremde seine ehrlichen Absichten. Der Löwe blickt ihn an, als wenn er wüsste das der Mann es gut mit ihm meint.

„Du kennst mich nicht, aber wer kennt schon Scar? Dein Herr ist über das Meer zur Insel der Amphibien, wenn du zu ihm willst, musst du wohl oder übel schwimmen. Aber sei gewarnt, in diesem Wasser schwimmen Kreaturen, die sind stärker als du!"

Kurz blickt der Löwe zum Wasser, dann zurück zum Fremden, doch der ist nicht mehr da.

Lange braucht der Löwe nicht zu überlegen, seine Treue lässt ihn ins Wasser springen, der Klatscher ist kaum zu überhören, die Boote wippen umher. Verwundert sehen die Fischer, Piraten, Schmuggler und Kapitäne dem schwimmenden Löwen hinterher.

Mit kräftigen Bewegungen kommt der Löwe rasch voran. Solch ein Bild hat kaum je einer gesehen, einen weißen Löwen mit allen Vieren schwimmend im großen Meer. Ein Bild für Legenden und Sagen!

Bald ist das Dorf der Verbannten nicht mehr zu erkennen, nur noch das weite Meer ist zu sehen und die Mutter Sonne brennt auf die Wellen herab.

Doch was ist das? Eine mächtige Welle ist in Richtung des Löwen unterwegs. Kein Wind weht und ein Schiff kann es nicht sein! Etwas das im Wasser schwimmt muss die Welle erzeugen. Kann es sein? Die Paarungszeit der Gimas ist noch nicht vorbei und dann sind sie hungriger als sie so schon sind!

Der Löwe erkennt die Welle, ein fischiger Geruch dringt zu ihm. Er kennt zwar keine Gimas, aber die Gefahr in der Luft erkennt er allemal. Starr bleibt der Löwe im Wasser liegen, der Gima schwimmt vorne immer näher heran. Bereits reißt der mächtige Fisch sein Maul auf, seine langen, scharfen Zähne blitzen im Licht der Mutter Sonne. Nur noch einige Fuß trennen den tödlichen Fisch und den Löwen, dennoch bleibt das weiße Reittier ruhig im Wasser liegen. Als wenn er sich seinem Schicksal gefügt hätte und er es stillschweigend akzeptiert. Es fehlt nicht mehr viel Distanz und der Gima kann sein Maul um den Löwen schließen. Aber auch der Gima hat noch nie einen weißen Löwen gesehen! Somit weiß der große Fisch nicht, dass weiße Löwen niemals aufgeben!

407

Man hat schon weiße Löwen gesehen, die halb zerrissen noch während ihrem letzten Atemzug für ihre Sache kämpften. Mit enormer Kraftanstrengung springt der Löwe aus dem Wasser! Überrascht blicken die kleinen Augen des Gimas, wie der Löwe über sein Maul springt und auf seinem Kopf landet! Rasch will der Gima untertauchen, doch der Löwe hat bereits seine Pranken und sein Maul in den Kopf des Gimas geschlagen! Grünes Blut läuft über die kleinen Augen des Fisches, seine Kraft lässt nach, denn der Löwe reißt gigantische Fleischstücke aus dem Kopf heraus und verschlingt sie mit einem Schluck. Schließlich hat er schon einige Endanen kaum etwas zu sich genommen, der Kobold hatte ihn fasten lassen. Das Licht des Lebens verlassen die Augen des Gimas, denn sein Gehirn ist bereits im Magen des Löwen. Nun ist der riesengroße Gima nur noch eine tote, riesige Hülle, die auf dem Wasser treibt. Freudig stillt der Löwe seinen Hunger am Gima, alles kann er davon nicht verschlingen, denn der Fisch ist so derart groß, der Löwe könnte auch mit mehreren Leben den Fisch nicht ganz auffressen. Als er satt ist, bleibt er eingekuschelt im Kopf des Gimas liegen, nach einem solch gewaltigen Mahl tut eine Pause gut. Zudem ist es dort noch ein wenig warm und trocken, nach einigen Haden bricht die Nadne herein. Der Löwe bleibt in der Gehirnausbuchtung liegen, bis der Endan wieder anbricht. Nun fühlt er sich wieder stark genug, um weiter zu schwimmen.

Der Geruch von Pados wird immer stärker, er kann ihn auf einer weit vor ihm liegenden Insel riechen. Der Löwe wird immer freudiger, denn der Geruch seines Herrn wird stetig stärker, was ihm sagt, er muss nahe bei ihm dran sein. Immer stärker paddelt der Löwe voran, bis endlich der weiße Strand unter seinen Pranken spürbar ist. Schüttelnd spritzt er das Nass aus seinem Fell heraus, dann rennt der Löwe los, denn seine Nase sagt ihm, Pados muss in der Nähe sein. Tatsächlich sieht der treue Löwe den traurigen Zwergen am Strand vor der großen Amphibienstadt. Scheinbar hat Pados jemanden wichtiges verloren, der Löwe erkennt nur die traurige Stimmung des Zwergen. Pados kann kaum seinen Augen trauen, sein geliebter Löwe rennt auf ihn zu und umschmeichelt ihn. Schnurrend lässt sich der Löwe von Pados kraulen, jetzt erhellt sich auch die Stimmung des Zwergen wieder und der Tod von Rarie ist für den kurzen Augenblick des Momentes vergessen.

Treue ist ein ganz besonderes Gut, man sollte es stets zu schätzen wissen.

Ende

Die Zeit der Helden und Magier

- Das bittere Ende eines Boten

Dragon Fantasy Verlag
8200 Schaffhausen, Schweiz
Autor Stefan Daniel Pfund
© Autor 12. 04. 2016
© Verlag ab 2016

Es ist zwar nur ein kleiner Auftrag, doch mitunter kann auch etwas Kleines die Welt bedeuten.

Ein Bote des Imperators reitet durch den Kram Wald der zwar zum Reich der Musulunen gehört, doch keiner aus diesem Volk würde sich dorthin verirren. Der Wald gilt als gefährlich, denn merkwürdige Wesen wurden darin gesichtet! Diese Wesen sind alles andere als friedlich, sie wollen sich für etwas rächen, dass ihnen vor unzähligen Salmanen angetan wurde.

Der Wald ist sehr klein, dafür umso düsterer, viele Legenden herrschen um das bebaumte Stück Land. Keiner kann sagen, welche Legende wirklich stimmt und was im Wald jeweils geschieht, denn kaum einer kam lebend aus dem Wald zurück! Und wenn je einer lebendig heraus kam, dann erzählte er etwas von durchsichtigen Wesen.

Von den vielen Gefahren die im Wald lauern weiß der Sarrannaas Radka, Bote von Yabar und Neffe von Allaka, natürlich nichts. Er reitet, im Glauben es sei der schnellste Weg nach Pax, in den Wald hinein. Denn der Sarrannaas will seinen Botengang pflichtbewusst ausführen!

Immer weiter reitet der Sarrannaas, auf seinem mutigen Atrisstier, in die dunklen Gefilden des Waldes. Das Licht der Mutter Sonne verschwindet immer mehr, die Nadne könnte nicht dunkler sein, als es der Kram Wald ist. Der Wald besteht zumeist aus Riesenbäumen, die sehr dicht aneinander wachsen und enorm hoch werden.

Dadurch verdunkeln sie die Sonne, andere Pflanzen haben kaum eine Chance in diesem Wald zu wachsen, außer einigen Nachtschattengewächsen.

Nun wird's auch Radka mulmig, er fragt sich, ob er den richtigen Weg genommen hat. Da er kaum seine große Hand vor Augen sieht, geschweige denn den Pfad.

Selbst sein Stier fängt an zu bocken, was ein Atris sonst nie tut!

Von überallher blicken glühende Augen auf den Eindringling, am liebsten würde Radka so schnell wie möglich aus dem Wald heraus sein, doch so klein der Wald ist, es kommt kein Ausgang in Sichtweite.

Im Gegenteil, der Wald wird immer dichter und scheint länger zu werden. Vielleicht ist der Sarrannaas ja auch vom Weg abgekommen, aber er kann das nicht feststellen, ohne Licht kann er nichts sehen. Reitet er eventuell sogar im Kreis?

Von weitem glaubt Radka eine Fackel zu erkennen, rasch galoppiert der Bote auf das Licht zu, und tatsächlich ein Licht schimmert in der düsteren Einöde des Waldes.

Vor dem Boten steckt eine einsam vor sich her brennende Fackel im Boden. Vorsichtig steigt Radka von seinem Stier, langsam geht er zur Fackel.

„Hallo - ist da wer? Ich bin Radka ein imperialer Bote von Yabar, ich muss nach Pax. Darf ich mir das Licht borgen?"

Keiner antwortet dem Sarrannaas, auch ist kein Geräusch im Wald zu hören, selbst die Tiere meiden die Dunkelheit.

Da sich niemand meldet, zieht Radka die Fackel aus dem Boden.

Plötzlich stürzt sich etwas von oben auf den jungen Boten, die Fackel erlischt, nichts ist mehr zu sehen. Übernatürliche Stille herrscht, nur das Atmen des Atrisstieres ist zu vernehmen...

Radka zieht sein Schwert, doch er kann nichts sehen, irgendwie spürt er viele Wesen um sich, kann aber keinen erkennen. Wild schlägt er sein Schwert hin und her, außer Luft kann es nichts teilen. Da erhält der Sarannaas einen Schlag auf den Kopf, ohnmächtig fällt er zu Boden und bleibt liegen.

Einige Haden später erwacht Radka wieder, er kann sich nicht rühren, ist an einem Baum gefesselt, um ihn herum sind merkwürdige Wesen. Sie sehen zwar wie Menschen aus, doch ihre Körper sind fast durchsichtig, Radka erkennt ihre Knochen und Organe, selbst die pulsierenden Adern unter der Haut sind zu erkennen.

„Was wollt ihr von mir? Ich bin ein Bote des Imperators, lasst mich sofort frei..."

Die Wesen reagieren kaum auf den Boten, denn sie halten scheinbar nichts von dem Imperator. Eines der Wesen geht näher zum Boten heran.

„Ich bin Herr des Waldes, Radroy, das ist Herr des Waldes, Kilroy!"

Er zeigt auf ein zweites Wesen, das langsam näher tritt.

Der Sarannaas weiß nicht was die beiden Wesen vorhaben, das bereitet ihm mehr als Angst, schließlich ist er noch jung und unerfahren.

„Was seid ihr? Und was wollt ihr von mir?"
Radroy berührt mit seiner durchsichtigen
Hand das Gesicht des Boten.

„Wir sind Karn und du bist ein Bote von
Yabar, damit bist du unser Schlüssel nach
Pax! So lange haben wir gewartet, so lange
gehofft, nun hast du uns den Schlüssel
gebracht!"

„Ich werde nichts verraten..."

„Oh doch, das wirst du, glaube es mir, mit
jedem weiteren Schmerz wirst du uns mehr
verraten."

Kilroy bringt ein heißes, glühendes Eisen,
dieses drückt er erbarmungslos ins Gesicht
des Sarrannaas! Laut schreit Radka auf,
das belustigt die vielen Karn, die um den
Baum mit dem Gefangenen stehen, sie
klatschen alle in die Hände und bejubeln
jeden Schrei von Radka!

Der Herr des Waldes Radroy schlägt mit der
flachen Hand auf die andere Seite des
Gesichtes von Radka.

„Du bist also ein Bote von Yabar? Was
sollst du überbringen?"

Noch wehrt sich der Bote, er kneift seine
Lippen zusammen und schweigt sich aus.

„Du willst nichts sagen? Von mir aus!"

Mit einem Messer trennt Kilroy einen
Finger nach dem anderen von der Hand des
Boten. Mit jedem Schrei klatschen die Karn
und jubeln, doch Radka will nichts
preisgeben. Wie lange kann er die
Schmerzen noch aushalten? Es scheint ihm,
als brenne sein ganzer Körper, Kilroy hält
ihm an alle Glider nacheinander das
brennende Eisen hin. Haare und Fleisch
verbrennen und stinken vor sich her.

So gerne wäre Radka bei seinem Onkel, bei ihm fühlte er sich immer sicher, denn Allaka ist ein Held, stets beschützte er seinen Neffen.

„Willst du mir nun berichten? Oder muss Kilroy weiter dein Fleisch bearbeiten?"

Der Bote kann kaum sprechen vor lauter Schmerzen, große Brandblasen zieren seinen ganzen Körper, beide Hände haben keine Finger mehr daran, selbst die Zehen, Nase, Ohren, sämtliche Haare und viel Fleisch hat Kilroy bereits abgeschnitten, verstümmelt oder verbrannt.

Solche Schmerzen, solches Leid, es soll endlich enden, Radka will nicht mehr...selbst der Jubel der Karn schmerzt.

„Was wollt ihr wissen...?"

Lächelnd stellt sich Radroy selbstbewusst vor dem Sarrannaas auf.

„Hatte ich dir nicht gesagt, du würdest Reden? Hm, welche Botschaft hast du für Pax? Wie gibst du dich zu erkennen?"

Radka schluckt tief, das Reden fällt ihm schwer.

„Ich soll erkunden wie es in Pax aussieht und der Familie von Yabar berichten, wie es ihm geht. Mein Onkel ist Allaka ein viel beachteter Krieger, sein Name ist bekannt und Yabars..."

Ein letzter Atemzug haucht Radka heraus, dann kann seine Seele endlich Ruhe in der Schattenwelt finden. Die Schmerzen enden, der Körper ist gestorben und befreit so die Seele von seiner Pein.

Wütend schlägt Radroy ins verstümmelte Gesicht des Boten.

„Du stirbst noch nicht, jetzt noch nicht...Kilroy! Du hast übertrieben, er sollte uns noch viel berichten!"
Der Folterknecht Kilroy winkt ab.
„Wir wissen genug, die werden uns schon glauben..."
„Wenn du so sicher bist, dann Konversiere du in den Sarrannaas!"
Noch immer hält Kilroy das glühende Eisen in der Hand, nur ein kleines Zucken zeigt, wie gerne er es seinem Gegenüber in den Bauch rammen würde, doch er hält sich zurück und wirft das Eisen ins Lagerfeuer.
„Gut, kein Problem, wenn du dich fürchtest, ich fürchte mich nicht."
Rasch berührt er den leblosen Boten des Imperators, dann beginnt der Körper von Kilroy zu Beben, nun durchdringen den Foltermeister unsägliche Schmerzen, aber er lässt es sich kaum ansehen, außer dass er die Zähne zusammenbeißt. Kaum eine Fid später ist Kilroy nicht mehr zu erkennen, denn er sieht wie Radka aus!
Alle Karn, die um den toten Boten versammelt sind, jubeln und klatschen in ihre durchsichtigen Hände. Doch nicht alle sind mit dem Geschehenen glücklich, weitab von der Masse steht ein einzelner Karn, seine Blutadern sind sehr dick und extrem rot, also ist er männlich, Frauen besitzen nämlich blaue Adern. Mit besorgtem Gesicht sieht der Karn zum Lagerfeuer, wenn man denn so was wie Besorgnis in einem Karn Gesicht erkennen kann. Da tritt eine Karn Frau mit sehr feinen blauen Adern, die kaum im Körper zu erkennen sind, an ihn heran.

„Mein geliebter Ehemann Asoy, es beginnt?"
„Meine geliebte Ehefrau Maryn, ja es beginnt! Die Wahnsinnigen wollen sich unbedingt rächen, seit sie erfahren haben, dass wir künstlich gezeugt wurden und wir mit den legendären Drusie verwandt sind! Dabei hätten wir eine Chance ein eigenständiges Volk zu werden, das von anderen respektiert wird! Doch die wollen nur alle umbringen..."
Die Frau nimmt die Hände ihres Mannes.
„Sie werden unser Volk in den Abgrund stürzen, du hast wie immer recht, wir müssen es verhindern!"
„Viele werden nicht an unserer Seite sein, zu lange haben wir uns im Wald als Diebe und Räuber versteckt. Die anderen wollen sich offen zeigen können, harren kaum aus, suchen die offene Landschaft. Dabei ist der Wald unser Freund, an der Sonne verbrennen wir uns zu leicht die Haut."
„Wenn wir nur einen kleinen Teil unseres Volkes retten können, dann wird es überleben."
Der Mann wendet sich ab, sieht zu der Karn Masse, wie sie jubeln und klatschen.
„Das wird nicht einfach sein, Verrätern droht der Tod, dass wissen alle, wir spielen zuerst ihr Spiel, dann sehen wir weiter! Oh meine geliebte Ehefrau Maryn, du bist so wunderschön, wie verdiene ich nur deine Liebe?"
„Oh mein geliebter Ehemann Asoy, du wirst meine Liebe immer verdienen, denn du bist ehrlicher und wahrhaftiger als alle die ich je kennen lernte."

Das Karn Ehepaar sieht von weitem, wie Kilroy als Radka verwandelt auf den Atrisstier steigt und davon reitet. Währenddem hetzt Radroy sein Volk auf.

„Ich bin Radroy Herr des Waldes, ich sage, nehmt die Waffen in die Hand! Genug Waffen erbeuteten wir in all den Salmanen, damit wir nicht nur Pax vernichten können, sondern das gesamte Imperium! Zuerst ziehen wir nach Pax, der Hauptstadt unserer Feinde! Dort erwarten wir die Ankunft unserer Brüder den Drusie und dann verbünden wir uns mit ihnen! Mit unseren Brüdern und Schwestern erobern wir alle Welten und vernichten die Menschen, die uns peinigten und erniedrigten. Auf, auf Karn, wir sind unserer Rache nahe! Vergesst nicht, zieht eure Ledersachen an, die Muttersonne ist der Teufel, die fünf Monde unsere Helden, denn sie rebellierten wie einst wir rebellierten. Wir werden uns rächen und alle Menschen ausrotten!"

Wieder klatschen und jubeln die Karn, doch nun hört man das Feiern auch außerhalb des Kram Waldes!

Die Musulunen denken, es werden wohl die Geister, von denen die im Wald umkamen, sein.

Rache ist ein gefährliches Gut, sie lässt einen immer in engen Bahnen denken und meistens sieht man das Licht am Ende des Tunnels nicht mehr. Erst wenn es zu spät ist, wird man erkennen, welche Fehler man aus Rache begangen hatte, meistens wird dann aus Rache noch mehr Rache.

Schließlich wollen sich die anderen auch rächen, so wird es ewig weitergehen, wenn nicht jemand den Kreislauf der Rache verlässt...

$$\mathfrak{Ende}$$

Geschriebenes Alphabet:

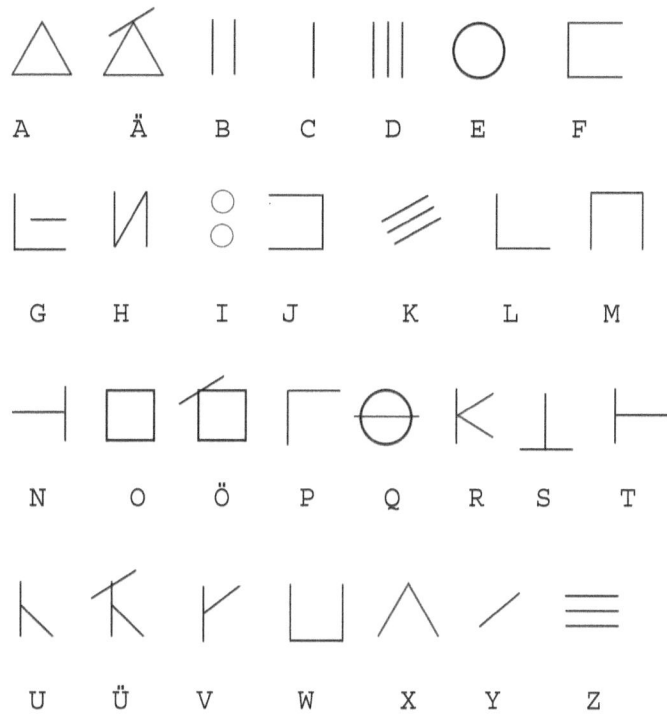

Geschriebene Zahlen:

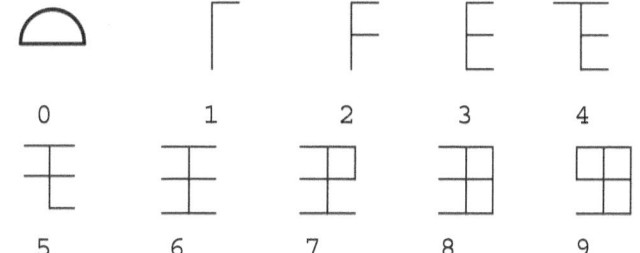

Kleines Wörterbuch, alphabetisch:

Adda = Mutter
Adda = Kartenspiel um Punktzahlen
Addamin = Variante des Adda Kartenspiels
Andran = Monat
Base = Cousine
Been = Landbesitzer
Begatter = Liebhaber bei den Amazonen
        (für eine Nadne)
Bellatus = Strategiespiel ähnlich wie
        Schach
Catran = Kriegskatamaranen der Dripakken
Dracans = Imperator (Drachensprache)
Draconisch = Planet von der Zeit der
        Helden und Magier
Drak = König bei den Dripakken
Draktress = Berater des Drak, manchmal
        auch stellvertretender
        Herrscher
Driiisariiis = Schwarzer Stern nahe dem
        Heimatplaneten der Drachen
Drocani = Kleiner König bei den Drachen,
        steht unter dem Imperator
Ealiiis = Paradies (Drachensprache)
Edo = Sekunde
Endan = Tag
Esmar = Ballspiel
Fid = Stunde
Fur = Kleiner Adel bei den Albas
Furprädo = Herrscher der Albas
Gagahnas = Kampfmönche
Galgag = Würfelspiel
Ganzit = Eine Art Beton
Genius = General der Amazonen
Giddi = Vater
Gimatrankerzen = Kerzen die aus Gima Tran

gemacht werden, sie russen und rauchen, sind aber billig

Gismiiis = Todbringer (Drachensprache)

Gletscherpulver = dieses Pulver kann Eis haltbar machen

Grössenglas = Fernglas / Fernrohr

Grothungg = Lord bei den Grotahern

Grus = Gruppenführer

Guringi = König der Rekrieden

Gurlka = Führer der Rekrieden

Had - Minute

Hakam = Oberster Führer des Pulma Reiches

Hedge = Drachen Alkohol der brennend getrunken wird

Hobisssch = Drachensprache - Zuflucht

Hoedime = Lord der Midgar Zwerge

Hoggs = Geld

Hongg = Gruppenführer bei den Grotahern

Indesssch = Drachensprache - hoher

Indesssch Savantisssch = Drachensprache - hoher Gelehrter

Itineri = Reise durch Raum und Zeit

Itinerisieren = teleportieren

Kakar = König bei den Rikiks

Kangags = Herrscherclantitel für einen Pistordes Clan

Kontor = Bei den Händlern wickelt er den endgültigen Handel mit Hoggs ab, gibt es nur bei sehr grossen Handelshäusern

Konversieren = Umwandlung der Karn in ein anderes Wesen

Kopfbad = Dusche

Kreditgima = Kredithai

Lapidame = Baron der Midgar Zwerge

Lehrstuben = Schulen

423

Libungg = Heerführer bei den Grotahern
Lizardaz = Lord bei den Gorgoninni
Maaad = Bürgermeister der Derdenen
Magculina = Magier- oder Hexenküche
Magier = beherrschen die Magie
Maguster = Grossmagier
Mamska = Mutter bei den Ikokeiks
Mär = Bei den Dripakken der kleinste
     Adelstitel
Mondstrasse = alle 150 Jahre stehen die 5
           Monde in einer Linie
Mortasss = Fluch der Skelette, sehr dunkel
           und äusserste Schwarzmagie,
           kann eigentlich nur von
           mehreren magischen Wesen
           gleichzeitig angwendet werden,
           da er sehr viel Schwarzmagie
           benötigt
Nadne = Nacht
Oberster Tild = General der Ollderoner
Ogoooors = Admiral bei den Loooors
Okorom = Bürgermeister der Rgasko
Oschnia = seltestes Metall, türkisfarben,
           es wird ihm angedichtet, Magie
           zu besitzen, ist unglaublich
           teuer
Pidran = Woche
Praedo = Hoher Adel bei den Albas
Prinzep = Kapitän bei den Piraten
Quodcus Magier = gelernter Magier
Salman = Jahr
Salmasen = Jahrzehnte
Salminaen = Jahrtausende
Salminen = Jahrhunderte
Sars = Mittlerer Adelstitel bei den
     Dripakken
Sasssi = Süsses Gebäck (Drachensprache)

Savantisssch = Drachengelehrter
(Drachentitel für grosses
Wissen)
Schmeal = Bestätigt einen akzeptierten
Handel
Ses = Höchster Adeltitel der Dripakken,
Endung nach dem Namen!
Shusga = Kartenspiel
Sider = Homosexuell
Sordime = Kleiner Adel der Midgar Zwerge
Steinöl = Wird aus bestimmten Steinen
gewonnen, extrem brennbar
Talschmud = König der Taramaarer und
Tiramaarer
Thing = Ratsversammlung
Trak = früher hiessen die Dripakken Städte
So
Tribor = Stammesältester bei den Suan
Vetter = Cousin
Vicaria = Truchsess bei den Amazonen
(stellvertretende Herrscherin)
Wungg = Truppenführer bei den Grotahern
Zardar = Herrscher bei den Gorgoninni
Zardaraz = Oberster Herrscher bei den
Gorgoninni
Zassa = Prinz bei den Gorgoninni
Zauberer = Sind eigentlich Ärzte
Zissi = Prinzessin bei den Gorgoninni

Zeiteinteilung:

1 Fid hat 30 Edonen
30 Fiden ist eine Had
1 Endan hat 30 Haden
1 Pidran hat 4 Endanen
1 Andran hat 28 Pidranen
1 Salman hat 8 Andranen
1 Salmasen hat 10 Salmanen
1 Salminen hat 10 Salmasen
1 Salminaen hat 10 Salminen

Gewichte:

Odon = Mikrogramm
Ealodon = Milligramm
Sandon = Gramm
Grandon = Kilogramm
Pikadon = Tonne
Ekadon = Kilotonne
Zigadon = Megatonne
Migazigadon = Gigatonne

Hoggs Arten, in der Reihenfolge ihres Wertes:

1 Oschniamünze rein ist 10 Sandonen schwer
1 Goldmünze rein ist 10 Sandonen schwer
1 Platinmünze rein ist 10 Sandonen schwer
1 Silbermünze rein ist zwanzig Sandonen schwer
1 Kupfermünze rein ist zwanzig Sandonen Schwer

Die Zeit der Helden und Magier geht weiter!

Vestor hat zwar die Prophezeiung missachtet und den Drusie einen kurzen Weg nach Draconisch gezeigt, mit ungeheuerlichen Blitzwaffen fand das Imperium danach sein Ende, doch es gibt einen tapferen Ritter, der einen Weg durch die Zeit sucht...Pados muss der Held der Had sein!

Nicht verpassen:

**Die Zeit der Helden und Magier IV –
Das Ende ist erst der Beginn**

Euch erwarten noch mehr Intrigen, Schlachten, Drachen, Piraten, exotische Wesen, Länder, Pflanzen und vor allem Helden und Bösewichte...

Wollt Ihr mehr über die „Zeit der Helden und Magier" erfahren?

www.dragonfantasy-verlag.ch

Hier findet Ihr zahlreiche Informationen über die Länder, Rassen und vieles mehr...

Möchtet Ihr die neuesten Nachrichten von „Die Zeit der Helden und Magier" erhalten?

Folgt uns auf Facebook:

Unter:

„Die Zeit der Helden und Magier"

Hier findet Ihr zahlreiche Neuigkeiten und auch Informationen über Länder, Völker, Wesen und vieles mehr. Besucht uns auf Facebook.
Likt uns...

Nicht verpassen:

Die Zeit der Helden und Magier - Legenden III

In diesem Buch findet Ihr Kurzgeschichten der einzelnen Charaktere oder auch längere Versionen von Ereignissen, die in der Hauptreihe keinen Platz mehr hatten. Wolltet Ihr mehr über die Dripakken oder Amazonen wissen?
In den Legendenbüchern findet Ihr die Antwort.

Bereits erschienene Titel in der „Die Zeit der Helden und Magier" Buchreihe:

Die Zeit der Helden und Magier 2. Auflage:
ISBN:
Buch: 978-3-905378-01-6
E-Book: 978-3-905378-05-4

**Die Zeit der Helden und Magier II –
Die Hexe Drisarxis**
ISBN:
Buch: 978-3-905378-02-3
E-Book: 978-3-905378-06-1

**Die Zeit der Helden und Magier –
Legenden I**
ISBN:
Buch: 978-3-905378-04-7
E-Book: 978-3-905378-07-8

**Die Zeit der Helden und Magier III –
Der Kampf um Gut und Böse**
ISBN:
Buch: 978-3-905378-02-3
E-Book: 978-3-905378-09-2

**Die Zeit der Helden und Magier –
Legenden II**
ISBN:
Buch: 978-3-905378-10-8
E-Book: 978-3-905378-11-5

Nicht verpassen:
(Demnächst in Eurer Buchhandlung)

Illusion oder Illusion zu denken das wir leben

Eine Kleinstadt wird plötzlich aus ihrer Idylle gerissen, starke militärische Verbände fahren auf. Dann geschieht es, am Himmel sind Atomeinschläge zu sehen! Das Überleben danach gleicht einem Irrsinn den sich kein Mensch je hätte vorstellen können.

Mögen die Drachen mit Euch sein!

Ihr habt Euch bei „Die Zeit der Helden und Magier" eingelesen und möchtet unbedingt wissen, wo welches Land liegt?
Momentan gibt es noch keine offizielle Karte, ich selbst benutze ein Worddokument, jetzt sogar acht Exemplare.
Diese Dokumente, Westen, imperiales Reich und der Osten kann ich als PDF generieren.
Die Dateien sind aber zu groß, um sie per Mail zu versenden, möchtet Ihr ein PDF davon erhalten, müsst Ihr mir einen Stick schicken mit einem frankierten Rückantwortcouvert. Dann speichere ich Euch jeweils die aktuellsten Karten als PDF auf Euren Stick.
Die Karten sind keine Schönheiten, nur mit einfachen Cliparts generiert, damit ich einen Anhaltspunkt habe, wo welches Land liegt.
Achtung, auf PDF könnt ihr die Karte nicht am Bildschirm ansehen, sondern nur ausdrucken und dann zusammen puzzeln. Die Karten sind aneinandergeklebt aber immens groß, Ihr könnt damit fast eine Hausfassade tapezieren!

Adresse um einen Stick zu schicken:
Dragon Fantasy Verlag
Hohlenbaumstrasse 40
CH-8200 Schaffhausen
Schweiz

(Es werden nur richtig frankierte Rückantwortcouverts zurückgeschickt! Diese Aktion gilt, solange es keine Computer generierte Karte gibt.)

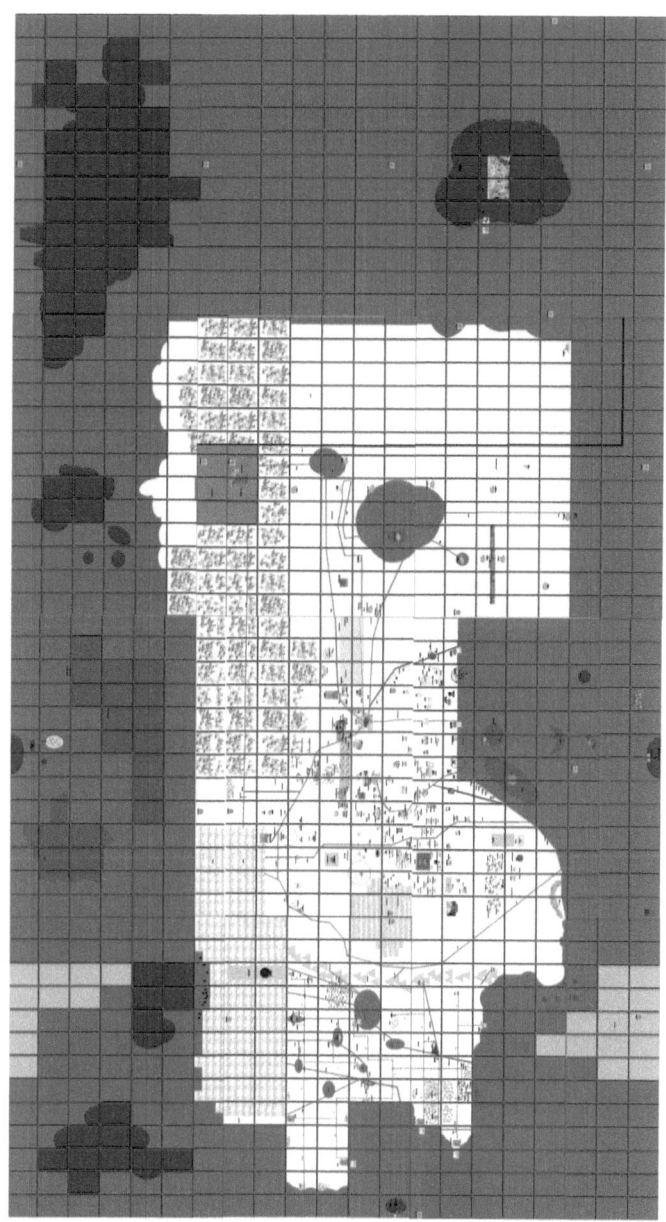

435

Spiele und ihre Regeln:

Adda Kartenspiel um Punkte!
Und Addmin Kartenspiel als Variante!

5 Spieler erhalten je 20 Karten.

Die erste Karte, die der Spieler erhält wird aufgedeckt übergeben, die höchste Karte muss anfangen.

Wer am Schluss am wenigsten Punkte hat, gewinnt das Spiel.

Karten nach Höhe ihrer Punktzahl:

Herrscher = 22 Punkte
Herrscherin = 22 Punkte
Prinz = 15 Punkte
Prinzessin = 15 Punkte
Magier = 13 Punkte
Lord = 13 Punkte
Zauberer = 13 Punkte
Ritter / Krieger = 12 Punkte
11. Bauer = 11 Punkte
10. Bauer = 10 Punkte
09. Bauer = 09 Punkte
08. Bauer = 08 Punkte
07. Bauer = 07 Punkte
06. Bauer = 06 Punkte
05. Bauer = 05 Punkte
04. Bauer = 04 Punkte
03. Bauer = 03 Punkte
02. Bauer = 02 Punkte
01. Bauer = 01 Punkte

„Scurra" (eine Art Joker) ist der Drache er kann sich in alles verwandeln (auch farblich) = 25 Punkte oder wenn man ihn verwandelt, diejenigen Punkte in die man die Karte verwandelt.

Der erste legt eine Karte, der nächste muss entweder die gleiche Farbe legen (egal welche Höhe) oder einen höheren Wert einer anderen Farbe. Bis 5 Karten abgelegt wurden. Derjenige, der den höchsten Wert in den Topf legte, muss den Topf nehmen, und erhält die Punkte der Karten zugeschrieben.
Der Scurra kann auch als niedrigster Wert gesetzt werden, für den der den Topf mit 5 Karten erhält, gibt es aber 25 Punkte!
Ein Spiel dauert 20 Einsätze / Töpfe, wer am Schluss die wenigsten Punkte erreichte, hat gewonnen.

Addamin Variante:

Als Variante kann man auch vorab sagen, wie viele Punkte man erreicht, dann gilt aber, wer sich am wenigsten irrt, der gewinnt, auch wenn er mehr Punkte erreicht hat, als die anderen! In dieser Variante zählt die Differenz des Irrtums!

Bellatus Strategiespiel

2-4 Spieler

1 Agri (Spielfeld) 14 Felder lang (à 2 cm Quadrat), 4 Felder breit, (insgesamt 28 x 8 cm), die Felder sind in zwei verschiedenen Farben unterteilt.

1 Prolo (ganzes Brett) hat 12 Agri mit 672 Feldern

Anordnung der Agri:

Links sind 4 Agri aufeinander folgend, danach folgen in der Mitte 2 weitere, nochmals 2 weitere und ganz Rechts wieder 4 Agri.

Die Spielfiguren werden jeweils in den äussersten, seitlichen Agri aufgestellt. Natürlich auf die ersten beiden Linien von Feldern vom Spieler her gesehen! Spielen nur 2 Spieler, müssen sie ihre Figuren gegenüber diagonal in den Agri aufstellen.

Ab 3 Spieler können je 2 sich verbünden, bei 4 Spieler können sich je 2 verbünden.

Spielfiguren (Jedes Volk, Rasse gleicht
sie auf ihre Gestalt ab!)

1 x Herrscher
1 x Herrscherin
2 x Drache
2 x Magier
2 x Kriegsherr
2 x Panzerreiter
2 x Panzerkrieger
2 x Zauberer
14 x Krieger

Total 28 Figuren pro Partei

Von Links nach Rechts auf dem Agri:
Zauberer
Panzerreiter
Panzerkrieger
Kriegsherr
Magier
Drache
Herrscher
Herrscherin
Drache
Magier
Kriegsherr
Panzerkrieger
Panzerreiter
Zauberer

Vor jeder oben stehenden Figur wird einer
der 14 Krieger platziert.

Das Ziel ist die Herrscherin und den Herrscher des Gegners auszuschalten! Jeweils beide müssen für einen Sieg eliminiert worden sein. Es wird solange gespielt, bis nur noch 1 Partei eine/n Herrscher oder Herrscherin oder beides hat. Sobald nur noch 2 Parteien übrig sind (falls mehr als 2 spielen), wird ein Bündnis aufgehoben und es besteht wieder Krieg. Nur eine Partei darf gewinnen, es kann aber auch ein Unentschieden geben. Hat eine Partei Herrscher und Herrscherin verloren, werden alle seine Figuren eliminiert, sind mehr als 2 Spieler involviert, spielen die restlichen Spieler weiter. Sind nur 2 Spieler im Spiel, hat der Gegner gewonnen.

Wer beginnen darf wird entweder untereinander entschieden oder ausgelost. Nach jedem Zug ist der nächste Spieler (jeweils Richtung Links) dran. Jede Figur kann auf bestimmte Weise (siehe unten) auf dem Prolo agieren. Wenn eine Figur auf ein Feld gelangt, auf dem ein Feind steht, wird der Feind eliminiert (rausgeworfen). Verbündete Spieler dürfen ihre Figuren nicht gegenseitig rauswerfen, ansonsten ist das Bündnis nichtig! Verstösst ein Bündnispartner gegen das Bündnis und wirft trotzdem eine Figur des Bündnispartners raus, verliert er auch eine seiner eigenen Figuren, gemäss seiner eigenen Wahl!

(Das öffnet Tür und Tor für Intrigen, denn
so könnte man die/den Bündnisherrscher
oder -herrscherin rauswerfen und könnte
als eigene verlorene Figur zum Beispiel
den einfachen Krieger wählen. Deshalb
prüfe mit wem Du ein Bündnis eingehst!)

Die einzelnen Figuren:

Herrscher
Das Ziel ist ihn und seine Frau zu
eliminieren, ist nur er eliminiert, muss
noch sie rausgeworfen werden.
Er darf jeweils bis zu 4 (maximal) Felder
(1 minimal) vorwärts, rückwärts oder
seitlich ziehen

Herrscherin
Das Ziel ist sie und ihren Mann zu
eliminieren, ist nur sie eliminiert, muss
noch er rausgeworfen werden.
Sie darf jeweils bis zu 4 (maximal) Felder
(1 minimal) vorwärts, rückwärts oder
seitlich ziehen

Drache
Er ist eine spezielle Figur, da sich der
Drache in alle anderen Figuren, ausser in
Herrscher oder Herrscherin, verwandeln
kann, somit kann er alle anderen Figuren
imitieren und deren Züge übernehmen.
Einmal pro Spiel kann er sich tarnen, dies
muss aber vor dem Zug der feindlichen
Partei gesagt werden (man muss
schliesslich vorausschauend spielen). Ist
der Drache getarnt, kann er für eine Runde
nicht eliminiert werden!

Im Gegenteil, versucht eine feindliche Partei in getarnt raus zu werfen, wird seine eigene Figur eliminiert und der Drache bleibt im Spiel!
Der Drache kann zwar alle, ausser dem Herrscherpaar, imitieren, aber er hat keine Heilkraft wie der Zauberer, er kann nur dessen Zug imitieren!

Magier
Er verfügt über Magie und kann deswegen seitlich, vorwärts, rückwärts oder diagonal ziehen Maximal 13 Felder, minimal 1 Feld.

Kriegsherr
Der Kriegsherr ist der Stratege des Herrscherpaares, deswegen kann er zacken schlagen, Ein Zug von ihm besteht jeweils vorwärts oder seitlich 5 Felder, dann seitlich (Links oder Rechts) 3 Felder. Er ist Stratege, er kann nicht zwischen Minimal und Maximal wählen und muss jeweils die gesamten Felder „ablaufen".

Panzerkrieger
Er ist ein schwer gepanzerter Krieger, den man nicht unterschätzen sollte, er kann jeweils bis zu 8 Felder maximal (minimal 1 Feld) vorwärts, rückwärts oder seitwärts ziehen.

Panzerreiter

Ein gepanzerter Krieger auf einem schwer
gepanzerten Reittier, der Schrecken aller
Krieger auf dem Prolo. Er kann jeweils
diagonal (in alle Richtungen - einfach
diagonal) eine ganze Linie ziehen bis zum
Proloende oder nur ein Feld, da er mit
seinem Reittier schnell unterwegs ist.

Zauberer

Der Zauberer ist auch hier, wie auf dem
ganzen Planeten der Heiler (auf der Erde
würde man wohl Arzt dazu sagen), aber weil
eine Heilung manchmal an Zauberei grenzt,
heisst er Zauberer. Da manche Zauberer
auch mit Magie üben, kann ein Zauberer,
der ins feindliche Agri gelangt (das
feindliche Agri sind die zwei Linien
Felder, auf dem der Feind seine Figuren
aufstellte), eine eigene Figur oder eine
eines Bündnispartners heilen, sprich
wieder beleben. Die Figur des Zauberers
wird dann mit der anderen Figur getauscht.
Da er schnell bei den Verwundeten sein
muss, kann er jeweils 10 (maximal) Felder
(1 Minimal) seitlich, vorwärts, rückwärts
oder diagonal ziehen.

Krieger

Er ist der Fusssoldat des Herrscherpaares
und als solcher muss er stets an die
vorderste Front. Er kann maximal 4 Felder
vorwärts, oder seitwärts ziehen (minimal 1
Feld), will er aber rückwärts ziehen, darf
er nur 1 Feld ziehen, denn das
Herrscherpaar sieht es nicht gerne, wenn
die Krieger den Rückzug antreten!

Esmar Ballspiel

Wird mit einem gefüllten Lederball gespielt.

2 Mannschaften

je 13 Spieler

Man darf sich gegenseitig nicht berühren, sonst gibt es ein Semp und der Spieler muss für 2 kleine Sanduhren aussetzen (1 kleine Sanduhr = 10 Fiden)

Das Spiel dauert 4 grosse Sanduhren (1 grosse Sanduhr = 1 Had)

Es gibt im Feld 5 Forums und ausserhalb des Feldes zwei Körbe.
Jedes Forum ist gleich lang und gross (30 x 50 Meter), in jedem Forum muss der Ball mit einem anderen Körperteil gespielt werden, übertritt ein Spieler die Linie von Fuss zu Hand und spielt immer noch per Fuss, gibt dies ein Perf, bei drei Perfs muss ein Spieler 2 kleine Sanduhren aussetzen. Fuss Forum kommt 3 x vor und je ein Hand und Kopf Forum.
Der Ball muss in einen Korb, der 2 Meter über dem Boden an einer Stange befestigt ist, hineingespielt werden. Der Durchmesser der Körbe sind jeweils 3 x so gross wie der Lederball. Die beiden Körbe befinden sich jeweils ausserhalb des letzten Fussforum und das Gegenüber. Jede Mannschaft darf ihren Korb beschützen.

Der Ball wird jeweils im mittleren Fussforum eingeworfen. Ein Reffrend leitet das Spiel und entscheidet auch bei Perf und Semp!

Im Fussforum darf der Ball nur bis zu den Schenkeln berührt werden, im Kopfforum nur mit dem Kopf und im Handforum nur bis zum Oberarm!

Das Feld ist 150 Meter lang, ein Forum je 30 Meter lang und 50 breit.

Der Ball darf dem Spieler, der den Ball gerade führt, nur mit dem Körperteil weggenommen werden, in dessen Forum sich gerade der Ball befindet.

Im Handforum muss der Ball ständig auf den Boden getätschelt werden! Im Kopfforum darf der Ball auch balanciert werden. Viele Spieler beissen (deswegen ist der Ball nicht ganz gestopft, sondern ein klein wenig locker gelassen worden und dennoch federnd) auch in den Ball im Kopfforum, oder gehen auf allen Vieren und schubsen ihn mit dem Kopf vorwärts, ist beides erlaubt! Der Gegner darf im übrigen, solange er den anderen nicht berührt, ebenso in das Leder beißen!

Die Mannschaften können jeweils die Spielseiten wählen, gibt es Unstimmigkeiten darüber, wird gelost.

Die Spieler dürfen das gesamte Feld mit dem Ball nicht verlassen, sie dürfen ihren Korb auch nicht direkt beschützen, sondern nur innerhalb des Forums. Die Körbe stehen jeweils direkt ausserhalb der Linie des Fussforums, zirka in der Mitte des Forums. Verlässt ein Spieler das Feld mit Ball, gibt es ein Perf für ihn.

Danach wird der Ball wieder im mittleren Forum eingeworfen. Auch bei einem Semp wird der Ball in der Mitte wieder eingeworfen.

Wer am meisten Körbe macht, hat gewonnen, wobei es meistens Unentschieden gibt, da es sehr schwer ist, denn Ball mit dem Fuss in den Korb zu bringen.

Korb

Fuss Forum	Hand Forum	Fuss Forum	Kopf Forum	Fuss Forum

Korb

Galgag Würfelspiel

Für 2-3 Spieler

Es gibt zwei Ebenen, jeweils 270 Millimeter breit und 540 Millimeter lang. Beide Ebenen besitzen ausserhalb des Feldes eine Kante von 3 Zentimeter Höhe, damit die Würfel nicht herausfallen.

Die Ebenen werden mit 4 Säulen (zirka je 20 Zentimeter hoch), je eine an den Ecken (auf den Kanten), verbunden.

Zum Spielen braucht es:

3 quadratische Holzwürfel mit je 6 unbeschrifteten Flächen, zirka pro Fläche je 15 Millimeter

Die obere Ebene hat in der Mitte ein Loch, die Ebene führt ein wenig schräg zum Loch hin, das Loch ist 30 Millimeter im Durchmesser gross. Die Ebene muss so schräg sein, dass die Würfel automatisch zum Loch rollen/fallen.

Die untere Ebene ist mit einem Zahlenfeld ausstaffiert.
Jedes Feld misst 30 Millimeter
Genau unter dem Loch von der oberen Ebene befinden sich zwei x Neun, um die herum sind jeweils die Acht, Sieben, Sechs und die Fünf angeordnet. Nach der Fünf jeweils gegen aussen kommt die Vier, Drei, Zwei und die Eins, jeweils eine Linie.

447

Die äussersten 4 Einsen werden durch Null
ersetzt!

Der Spieler wirft die drei Würfel jeweils
auf die obere Ebene, die Plattform muss
berührt werden, er darf sie nicht direkt
ins Loch werfen. Sonst muss er nochmals
werfen.

In dem Feld, auf dem die Würfel landen, so
viele Punkte erhält der Spieler. Liegt der
Würfel auf mehreren Feldern, wird
dasjenige gezählt, auf dem mehr vom Würfel
liegt.
Gerät ein Würfel auf die Null, wird der
Würfel aus dem Spiel genommen und der
Spieler kann nur noch mit den restlichen
Spielen.
Das Ziel ist 35 Punkte zu erreichen, wer
am nächsten bei dieser Punktzahl ist, hat
gewonnen, Wer die genaue 35 Punktzahl
erreicht, hat gewonnen. Wer über 45 (also
ab dem 46. Punkt) Punkte erreicht hat
automatisch verloren.
Ein Spieler kann zum Beispiel auch schon
bei 30 Punkten aufhören, wenn dann der
andere 41 erreicht, hat er trotzdem
gewonnen.
Jeder darf so lange nacheinander spielen,
bis er auf 35 gelangt oder in die Nähe.
Es müssen immer alle Würfel eingesetzt
werden! Man kann nicht einfach einen
weglassen.
Gelangen in einer Runde zwei auf die 35
oder auf die gleiche Zahl, müssen die
beiden auf 70 Punkte spielen, usw.

Verstopfen die Würfel das Loch in der
oberen Ebene, muss nochmals gewürfelt
werden! Bis sie sauber, von selbst nach
unten fallen!
Bei vielen Wesen wird auch mit diesem
Spiel um viel Hoggs gespielt.

(Das Bild zeigt die untere Ebene mit den
Zahlen)

Shusga Kartenspiel

Kann auch um Hoggs gespielt werden.

Bis zu 10 Spieler sind erlaubt, jeder kriegt am Anfang 5 Karten. Bei jedem Durchgang darf der Spieler eine Karte wechseln, muss aber nicht. Es dürfen so viele Durchgänge gemacht werden, bis jemand Vid sagt, das bedeutet, er möchte alle sehen und glaubt die höchste Kartenstellung im Spiel zu besitzen.
Wenn um Hoggs gespielt wird, kann jeder Spieler dem Vid sagenden Spieler das Vid abkaufen, bis maximal was bisher im Einsatztopf liegt, dann wird noch eine Runde gespielt. Demjenigen dem das Vid abgekauft wurde, kann übrigens in der nächsten Runde auch aussteigen bevor er einen weiteren Einsatz leistet, muss aber nicht! Er darf dann auch das erhaltene Hoggs für den abgekauften Vid behalten!
Wenn um Hoggs gespielt wird, muss mit den ersten 5 Karten ein Einsatz (der erste Spieler bestimmt den Einsatz) geleistet werden, und mit jeder Runde wird erhöht (derjenige der dran ist, gibt eine Hoggszahl für die Erhöhung an), will jemand nicht erhöhen, ist er draussen und verliert seinen bisherigen Einsatz. Immer nur pro Runde kann erhöht werden, nicht Mitten in der Runde!
Wer nach Vid die höchste „Anzahl" Karten in der Hand hält, hat gewonnen, mit Hoggs: natürlich den gesamten Einsatztopf.

Ein Kartenspiel hat insgesamt 100 Karten à
5 Farben:

Farben:
Schwarz
Rot
Blau
Gelb
Grün

Karten nach Höhe ihrer Punktzahl:

Herrscher = 22 Punkte
Herrscherin = 22 Punkte
Prinz = 15 Punkte
Prinzessin = 15 Punkte
Magier = 13 Punkte
Lord = 13 Punkte
Zauberer = 13 Punkte
Ritter / Krieger = 12 Punkte
11. Bauer = 11 Punkte
10. Bauer = 10 Punkte
09. Bauer = 09 Punkte
08. Bauer = 08 Punkte
07. Bauer = 07 Punkte
06. Bauer = 06 Punkte
05. Bauer = 05 Punkte
04. Bauer = 04 Punkte
03. Bauer = 03 Punkte
02. Bauer = 02 Punkte
01. Bauer = 01 Punkte
„Scurra" (eine Art Joker) ist der Drache
er kann sich in alles verwandeln (nur
nicht farblich!) = 25 Punkte oder wenn man
ihn verwandelt, diejenigen Punkte in die
man die Karte verwandelt.

Schwarz ist immer höher als die anderen Farben!

Gewinnmöglichkeiten von höchster bis kleinste (von oben nach unten aufgelistet):

-5 Drachen

-4 Drachen - 1 Schwarz

-4 Drachen - ohne Schwarz

(„Emran" 5 Karten in Reihenfolge z.B. Herrscher, Herrscherin, Prinz, Prinzessin, Magier) Desto höher desto besser:

-alle in Schwarz und die höchstmögliche Emran von Herrscher ausgesehen = die beste Emran

-Emran bis zum Krieger / Ritter in Schwarz

-Emran bis zum Magier in allen anderen Farben - die Karten müssen die gleiche Farbe besitzen

-Emran bis zum Krieger / Ritter in allen anderen Farben - die Karten müssen die gleiche Farbe besitzen

-Emran von 11-1 in Schwarz

-Emran bis zum Magier in allen anderen Farben - Gemischte Farben, inklusiv Achwarz

-Emran bis zum Krieger / Ritter in allen anderen Farben - Gemischte Farben, inklusiv Schwarz

-Emran von 11-1 in allen anderen Farben - die Karten müssen die gleiche Farbe besitzen

-3 Drachen

-Emran von 11-1 in allen anderen Farben - Gemischte Farben, inklusiv Schwarz

-5 „Idem" Wesen, desto höher desto besser, höchste gleiche Idem:

5 Herrscher

Danach:

-5 Herrscherinnen

-5 Prinzen

-5 Prinzessinnen

-5 Magier

-5 Lords

-5 Zauberer

-5 Ritter / Krieger

-5 11. Bauern

-5 10. Bauern

-5 09. Bauern

-5 08. Bauern

-5 07. Bauern

-5 06. Bauern

-5 05. Bauern

-5 04. Bauern

-5 03. Bauern

-5 02. Bauern

-5 01. Bauern

-2 Drachen

Dann kommen -4 Idem, -3 Idem, -2 Idem

Wenn es nach diversen Durchgängen keine neuen Karten mehr hat, werden die abgelegten Karten neu gemischt und wieder ins Spiel gebracht.

Nicht verpassen, demnächst in Eurer Buchhandlung:

Die Zeit der Helden und Magier - Legenden IV

Die Zeit der Helden und Magier - Legenden V

Noch mehr Heldengeschichten, Intrigen und vor allem, Ihr erfahrt jede Menge Hintergrundwissen von den einzelnen Figuren und Ländern.

Die Magiesprache von „Die Zeit der Helden und Magier":

Die Magiesprache spricht man so aus, wie sie geschrieben wird. Sie fokussiert die Magie als solches und wurde, der Legende nach, aus der Magie heraus geboren.

Viele magische Wesen brauchen diese Sprache nicht einmal mehr, oder sie sprechen sie nur leise. Die meisten aber stellen sich die Magie in ihren Gedanken vor.

Jedes magische Wesen benutzt diese Sprache, wenn sie denn eine Sprache für den Magiegebrauch benutzen. Es gibt zwar noch die urdunkle Schwarzmagie, doch deren Worte sind extrem verboten und werden eher gekrächzt, wobei es ähnlich klingt wie die „normale" Magiesprache.

Wollt Ihr Eurer/m Liebsten sagen, z.B.:

Ich liebe dich

Das heisst:

Ig eras te

Da vermehrt auch magische Wesen in den Geschichten vorkommen, werdet Ihr auch mehr Texte in Magiesprache lesen können.

Mögen die Drachen mit Euch sein.

Cutan schie drachen dupa puasa fin.